HABITACIÓN 206

M. Ulises Rv

HABITACIÓN 206

EDITORIAL
LETRA MINÚSCULA

Primera edición: diciembre de 2024
ISBN: 978-84-1090-129-2
Depósito legal: B 23470-2024

Editado por Editorial Letra Minúscula
www.letraminuscula.com
contacto@letraminuscula.com

ÍNDICE

Dentro de una jefatura de policía en la ciudad de Pittsburgh, un joven se encuentra sentado a un lado de la mesa dentro de una sala de interrogatorio. Con el rostro serio miraba sus manos esposadas y se preguntaba por qué estaba allí. De pronto se abrió la puerta y entró un detective con un fólder de color amarillo en la mano, lo dejó sobre la mesa, se sentó frente al joven y preguntó:

—¿Dónde estuviste anoche entre la una y las tres de la mañana?

El muchacho no le contestó, se quedó mirando sus manos esposadas. El detective insistió:

—Te lo repetiré una vez más: ¿dónde estuviste anoche entre la una y las tres de la mañana?

Después de unos segundos de silencio, el joven respondió:

—En casa.

—¿Hay algún testigo que pueda corroborar eso?

—Sí —afirmó el joven—. Pero no hablan inglés.

—Eso no será problema —dijo el detective—. ¿Conoces a Elizabeth Pérez?

—Sí —afirmó—. Es mi novia.

—Me imagino que sabes a lo que ella se dedicaba, ¿verdad?

—No —negó el joven después de unos segundos de silencio.

—¿Cuándo la viste por última vez?

—Ayer a las nueve —confesó, sin mirarlo a los ojos.

—Dijiste que era tu novia, ¿cierto?

—Lo es —le respondió, algo desconcertado—. ¿Qué insinúa con que lo era?

—Lamento ser yo quien te dé la noticia: María Elizabeth Pérez García está muerta.

—No puede ser —respondió el joven preocupado—. ¿Cómo murió?

—La asesinaron —confirmó el detective—. Y tú eres un importante sospechoso, muchacho, así que no te resistas y responde a mis preguntas con cuidado. Si lo haces, todo será más fácil para ti.

El muchacho no respondió. Miró sus manos esposadas, se las llevó a la frente, suspiró repetidas veces y comenzó a llorar.

PARTE I
LA MALDAD SALE POR LA NOCHE

El domingo dieciséis de octubre a las nueve de la noche, Daniel Williams llegó al hotel Red Moon, ubicado entre la calle Beecham DR y la Kisiow DR. Daniel estacionó en frente de la recepción, se bajó de su automóvil y entró a pedir una habitación. La mujer encargada le dio la llave de la habitación doscientos cinco. Daniel agradeció y salió de la recepción. Giró a la izquierda, fue hasta la esquina donde se encontraban las escaleras, subió al segundo piso y caminó recto para luego doblar a la izquierda. Desde allí miró su automóvil estacionado y siguió caminando. Una vez llegó a la habitación, abrió la puerta y entró. A la derecha estaba la cama, y al fondo, en el mismo lado, estaba el baño. El lavamanos, afuera de la entrada; a la izquierda de la habitación, sobre una estantería, había un televisor de cuarenta pulgadas, y a la derecha, sobre un gabinete, un horno de microondas. A un lado, un pequeño refrigerador. Daniel observó el interior de la habitación, y acto seguido entró, dejó las llaves a un lado del televisor, fue al baño, se duchó y volvió a vestirse con la misma ropa. Salió de la habitación y se recargó en el barandal, encendió un cigarrillo camel y contempló la noche.

Las luces de la avenida Lincoln le provocaban cierta nostalgia. Hacía frío, el viento movía las copas de los árboles. Un automóvil entró en el estacionamiento del hotel, luego dio la vuelta y se estacionó del otro lado. Mientras Daniel fumaba se preguntaba por qué el mundo estaba tan jodido. Desde que tomó aquel curso de Economía después de que terminara el aislamiento debido a la pandemia, no hacía más que maldecir al gobierno, y ni qué decir de la guerra que comenzó en febrero del 2022.

Al ver que los precios de las casas, automóviles, comida y servicios aumentaban, Daniel tomó el curso de Economía, que duró un mes y medio. Ese tiempo fue más que suficiente para hacerle poner los pies sobre la tierra y hacer odiar al sistema. El gobierno imprimió dinero a lo tonto y provocó inflación, todo para mantener a los perezosos. Financia una guerra a costa de los contribuyentes honestos, quienes cada vez viven con más dificultades. Ahora las casas solo son para los ricos. Nuestros padres y abuelos trabajaron tan duro como nosotros, pero ellos tuvieron una casa, una esposa, varios hijos, hasta dos autos, seguro médico y una buena pensión asegurada para cuando se retiraran. En aquel entonces todo funcionaba. La gente era feliz. Los pobres eran pobres, los ricos era ricos. Pero ahora los pobres son cada vez más pobres y los ricos cada vez más ricos. En estos tiempos comprar una casa es imposible para un trabajador común, algo que en aquellos años era totalmente asequible y normal.

A veces Daniel deseaba no saber nada sobre economía, y más bien vivir en un mundo lleno de ignorancia financiera apoyando ciegamente a los descerebrados y corruptos políticos, que son comprados fácilmente por todo aquel que esté dispuesto a pagarles sus campañas políticas, a costa de joder más a los habitantes del país. Pero ya estaba hecho, ya sabía cómo funcionaba el mundo, y no le gustó en absoluto. A veces Daniel se arrepentía de haber tenido hijos, y pensaba a qué clase de lugar había traído a esas inocentes criaturas. Tal vez, se preguntaba, ellos la tendrían mucho más difícil que él. Ni siquiera podría pagarles la universidad.

Mientras fumaba, Daniel recibió un mensaje de Tiffany, su esposa, que le preguntaba dónde estaba y si saldría otra vez tarde.

Daniel trabajaba en la construcción. A veces salía tarde, aunque no tan tarde. Después de ver la pantalla de su celular por unos segundos, se lo volvió a guardar en el bolsillo y continuó con su cigarrillo. Le dio la última calada, lo tiró al suelo, lo pisó y entró a la habitación. Se quitó la ropa hasta quedar en bóxer, se acostó en la cama y encendió el televisor. Miró el reloj en el celular. Nueve con cuarenta. Entonces le envió un mensaje a su amante, Aisha. "¿Cuánto más tardarás?". Un minuto después ella le respondió: "¡Llego a las diez con cinco!". Daniel colocó el celular a un lado de la cama y se relajó.

Hacía un año que Daniel engañaba a su esposa con Aisha, una estríper afroamericana que había conocido en un centro nocturno llamado Devilgirls. Aquella noche Daniel discutió con su mujer acerca de la falta de sexo. Ella era muy aburrida y la mayoría de las veces que Daniel se acercaba para tocarle ella ponía pretextos: "No estoy de humor", "estoy cansada", "estoy en mi periodo", "¡no tengo ganas de hacerlo!". Esto llevó al matrimonio a discutir con mucha frecuencia, lo que aumentaba más el problema. Daniel quería estar con su mujer al menos una vez por semana. Su apetito sexual, aunque no feroz, era el que todo hombre de treinta y cinco años tendría. Sin embargo, Tiffany no compartía ese deseo con él. Hacía tiempo que el apetito sexual de la mujer comenzó a desvanecerse.

Aquella noche de abril en el Devilgirls, Daniel estaba sentado en la barra. Aisha tomó asiento a su lado, y después de charlar unos minutos, Daniel le invitó un trago de tequila.

Ella lo aceptó y siguió con la conversación. Unos minutos más tarde comenzaron a hablar de sexo. Abiertamente Daniel le contó a Aisha lo que pasaba en su matrimonio, y más tarde se dieron cuenta de que ambos tenían el mismo problema: ¡falta de sexo! La última relación de Aisha había sido con un joven de su misma edad llamado David. Era alto y atractivo, pero no le interesaba mucho el sexo. Prefería husmear en las redes sociales y jugar videojuegos en su Xbox con sus amigos en línea. Aisha dejó a David a los tres meses de que comenzara la relación y decidió dejar de salir con hombres por un tiempo. Era mejor para ella conocer a alguien solo para tener sexo y no estar atenta a que su novio tuviera ganas de hacerlo. Era más fácil llamar a alguien y listo, las necesidades quedaban satisfechas sin compromiso de nada. Tampoco tendría que esperar que su novio dejara el celular por un momento o el mando de su consola de videojuegos para estar con ella.

Daniel yacía acostado sobre la cama cuando tocaron a la puerta de la habitación. De inmediato tomó el celular y miró la pantalla. Había un mensaje de Aisha. Volvió a dejarlo donde estaba y se levantó para abrir. Aisha estaba de pie con una sonrisa. Llevaba una chamarra negra y, debajo, un vestido muy sexi de color verde claro y tacones blancos. Sus ojos hacían resaltar la belleza de su rostro, y llevaba su pelo negro suelto con dos mechones de color rosa sobre la frente. Sin decir una palabra, Daniel le hizo una gentil señal a la mujer para que pasara. Esta obedeció y caminó hacia la habitación con un movimiento sensual de caderas. Daniel se giró un poco para cerrar la puerta, y al volverse hacia la cama, encontró a Aisha acostada de lado. Lo miraba a los ojos mientras se tocaba el cuello y se llevaba las manos a las caderas y las piernas. Daniel no perdió tiempo y se abalanzó sobre ella. La besó, la desnudó, la acarició y le hizo el amor.

A las doce con diez de la noche, Daniel y Aisha terminaron su acto de amor. Comenzaron a conversar mientras se seguían acariciando. Daniel podía hablar de cualquier cosa con ella, de la jodida economía, de su trabajo, de sus hijos y hasta de la aburrida de su mujer. Ni qué decir del sexo. Aisha siempre lo escuchaba y era muy abierta a esto último. Daniel había cumplido muchas de sus fantasías con ella. Ni en sueños las habría podido cumplir con Tiffany. Aisha era perfecta, una gran amante. Muchas veces Daniel pensaba en dejar a su mujer por ella. Lo que lo detenía de dar el siguiente paso eran sus hijos y la diferencia de edad: Aisha tenía veinticuatro. Quizás ella se divertía más si solo eran amantes y un día cada uno seguirá por su camino. Daniel estaba preocupado por la diferencia de edad. A veces sentía miedo al no tener a alguien como Aisha para desahogar su deseo sexual y conversar de manera tan fluida. Cada vez que esos pensamientos le llegaban a la cabeza los alejaba rápido y se dedicaba a disfrutar del momento.

A la una con diez de la mañana los dos escucharon que la puerta de al lado se abría y se cerraba, pero no le prestaron atención a eso y siguieron conversando. A la una con treinta los dos estaban de nuevo haciendo el amor. No escucharon pasos en el pasillo, ni que la puerta de al lado se abrió y se cerró rápidamente. A la una con cincuenta se escucharon algunos golpes en la habitación de al lado. Aisha estaba recostada boca abajo y Daniel arriba de ella. De pronto se escuchó un golpe en la pared de la habitación de al lado. Los dos se detuvieron y se sonrieron mutuamente, y al mismo tiempo les llegó el presentimiento de que sus vecinos de habitación se estaban divirtiendo. Continuaron inmediatamente con lo suyo, pero un par de minutos más tarde Daniel escuchó un ahogado grito de mujer. De inmediato miró el rostro de Aisha para ver si ella también lo había escuchado, pero la mujer estaba cómodamente recostada debajo de él con los ojos cerrados y una excitante expresión en su rostro. Daniel dejó pasar lo del grito y continuó con lo suyo.

A las dos con cinco de la mañana Daniel acabó rendido en los brazos de Aisha. Esta le quitó el condón usado y se levantó para tirarlo en el bote de basura, luego regresó a la cama. Los dos siguieron acariciándose y besándose por un rato. Unos minutos más tarde, Aisha se volvió a levantar de la cama y se dirigió hacia el baño. Daniel disfrutó ver su trasero moviéndose mientras caminaba. Al llegar a la puerta Aisha se detuvo, meneó las caderas sensualmente, sonrió y entró en el baño. Mientras Aisha estaba en el baño, Daniel escuchó que la puerta de la habitación de al lado se abría y se cerraba. Luego se escucharon pasos apresurados por el pasillo. Daniel no prestó atención. Se levantó de la cama y fue hacia el baño. La puerta estaba abierta. Aisha se encontraba de pie, desnuda, poniéndose una bolsa de ducha en el cabello. Daniel se puso al lado de la puerta y, en silencio, la miraba de pies a cabeza. Aisha lo miró y le volvió a sonreír.

Luego se ducharon juntos. Cuando se vistieron, Daniel la acompañó al estacionamiento. Para despedirse se dieron un apasionado beso en los labios. Unos segundos después Aisha entró a su Jetta azul y arrancó el motor para irse. Daniel regresó a la habitación y se recostó en la cama unos minutos. Estaba un poco agotado, aunque más que satisfecho. De pronto la puerta de la habitación de al lado se volvió a abrir y cerrar, luego se escucharon los pasos de una persona caminando por el pasillo. Daniel miró la pantalla de su celular. Las dos con cincuenta y cinco. Se levantó de la cama, tomó las llaves, salió de la habitación, cerró la puerta y encendió un cigarrillo. Hacía frío. Las copas de los árboles se movían de forma lenta y suave. La avenida Lincoln estaba casi vacía. Mientras Daniel fumaba recargado en el barandal, la puerta de la habitación de al lado se abrió de golpe.

Daniel se dio media vuelta y miró dentro de la habitación. Las luces estaban apagadas y un extraño olor provenía desde adentro. Algo desconcertado, Daniel llamó:

—Hola. ¿Hay alguien?

Nadie respondió. Daniel dio un paso hacia la puerta y las luces comenzaron a parpadear. Se detuvo y las luces se quedaron apagadas. Luego miró a su alrededor. Todo estaba en silencio, no parecía haber nadie cerca. Desde la habitación que estaba más adelante en el pasillo se alcanzaba a escuchar un televisor encendido, pero nadie se asomaba. Daniel tiró el cigarrillo y se acercó a la puerta de la habitación, encendió la linterna de su celular para buscar el apagador de las luces. Al encenderlo, vio que la habitación estaba un poco desordenada. Había ropa tirada sobre la cama, dos maletas abiertas a un lado, zapatos tenis y una correa de perro. Daniel volvió a llamar.

—Buenas noches. La puerta se abrió sola. La cerraré y me iré.

No hubo respuesta, solo silencio dentro de la habitación. De pronto se escuchó un ronquido que provenía del baño.

Daniel comenzó a caminar lenta y cuidadosamente hacia el baño. Al lado de la entrada estaba tirada una secadora de cabello. De repente, otro quejido más fuerte. El corazón de Daniel comenzó a latir fuerte y se puso nervioso. Respiró hondo y se acercó a la puerta del baño. El extraño olor se hacía más presente. Daniel miraba su silueta en el espejo del lavamanos. De pronto creyó ver una mujer de pie detrás de él. A toda prisa se dio media vuelta, pero no había nadie. Tragó saliva y se acercó a la puerta del baño. La luz estaba apagada, solo se veía la parte de abajo de la cortina de la ducha. El olor extraño era más fuerte. Daniel encendió la luz para ver que la cortina de la ducha estaba manchada de sangre. Afuera estaba pintado un rectángulo de color rojo. En cada esquina había una veladora de color negro, y en medio, otra. Todas estaban apagadas. En la parte de abajo del rectángulo había dos letras pintadas de rojo, SM. Contra todos sus impulsos, Daniel se acercó para recorrer la cortina de la ducha. Al ver lo que estaba allí, soltó un grito de miedo, salió corriendo de la habitación y se dirigió a la recepción. Con pánico le dijo a la mujer lo que había encontrado en el baño de la habitación y llamaron a la policía.

El martes a las nueve y cuarenta de la mañana se encontraba trabajando en un restaurante chino ubicado en la Washington DR y el bulevar Castle Shanools. Raúl era mexicano y tenía veinticuatro años. Hacía poco rato que inició su jornada laboral, que consistía en cocinar y preparar algunas sopas, además de cortar algunas verduras. En la cocina los demás trabajadores hacían un ruido que le era muy familiar: unos estaban cortando vegetales, otros cortaban carne, algunos preparaban botecitos de salsa para llevar. Todos estaban activos preparándose para un día más de trabajo. Raúl era de piel clara, medía uno setenta y dos, tenía el cabello negro y corto, y casi siempre llevaba pantalones de mezclilla azules que adquiría en Walmart, al igual que camisas de manga corta con cuello que le ayudaban a sujetar el mandil. A las once con veinte la cocina estaba muy ocupada. Era la hora pico de la mañana, las órdenes no dejaban de llegar, los recibos comenzaban a amontonarse sobre una punta de acero donde los ponían. A veces los contaban, otras no. Raúl movía el sartén sin parar, el fuego de la llama le quemaba el rostro. No hacía tanto calor. En verano había días en que la cocina parecía un horno, y estar dentro de un horno con una fuerte llama a menos de un metro era sofocante. Sin embargo, Raúl amaba su trabajo. Siempre quiso ser cocinero, tenía mucha imaginación para inventar platillos. A la edad de diez años preparó su primer plato de comida china, un joven llamado Abraham le enseñó. Desde entonces Raúl tuvo fascinación por la cocina. Ayudaba a su madre cada vez que podía. Para él era preferible cocinar y se molestaba cuando lo ponían a lavar los platos.

A las doce y media llegó al restaurante un hombre blanco vestido con traje de color gris y una corbata negra. Ya estaba pasando la hora pico del trabajo. El hombre se acercó a la cajera y preguntó por Raúl. Una mesera llamada Lin fue hasta este y dijo que un hombre lo buscaba. Raúl estaba cocinando una orden de arroz con vegetales. Al terminar se quitó el mandil de color negro y fue hacia la entrada. Al ver al hombre sintió un poco de miedo. Bajo su brazo izquierdo alcanzó a ver la funda donde llevaba una pistola. Raúl pensó en correr, no estaba en el país de manera legal y pensó que tal vez el hombre era un agente de migración. Pero se tranquilizó. Con algo de nervios, caminó despacio hacia el hombre. Al verlo, este le dijo en inglés:

—Buenos días, ¿hablas inglés?

—Sí —asintió Raúl.

—Tú eres Raúl Hernández, ¿verdad?

—Sí, señor —admitió nervioso—. ¿Qué necesita?

—Señor Raúl, me parece que tendrá que acompañarme a la jefatura de policía. No se preocupe, no está en problemas. Solo queremos hacerle unas preguntas. Si gusta, pediremos un traductor para que se sienta más cómodo.

—¿Pero yo qué he hecho? —renegó Raúl desconcertado.

—Me ahorraré esa respuesta por lo pronto. Por favor sígame. No me gustaría arrestarlo en su lugar de trabajo.

Sin alegar más, Raúl salió del restaurante y miró a ambos lados de la calle. De nuevo pensó en correr pero abandonó esa idea al ver un par de patrullas estacionadas en la calle. El hombre salió detrás y lo llevó hasta una Ford Explorer de color negro. Allí le colocó unas esposas y le abrió la puerta trasera al copiloto. Raúl entró, y después de sentarse miró hacia afuera y se puso muy nervioso e inquieto. El hombre entró a la Ford, la encendió y preguntó.

—¿Estás cómodo?

—Sí —mintió Raúl sin querer parecer nervioso.

El hombre arrancó el auto, y veinticinco minutos más tarde llegaron al centro de la ciudad y luego a la jefatura de policía en la zona uno. El edificio era de dos pisos, rodeado con ladrillo de color rojo. El hombre estacionó la Ford en frente de la entrada, sacó a Raúl del vehículo y lo llevó dentro de la estación hasta una sala de interrogatorios. Al llegar le ordenó que tomara asiento al lado de una mesa. Del otro lado había otra silla. El hombre salió de la sala de interrogatorios. Raúl se hallaba desconcertado, nunca había sido arrestado. El lugar emanaba un olor que se podría describir como seguro y limpio, pero para él no era nada reconfortante. A los pocos minutos entró otro hombre vestido con un pantalón de mezclilla café claro, camisa roja y una chaqueta negra. Llevaba un fólder en la mano, lo dejó sobre la mesa. Se quitó la chaqueta, la colocó en otra silla, tomó asiento y comenzó con las preguntas.

Unos minutos más tarde Raúl recibió la noticia de que su novia Elizabeth Pérez había sido asesinada. Lloró durante un rato. El detective lo dejó desahogarse sin molestarlo. Luego salió de la sala de interrogatorio y regresó con unas servilletas. Se las entregó a Raúl, quien ya estaba más tranquilo. Su mente no quería creer lo que había escuchado. El hombre tomó asiento y dijo:

—Lo lamento mucho —dijo en inglés—. Por su reacción, puedo ver que ella era alguien importante para usted. Soy el detective Steve Anderson y estaré a cargo del caso. Ahora me gustaría que hablara un poco de su relación con la víctima.

—Esto no puede estar pasando —dijo Raúl con voz triste—. Nos íbamos a ir a vivir juntos en unas semanas. Ella me dijo que ya estaba preparando sus maletas. ¿Cómo pudo pasar esto?

—La brutalidad del homicidio nos ha dejado sin palabras —añadió el detective—. Si no quiere ver las fotos no lo obligaré a hacerlo, pero le pido que entienda que usted es un sospechoso importante. Fue la última persona con quien ella se comunicó antes de su muerte.

—El domingo tenía planeado ir a verla en la noche —confesó Raúl—. Pero tuvimos una discusión, después ella no respondió a mis llamadas ni a mis mensajes.

—Cuénteme sobre ella. Ayer entrevisté a algunos trabajadores del hotel. Supe que durante un tiempo Elizabeth frecuentaba hombres diferentes. Algunos empleados la vieron y denunciaron que vendía drogas o era prostituta. ¿Qué me dice sobre eso?

—No tengo nada que decir —dijo Raúl con voz apagada.

—Escuche, Raúl, si no me ayuda no podré encontrar a los culpables. Tiene que decirme lo que sabe.

—Ya le dije que no sé nada de eso —repitió Raúl.

—Le diré una cosa —le animó el detective—. Lo dejaré ir, pero necesito que regrese a más tardar en dos días, o yo puedo ir a su casa. Sé que pasa por un momento difícil y lo entiendo. Déjeme advertirle que si intenta huir pondré una orden de arresto en su nombre y lo acusaré del homicidio. Dígame si he sido claro.

—Sí —afirmo Raúl.

—Puede irse —dijo el detective. Se puso de pie, le quitó las esposas y dijo—: Lo puedo llevar a su casa, si gusta, ¿o tiene quien lo lleve?

—Tengo quien me lleve —anunció Raúl mientras se ponía de pie.

—Vamos a la recepción. Firmará unos papeles y se podrá ir, ¿de acuerdo?

Raúl asintió con la cabeza.

El detective Steve guio a Raúl hasta la recepción. Después de que firmara los papeles, lo acompañó hasta la puerta y le dijo que lo llamaría. Afuera, el día estaba soleado y fresco. Raúl caminó por la Brighton RD hasta que llegó a una parada de autobús. No aceptaba lo que pasó. A los pocos minutos llegó un autobús. Raúl lo abordó y tomó un asiento en la ventana. Mientras el vehículo estaba en marcha, trataba de despejar su mente mirando los grandes edificios y la gente que caminaba por las calles. Cuando llegó al centro, Raúl tomó un tranvía hacia Mount Lebanon.

Después de despedirse de Raúl, Steve regresó a su oficina y analizó el expediente. Eran cuatro los principales sospechosos. Ya había entrevistado a dos sin obtener nada, y no podía localizar a los otros dos. Había muchas dudas acerca del caso. Hasta el momento, aún no se descubrían pistas que lo llevaran hasta el o los asesinos. Steve pensó en acudir a un camarada que había sido suspendido hacía dos meses, el detective Patrick Summers, quien había tenido muchos casos brutales y resolvió la mayoría. No pasaría nada si le pedía que le echara un vistazo al expediente.

A las dos de la tarde, Steve sacó copias en blanco y negro del expediente, detalló el caso en dos hojas más y a las cuatro llamó a Patrick. Este le contestó de inmediato y quedaron en verse en el Charleman Condominium, donde vivía Patrick. A las cuatro con cuarenta, Steve llegó al condominio de apartamentos, llamó a Patrick, quien le abrió la puerta y lo invitó a entrar.

Patrick Summers era un detective de la policía de Pittsburgh. Tenía treinta y siete años, era blanco, pelirrojo natural, media uno ochenta, se dejaba la barba de candado, no muy larga. Era uno de los mejores detectives. De no ser por un detalle, habría podido ser percibido como un héroe: Patrick era racista, no toleraba a los inmigrantes latinos ni a los negros, en especial a estos últimos. Para Patrick no había crimen donde un latino o un negro no estuvieran involucrados.

No era un racista de nacimiento, algunos eventos de su vida lo habían llevado a serlo. El padre de Patrick fue un militar que murió en un accidente aéreo cuando tenía ocho años. Lo dejó solo con su madre embarazada. Unos meses después esta fue asaltada por un negro en el centro de la ciudad. Cuando Patrick tenía once, otro negro la asaltó en una gasolinera cerca de Green Tree. Esta vez la madre de Patrick trató de resistirse y el asaltante le hizo un corte en la muñeca con una navaja. Cuando tenía catorce años, Patrick tenía un mejor amigo llamado Stuart, que quedó en coma debido a una pelea que tuvo con un adolescente negro al salir de la escuela. El muchacho era más alto y fuerte que Stuart, así que lo derribó y lo pateó varias veces en la cabeza. Patrick trató de intervenir solo para que dos compañeros del agresor también lo golpearan. Un año después Stuart fue desconectado por decisión de su familia. Desde entonces, Patrick no ha tenido un mejor amigo y su odio hacia los negros no dejaba de crecer.

Sin embargo, el acontecimiento que lo marcaría para siempre ocurrió la madrugada de un sábado de abril de 2007. Patrick tenía veintidós años y trabajaba como ayudante de gerente en un Aldi. Aquella noche el joven decidió ir a su lugar favorito para olvidarse del trabajo, un centro nocturno llamado Under Night. No era el mejor de la ciudad y las bailarinas tampoco estaban muy buenas, pero era más barato y la mujer que atendía en la barra, y que además era la dueña, le gustaba mucho al joven Patrick. Se llamaba Nancy, una mujer blanca de cuarenta y ocho años que era muy amable y respetaba mucho a sus trabajadores y clientes. El mismo Patrick iba al bar solo para ver a Nancy. Si se pusiera ropa sexi, competiría fácilmente con las bailarinas de la mitad de su edad. Era soltera, mamá de dos hijos, sensual, madura y alegre. Eso atraía a Patrick mucho. Siempre se preguntaba a sí mismo cuándo tendría el valor de decírselo. Cada vez que iba al lugar, ponía sus ojos sobre Nancy en vez de ponerlos en las bailarinas jóvenes y semidesnudas.

A la una de la mañana de aquel sábado, Patrick salió para fumar un cigarro. Hacía calor. Afuera había hombres y mujeres fumando, que conversaban mientras daban caladas a sus cigarrillos. De pronto, un sedán viejo llegó al estacionamiento. Un hombre negro y alto aparcó el vehículo en medio y, molesto, se bajó de él. Llevaba un paño rojo en la cabeza, camiseta blanca y pantalones muy flojos. No saludó a nadie. Entró al lugar, dejando el motor del viejo automóvil gruñendo en medio del estacionamiento con las luces encendidas.

Patrick se terminó su cigarrillo, tiró la colilla en un cenicero de plástico y regresó adentro. Al entrar, miró al mismo hombre que dejó el auto encendido en medio del estacionamiento, discutiendo con una bailarina apodada Gladys. Era alta, blanca y de cabello rubio, una de las mejores y más bonitas bailarinas del bar. Los dos discutían a tal punto de que casi se gritaban. A un lado estaban dos guardias de seguridad esperando el momento para sacar al hombre del establecimiento. En el momento que estos le pidieron que se fuera, el hombre se puso muy agresivo. Trató de golpear a Gladys y a los guardias. Estos lo sacaron por la fuerza y le ordenaron que se fuera o llamarían a la policía. Esto último habría sido lo mejor esa noche, porque el hombre regresó veinte minutos después, armado con una metralleta semiautomática. Entró al establecimiento y le comenzó a disparar a todo el mundo. La barra estaba a la izquierda de la entrada, a solo un par de metros. Tenía forma de u y bancos en ambos lados. La dueña estaba en medio, atendiendo a los clientes. Debajo de la barra estaban los refrigeradores. A la derecha de la entrada estaban los baños y frente a la entrada, el portero. También, un tubo para que las bailarinas ejecutaban su baile en turnos, y un poco más adelante estaba una rocola que nunca se usaba. Un metro después terminaba el pasillo y comenzaba la pista de baile, donde bailaban las mujeres, y alrededor había sillas donde se encontraban sentados la mayoría de los espectadores. A la derecha, a un lado de la puerta de emergencia, un hombre tocaba música de diferentes estilos.

La primera víctima fue el portero, después los que estaban sentados de espalda a la entrada, incluyendo dos bailarinas. Patrick estaba sentado a un lado de la barra, en frente de la rocola. Cuando escuchó los disparos se arrojó al suelo y se escondió detrás de esta. Nancy trató de sacar un arma que tenía oculta debajo de la barra, pero el sujeto la miró y no le dio tiempo. La pobre mujer recibió quince disparos en el pecho y el estómago. Patrick se hallaba oculto detrás de la rocola escuchando los gritos y disparos. Podía escuchar a la desesperada gente tratando de salir por la puerta de emergencia. En el suelo había botellas de vidrio tiradas, mesas, vasos, hielos. El hombre descargó dos cargadores completos de la metralleta, luego colocó otro y caminó hacia la pista donde aún se encontraban muchas personas. Patrick miró una botella de vidrio justo al lado de sus pies. Era de Heineken y aún tenía un poco de cerveza dentro. Sin pensarlo la tomó. El hombre no lo vio y caminaba hacia la pista con el arma levantada, para volver a dejar que el infierno se desatara. La voz de una mujer llorando y quejándose que venía desde detrás de la barra llamó la atención del tirador, que se giró hacia su izquierda con la metralleta levantada. Patrick aprovechó el momento, salió de su escondite y le dio en el rostro con la botella. El hombre descargó la metralleta hacia el frente, y luego maldijo y se llevó las manos a los ojos. Con la adrenalina corriendo por su cuerpo, Patrick tomó otra botella rota y cortó la cara al agresor. Este maldijo y gritó de dolor, soltó el arma y se arrodilló. Seguía maldiciendo y se quejaba de que no veía. Patrick tomó otra botella y se la estrelló en la nuca. Un guardia de seguridad que había estado en el ejército y que tenía una bala incrustada en el abdomen llegó con una escopeta y golpeó al tirador en la cabeza. Este cayó al suelo y se retorció mientras se agarraba la cara ensangrentada. En ese momento las sirenas de la policía comenzaron a aproximarse. Unos segundos después los policías entraron por la puerta. El guardia apuntaba al tirador con la escopeta, Patrick estaba de pie a su lado y de inmediato señaló al responsable. El saldo fue de cinco heridos, dos de gravedad, y nueve muertos, incluyendo dos bailarinas y Nancy, la dueña del lugar. Aquella madrugada el odio de Patrick hacia los negros terminó de madurar.

Unos meses después entró en la policía, pasó todos los exámenes y comenzó a trabajar duro. Arrestaba de todo, pero sus lugares favoritos para patrullar eran los barrios de latinos y afroamericanos.

Sabía que era peligroso, ya que por lo general estos estaban armados todo el tiempo. Pero eso a Patrick no le importaba. Él quería sacarlos de las calles. Se involucró en tiroteos varias veces. Era valiente, fue herido cuatro veces, mató a varios pandilleros y traficantes afroamericanos, también algunos latinos, siempre en defensa propia, nunca disparó primero. A pesar de que era agresivo y usaba la fuerza, nunca violó las leyes que juró proteger. A los seis años de convertirse en uniformado, lo ascendieron a detective. Desde entonces había recibido varios casos. Su dicho era "no hay crimen donde los negros no estén involucrados". Sabía que algunas veces se equivocaba, pero era su dicho favorito.

Después de que un policía blanco matara a Floyd, un afroamericano que había pagado en una gasolinera con un billete falso, las sanciones contra el racismo fueron más severas y Patrick comenzó a ser sancionado con regularidad. El ocho de agosto del 2022 capturó a una pareja de afroamericanos en un complejo de apartamentos que estaban involucrados en extorsiones y robos. Patrick fue suspendido por tiempo indefinido debido a la brutalidad del arresto. La mujer lo había atacado con un cuchillo. Patrick se defendió golpeándola en la cara y la sometió de forma brutal. El tipo trató de robar un auto para huir, pero Patrick disparó a los neumáticos y cuando el tipo se rindió lo golpeó casi hasta dejarlo inconsciente. Hubo muchos testigos y hasta salió en las noticias. Los delincuentes alegaron que eran inocentes y que el detective era un racista. Esto último era cierto, pero ellos no tenían nada de inocentes. Sin embargo, la gente se puso de lado de las supuestas víctimas y bajo la presión de los medios, y por temor a que la gente se volviera a manifestar, tuvieron que suspender a Patrick. Nadie quería más saqueos a tiendas o daños a propiedad pública, así que dieron de baja a uno de los mejores detectives de la ciudad. Fue lo mejor, al menos para el gobierno y sus intereses.

Patrick no tenía muchas cosas que hacer aparte de ser policía, era su vida. Desde entonces pasaba mucho tiempo con su madre y su hermana, su departamento estaba completamente limpio y pasaba mucho tiempo en un gran campo de tiro llamado MT Donald Sportmen, que estaba a media hora de donde vivía. A veces revisaba sus viejos casos, analizaba todo lo que había hecho como policía. Las veces que había estado cerca de morir, sobre todo en tiroteos con pandilleros y traficantes, todo eso había sido por nada. La sociedad lo rechazaba, y ni qué decir de las mujeres. Hacía años que Patrick no tenía una relación seria con ninguna. A veces terminaba en un hotel con alguna que conocía en bares o centros nocturnos, pero eso era todo. ¿Quién iba a querer estar con alguien racista? Lo que había pasado con Floyd había sido tan grande que muchas empresas se hicieron con algo de dinero al vender cosas con el grabado de Black lives matter, incluso algunas productoras de películas comenzaron a cambiar sus personajes que originalmente eran blancos a negros, todo por quedar bien con la sociedad y, por lo tanto, obtener beneficio.

Lástima que ya la mayoría fracasó. Para Patrick toda vida inocente valía, no importaba el color. Era verdad que odiaba a los negros, pero jamás arrestó a ninguno que fuera caminando tranquilamente por la calle, o al verlos caminar de la mano con mujeres blancas. Era racista pero, justo se decía a sí mismo, no era un supremacista ni se creía perfecto, sino todo lo contrario: se miraba al espejo y aceptaba sus defectos como lo haría toda persona inteligente y razonable. "Sí, odio a los negros", se decía, "pero no porque me sienta más que ellos, los odio por lo que hacen". En todos lados hay supremacistas blancos a los cuales nadie molesta ni critica. Ronald Reagan llamaba simios a los negros y Donald Trump llama criminales a los mexicanos. Eso es ser racista, pero en vez de criticar a estas personas la gente los apoyaba. ¿Por qué ahora se han vuelto tan delicados? Patrick no ha arrestado a un negro que haya sido inocente, y no los ofende diciéndoles estupideces como simios o algo parecido, más bien los odia por lo que hacen. Si el racismo se midiera del uno al diez, él estaría en el siete o el ocho. Patrick a veces culpa a la música de hip hop, cree que es ofensiva y dañina, sobre todo para los adolescentes y niños, ya que muchas canciones mencionan en sus letras drogas, violencia, sexismo, armas de fuego y sobre todo perras blancas. Lo peor de todo era que a las mujeres blancas les gustaba demasiado esa basura. A Patrick le daba algo de coraje cuando pensaba en casos de violencia doméstica, casos donde las mujeres eran tratadas como "perras", como decían las canciones. Él pensaba que eso comenzaba desde la niñez, creía que si los niños y adolescentes no escuchaban esa basura, las cosas no estarían tan mal, y que las mujeres serían más respetadas. A veces reía al ver que mujeres también cantaban esa basura, y se decía a sí mismo que eran estúpidas y sin cerebro por entonar algo que las hacía ver como putas, dispuestas a perrear, follar y complacer a cualquier idiota que se les cruzara por enfrente.

El lunes diecisiete de octubre a las nueve de la mañana, Patrick estaba haciendo ejercicio en un gimnasio cerca de su apartamento, cuando vio en la televisión la noticia de la muerte de Elizabeth. Se sorprendió de la brutalidad del caso. Sabía que los noticieros mentían y a veces exageraban para llamar la atención de las personas, pero esa mañana no mintieron del todo, ya que ni siquiera sabían la verdad del homicidio. A las once de la mañana Patrick regresó a su departamento, se duchó y encendió la televisión. El único detalle era que no tenía nada que ver ahí, así que se vistió, tomó las llaves de su todoterreno de color negro y fue a un bar llamado The Cabin, muy parecido al bar donde casi moría a manos de un tirador negro. El martes a las cuatro de la tarde recibió una llamada del detective Steve Anderson, quien le pidió que le echara un ojo al caso de homicidio del lunes en la madrugada. Patrick se emocionó al escuchar eso, y aunque renegó un poco al principio, aceptó, y a las cinco de la tarde se encontró con Steve en su apartamento. Entonces pensó que era hora de atrapar a algún negro.

PARTE 2
AMOR

El amor llegará, todos están destinados a estar con alguien. El alma gemela quizás llegará tarde, pero llegará, y el resto de los días se vivirán en la felicidad. Tarde o temprano encontrarás a alguien que te ame, que te respete y que cuide de ti en las buenas y en las malas. A esa persona le serás fiel, te entregarás a ella. Será la madre o el padre de tus hijos, y juntos morirán de viejos rodeados de nietos. El amor existe, está en todos lados. Es una daga que se entierra en el corazón y que no duele; al contrario, da placer y felicidad al enamorado. Pero a su vez lo deja ciego, lo lleva a cometer errores, lo lleva a la locura, a los celos, a la obsesión y al rencor. Por culpa del amor ha muerto mucha gente, así que el amor en realidad no es para todos, no para aquellos con mentes débiles que se dejan llevar por pensamientos negativos, que corrompen sus almas y hacen que el amor sea algo peligroso, obsesivo y dañino.

Raúl Hernández creció en un pueblo pequeño llamado Nogales, ubicado al sur del estado de México. Fue el segundo de cinco hijos. A la tierna edad de ocho años conoció el amor por primera vez. Una niña llamada Rosaura llamaba su atención por completo. Lo distraía en clase, no podía dejar de mirarla ni sacarla de su cabeza. A veces se sonrojaba cuando ella le hablaba, o se ponía muy nervioso. Nunca tuvo el valor de decirle a Rosaura lo que sentía por ella, y con el paso de los años el amor se fue desapareciendo.

Cuando tenía catorce, Raúl se volvió a enamorar de una muchacha un año mayor que él, Areli, una de las más bonitas de todas. Les gustaba a muchos de sus compañeros, e incluso algunos llegaron a pelear por ella como si esta fuera un objeto. Areli solo convivía con los más guapos de la secundaria. Raúl no era feo, pero sí muy tímido y algo desconfiado. Creció en una familia pobre. En aquel entonces no sabía que las mujeres eran interesadas por instinto y que se sentían más atraídas hacia aquellos que poseían riqueza o poder de algún tipo; si eran guapos, era un extra. Raúl no tenía la posibilidad de estar con Areli, sentía que estaba por debajo de los muchachos que ella frecuentaba. Se enteró de que algunos tuvieron sexo con ella, lo cual le molestó, pero no había nada que pudiera hacer. Areli no iba a fijarse en el chico pobre si tenía la oportunidad de salir con muchachos con dinero, no importaba que estos fueran machistas o patanes. Con el paso del tiempo, al igual que con Rosaura, Raúl fue olvidándose de Areli.

Cuando tenía veinte años, Raúl ya había emigrado a los Estados Unidos y trabajaba a tiempo completo en un restaurante mexicano en la ciudad de Detroit. Allí conoció a una mujer de su misma edad llamada Cindy. Era blanca, pelo castaño, medía uno sesenta, tenía grandes caderas. Era muy muy bonita y, sobre todo, amable. Durante todo el tiempo que Raúl trabajó con ella jamás supo que Cindy se molestara como lo hacían las demás meseras. Claro, sucedía sin que él se diera cuenta, todo ser humano se molesta algunas veces. Cindy siempre le sonreía. Raúl nunca tuvo el valor de invitarla a salir, sobre todo porque no hablaba inglés, y porque muchos de sus compañeros andaban detrás de Cindy sin importarles que ella tuviera novio, algo que Raúl nunca supo. Cuando se fue de ese restaurante, le costó mucho trabajo sacar a Cindy de su cabeza. No podía. Ella era un mujer única, no solo por ser bonita sino por su forma de ser. Tenía algo que hacía que a todos les cayera bien. Pero al tiempo Raúl la fue olvidando, como hizo con las demás.

En abril del 2020 Raúl se mudó a la ciudad de Pittsburgh, Pensilvania. Duró cuatro meses sin trabajar en la ciudad de Detroit debido a la pandemia. Raúl cuidaba su dinero, tenía bastante guardado cuando la cuarentena llegó, así que pudo sobrevivir sin problemas. Al llegar a la ciudad de Pittsburgh trabajó en un restaurante chino llamado Gold China. La paga era barata, pero aún no había más trabajos disponibles. En noviembre de ese mismo año un amigo suyo lo llamó y le dijo que había una vacante de empleo cerca de Mont Lebanon. Se trataba de un trabajo como cocinero donde le pagarían el doble de lo que ganaba en el actual. Raúl no lo pensó demasiado: ese mismo día renunció y al día siguiente comenzó a trabajar en un restaurante llamado Mychina, su actual empleo, y como su amigo le había dicho, la paga era muy buena, así que se esforzó por aprender rápido y allí se estableció hasta que encontrara un trabajo donde le pagaran mejor.

El sábado dos de abril del 2022, Raúl pidió el día libre. Sus jefes no aceptaron debido a que era el día más ocupado de la semana y no había nadie que cubriera su puesto. Raúl insistió y al final le dieron el día sin goce de sueldo. A las dos de la tarde Raúl llegó en un taxi a los departamentos Crawford Square, cerca del centro de la ciudad. Aquel día se festejaba el cumpleaños de su primo Arturo Hernández. Raúl llevaba un paquete de veinticuatro cervezas Modelo. Además de Arturo, dentro del apartamento estaban sus amigos Sergio, Carlos, Andrés y el mayor de todos, Gustavo. Cuando Raúl abrió la puerta, vio que las escaleras se hallaban enfrente, luego observó que todos estaban bebiendo en la sala, que se encontraba a la derecha de las escaleras. Raúl saludó a cada uno y se les unió. Era algo temprano para comenzar a beber, pero tendría que retirarse a las siete a más tardar. La resaca rara vez lo afectaba, pero cuando lo hacía era fuerte y tardaba horas en irse. Además, no quería ir en malas condiciones a su trabajo. El día de acción de gracias del año pasado se puso muy ebrio, y al siguiente día el trabajo estuvo muy ocupado y la resaca no lo dejó en paz hasta las seis de la tarde. Aunque los domingos no eran días muy ocupados, no podía confiarse, a veces creía que la resaca era un castigo por beber un día antes de trabajar. Por lo regular solía beber los lunes, ya que el martes era su día libre.

A las cinco de la tarde llegaron dos mujeres al departamento. Eran prostitutas que habían sido contratadas por Sergio como regalo para Arturo. Una de ellas se llamaba Adela. Era baja, morena, pelo negro y de gran trasero, y llevaba un vestido oscuro. La otra se llamaba Elizabeth. Era alta, de piel clara, bonita, y su cabello negro tenía mechones rubios que hacían resaltar su belleza. Al ver a Elizabeth, Raúl sintió una extraña pero familiar sensación. Se acercó a ella para preguntarle si podía estar con él, pero ella se negó y dijo que no trabajaba y que Adela era la que estaba disponible. Al ver que Raúl era rechazado, algunos de sus amigos se burlaron de él, mientras que Arturo subía por las escaleras hacia su habitación tomado de la mano con Adela. Luego entró, cerró la puerta y comenzó a recibir su regalo de cumpleaños. Raúl se puso un poco serio por haber sido rechazado; mientras tanto, los demás trataban de animar a Elizabeth para que estuviera con él. Le decían que le podían dar más dinero si se decidía. Elizabeth se negó a todo eso y no quiso estar con nadie.

Media hora después, Arturo salió de su habitación y bajó las escaleras con el rostro muy alegre. Al verlo, todos brindaron y lo llamaron campeón y demás. Andrés se levantó del sillón y dijo que él sería el siguiente. Le pagó a Elizabeth, subió por las escaleras y luego entró a la habitación. Mientras Andrés lo hacía con Adela y los demás conversaban, Raúl se hallaba sentado en una silla al lado de las escaleras. Estaba un poco apartado de los demás y no podía dejar de ver a Elizabeth, quien estaba sentada en una silla al lado de la ventana mirando su celular. Su rostro era un poco alargado pero bonito. Sus piernas eran largas y sus pechos, grandes, y vestía ropa nada reveladora aunque muy ajustada. Su trasero resaltaba de forma sensual y hacía que se formara una hermosa curva hacia su espalda que de seguro era suave y placentera al tacto.

Quince minutos después, Andrés salió de la habitación y bajó la escaleras. Entonces se levantó Carlos, de veintidós años, el menor de todos. Era alto y moreno, se veía muy intimidante, pero era un muchacho serio. Carlos pagó a Elizabeth y subió las escaleras. Media hora después bajó sin camisa y volvió a pagar por otra media hora, tras lo cual todos gritaron y lo felicitaron por su aguante. Raúl seguía serio, un poco apartado de los demás, sin poder dejar de ver a Elizabeth. De pronto tomó valor: se acercó a la ventana y, con algo de timidez, le pidió su número de teléfono. Ella se lo entregó sin decir nada. Raúl trató de conversar con ella. Elizabeth estaba muy atenta en la pantalla de su celular y apenas le respondía. Raúl se alejó un poco molesto, fue al baño y allí se dio un par de bofetadas y se dijo a sí mismo que el alcohol le había provocado aquellos sentimientos por Elizabeth. Después salió y se unió al grupo de amigos que conversaban con sus cervezas en la mano, sentados en un sillón. Unos minutos más tarde, Carlos salió de la habitación, bajó las escaleras y fue con sus amigos. Elizabeth se puso de pie y preguntó si alguien más quería subir. Todos se negaron. Unos minutos más tarde Adela bajó por las escaleras. Las dos se despidieron y salieron del departamento. A las nueve de la noche Raúl se despidió de sus amigos y regresó a su casa. Estaba muy ebrio, se había quedado dos horas más de lo planeado. De su mente aún no podía sacar a Elizabeth.

El martes diecinueve de abril Raúl estaba en su día libre. La casa donde vivía estaba a diez minutos del restaurante donde trabajaba. A la una de la tarde, Raúl se estaba duchando. El día anterior había salido a beber a un centro nocturno llamado The Cabin. Esa noche pensó en llamar a Elizabeth una vez estuvo ebrio. A la una de la mañana regresó a su casa y lo hizo. Ella no le respondió ninguna de las tres llamadas. Al terminar de ducharse, Raúl fue a su habitación. Se encontraba solo en casa, vivía con tres chinos que trabajaban con él.

Todos tenían un diferente día de descanso, por lo que mientras uno estaba en casa, los demás trabajaban.

A las dos de la tarde, Raúl encendió el televisor y comenzó a ver una película llamada Crack, que le pareció muy entretenida, una mezcla entre comedia y acción. Una vez terminó de ver la película, se sintió un poco aburrido. Miraba el interior de su habitación. El ventilador giraba lentamente en el techo. Raúl observaba las aspas y por momentos se sentía mareado. Un rato después tomó su celular y buscó pornografía. Mientras elegía un video para masturbarse, se imaginó a Elizabeth desnuda junto a él. Entonces se quedó pensando en si debería llamarla. Cerró la página para adultos y llamó a Elizabeth. El teléfono timbró un par de veces. La voz le contestó. Raúl la invitó a su casa, pero Elizabeth dijo que ella no trabajaba. Raúl la convenció de acompañarlo a cambio de algo de dinero, a lo cual ella aceptó, pero le dejó claro que no habría nada más que conversación. Raúl aceptó y colgó el teléfono, luego le mandó su dirección. Ella le dijo que llegaría en media hora. Raúl se vistió con la mejor ropa que tenía, se roció un perfume que había comprado en el centro comercial hacía un año pero que no había tenido la ocasión de usar, y luego fue a la sala de la casa, tomó asiento y esperó. A los quince minutos llamaron a la puerta. Elizabeth había llegado.

Raúl y Elizabeth estuvieron conversando por una hora y media. Ella se fue alegando que tenía cosas que hacer; sin embargo, había quedado satisfecha con la conversación y recibió doscientos dólares solo por eso. Además, algo en Raúl llamó su atención: el hombre era amable, y le invitó unos tragos de Redlabel, pizza y algo de botana. En su trabajo como prostituta, Elizabeth no conocía hombres como Raúl, así que decidió cobrarle menos dinero si lo veía otra vez.

El martes tres de mayo Raúl y Elizabeth se volvieron a ver, esta vez en un restaurante mexicano llamado El Jalisquito, ubicado en la Washington DR, a una cuadra de MyChina, restaurante donde Raúl trabajaba. Al terminar de comer, los dos bebieron un par de cervezas y se retiraron. Elizabeth llevó a Raúl en su auto hasta su habitación. Ese día pasó dos horas con él y solo le cobró ciento cincuenta dólares.

El martes diecisiete de mayo los dos se volvieron a ver, esta vez en la casa donde vivía Raúl. Aquella tarde Raúl ordenó comida italiana mediante una aplicación. Los dos se divirtieron. Para ese entonces Elizabeth comenzaba a sentir algo por Raúl. Era una sensación que podía ser confundida como la que se siente por un amigo. Tal vez le gustaba. Como toda mujer, esperaba que él diera el primer paso, y más importante era que él la aceptara siendo ella una prostituta. En aquel entonces Elizabeth era una proxeneta, pero su última trabajadora se había ido hacía dos semanas. Antes de que Elizabeth se fuera, Raúl le dio un beso en la mejilla. Elizabeth se quedó de pie mirándolo, esperando que diera el siguiente paso, pero Raúl tenía miedo de ser rechazado, porque tal vez Elizabeth era muy bonita para él. ¡Pero qué demonios importaba! Raúl había visto tipos horribles saliendo con mujeres muy bonitas, así que se animó y finalmente le confesó lo que sentía. Elizabeth esperaba una confesión como esa, pero Raúl le dijo cosas que la dejaron desconectada, cosas ridículas que jamás había escuchado, esas cosas que inconscientemente conquistan a las mujeres, así que entraron de nuevo a la casa, se sentaron en el sillón y se besaron por un rato. Ella se despidió y le dijo que lo vería la siguiente semana, esta vez en su habitación, Raúl aceptó la invitación con gusto. El domingo veintidós de mayo a las nueve de la noche, Raúl se reunió con Elizabeth en el hotel Red Moon, donde ella vivía y trabajaba. Cuando Raúl entró a la habitación, se asustó un poco al ver a Max, la mascota de Elizabeth, un pitbull café con manchas blancas que resultó ser muy amigable. A las diez de la noche los dos se acostaron en la cama, se quitaron la ropa y comenzaron a hacer el amor. Raúl disfrutó del cuerpo de Elizabeth, lo recorrió de pies a cabeza, le regaló sexo oral, la hizo suya. Elizabeth se dejó llevar por las caricias de Raúl, los poros de su piel se dilataron y no protestó en nada. Lo dejó que se perdiera mientras recorría su cuerpo con las manos y los labios hasta los lugares más prohibidos y escondidos de su ser. Entonces se dejó penetrar. La sensación de sentir a Raúl dentro de ella fue tan placentera que se olvidó de pedirle al hombre que se pusiera un preservativo. Su mente no le pertenecía en ese momento, estaba en blanco, y la única sensación que podía sentir era la del amor y la lujuria. Como si tuviera mucha experiencia, Raúl dominó en la cama. Elizabeth solo tuvo que entregarse y no se molestó en decir palabras, dejó que él hiciera de todo con ella. Raúl terminó sobre su vientre. Después de hacer el amor, se besaron y se ducharon juntos. Raúl se fue a su casa a las dos de la mañana.

Al día siguiente mostraba unas ojeras bien marcadas. Sus compañeros de trabajo le decían que estaba con resaca, a lo cual él asintió, pero no era nada de eso. Raúl no había dormido bien y se sentía un poco cansado, aunque también muy feliz, como jamás se había sentido. Era la primera vez que hacía el amor con una mujer. Hasta ese día solo había tenido sexo con prostitutas, pero jamás había hecho lo que hizo la noche anterior. Eso lo sacó de este mucho, lo hizo olvidarse de sí mismo, lo hizo viajar a las estrellas, no podía esperar tanto tiempo para volver a repetirlo.

El martes diez de mayo a las cuatro de la tarde Elizabeth y Raúl salieron a comer, y después fueron al mirador de la ciudad y allí pasaron un par de horas. A las ocho de la noche fueron a la habitación de Elizabeth. Apenas entró, Raúl cerró la puerta y la llevó a la cama, pero tras unos besos y caricias Elizabeth le dijo que estaba en su periodo. Raúl detuvo el cortejo y se acostó a su lado, entonces dijo:

—Es una pena que no pueda tenerte esa noche.

—Quiero hacerlo, pero no puedo —respondió Elizabeth.

—No te preocupes, no te voy a presionar. —Le dio un beso en la frente—. Platícame más sobre ti. ¿Cómo llegaste a este país? ¿Por qué te fuiste de Venezuela?

—Llegué cuando tenía doce años —anunció ella—. No me gusta mucho hablar de eso.

—Cuéntame —la animó Raúl con ternura—. ¿Por qué viniste a este país?

—Por dinero, al igual que tú.

—Vamos, cuéntame. Solo quiero saber más de ti.

Elizabeth suspiró. Aunque confiaba en Raúl, no estaba segura de contarle sobre su pasado por temor a que la juzgara, y pensó que hacía mucho que no hablaba con nadie tan íntimamente.

—Además de la pobreza, a los doce años escapé de mi casa junto con mi hermana, dos años mayor que yo. Mi padrastro la violaba. Mi madre no lo sabía, o no quería saberlo. Ella nos rechazaba cuando intentábamos acercarnos a ella. Mi hermana y yo comenzamos a ahorrar todo el dinero que pudimos, llegamos a robar algunas veces. Yo era una niña delgada y alta. A pesar de que ya tenía mi periodo, mis pechos aún no crecían. Mi hermana y yo sabíamos que una vez me desarrollara más, mi padrastro también me violaría. Un domingo en la madrugada mi padrastro estaba dormido y ebrio sobre un sillón viejo. A la una de la mañana, mi hermana y yo salimos de nuestra habitación. Mi madre dormía. Todo estaba en silencio salvo por los ronquidos de mi padrastro. Su boca estaba abierta y tenía saliva en la camisa. Ya teníamos un plan, pero el más importante era tomar venganza. Mi hermana tomó un cuchillo de la cocina. Yo le puse a mi padrastro un trapo en la boca y mi hermana le cortó la garganta. Mi padrastro despertó con los ojos bien abiertos y cayó al suelo, y luego se revolcó mientras se agarraba la garganta. Emitía un sonido horrible, parecido al de un cerdo, o así es como lo recuerdo. En cuanto se dejó de mover, mi hermana y yo fuimos por unas mochilas que habíamos preparado y huimos de la casa, y caminamos dos horas hasta la ciudad más cercana, Valencia. Allí dormimos una semana en las calles, hasta que conocimos a un sujeto bien vestido que se ofreció a ayudarnos. Ninguna de las dos confiaba en él, pero no tuvimos opción. Con mucha probabilidad la policía nos estaba buscando, así que aceptamos. El hombre, llamado Néstor, resultó ser un traficante. Nos dijo que nos llevaría a Estados Unidos por dos mil dólares, siempre y cuando, al llegar, trabajáramos para él por al menos tres años. Aceptamos y una semana después llegamos a la frontera de Nogales junto con otras seis personas. Cruzar fue muy fácil. La única mala experiencia de nuestro viaje fue que, para cruzar un punto de revisión de migración, nos metieron en la parte de atrás de una camioneta de carga llena de paja. Era junio, así que hacía mucho calor. Después de pasar casi dos horas allí casi me desmayé de sed, pero todo salió bien. Cuatro días después llegamos a la ciudad de Los Ángeles, y en una casa en el sur comenzamos a trabajar.

—¿En qué trabajabas? —interrogó Raúl con voz tierna.

—No te puedo seguir hablando de eso —dijo Elizabeth con seriedad.

—Platícame —le animó Raúl, y le dio un beso en la frente.

—Trabajábamos empaquetando cocaína —continuó Elizabeth—. No había horario, hacíamos lo que nos pedían. Algunos días trabajábamos seis horas; otros, el doble. A veces no había descanso, y aunque no era un trabajo muy duro y teníamos aire acondicionado, era tedioso estar sentado sobre tu trasero tantas horas.

—Me alegra que tu sexi y bonito trasero no se haya arruinado —le dijo Raúl mientras le tocaba las caderas.

—No seas cerdo, solo era una niña —dijo Elizabeth sonriendo.

—Lo siento.

—Con el tiempo confiaron en nosotras y nos dejaban salir de vez en cuando, no solas, pero nos llevaban a donde quisiéramos. La ciudad era hermosa. Muchos restaurantes, la playa, el mirador, Hollywood... Llovían los hombres, y nosotras encerradas en una casa, pero al menos no estábamos en el infierno al que llamábamos hogar. —Elizabeth se entrecortó, y continuó—: Pasamos cinco años en la ciudad. Luego nos dijeron que nos podíamos ir si queríamos. Las dos aceptamos, pero no dejamos de tener contacto con ellos. En ese momento me di cuenta de que esa gente está en todos lados. Ellos nos ofrecieron ayuda, un lugar donde vivir, incluso trabajo, así que nos mudamos a Houston. Yo comencé a trabajar en un restaurante. ¡Diablos! Qué duro era lavar platos. Mi hermana comenzó a trabajar como mesera. Fue inteligente de su parte aprender inglés pronto.

Su trabajo era duro, pero no tanto como lavar platos. Tres meses después dejé el trabajo y volví a hablar con ellos. De inmediato me ofrecieron trabajo de empaquetar en la ciudad de Nueva York. Mi hermana se negó a ir conmigo. Desde entonces nos separamos. Cada vez hablamos menos, y lo demás es historia.

—Pasaste por cosas difíciles, amor —dijo Raúl, y luego le dio un beso en la mejilla—. ¿Y cómo iniciaste en esto?

—¿Te refieres a ser puta? —interrogó Elizabeth con voz molesta.

—Sí. Digo, no. Jamás te llamé puta, y no lo haría.

—Este negocio en un poco complicado —dijo Elizabeth seria.

—Cuéntame —pidió Raúl—. Si no me sigues platicando, terminaré dormido aquí contigo.

—¿Qué tendría eso de malo?

—¡Ronco! Si duermo primero, no te dejaré dormir.

Elizabeth se rio, luego le dio un beso en la frente, seguido de uno en los labios y continuó:

—Verás, yo estuve metida en las drogas por un tiempo. Me dejaron completamente jodida. No podía encontrar trabajo, no podía encontrar pareja ni nada, así que utilicé mis contactos para pedir ayuda. En mi condición, me ofrecieron una cosa: prostitución. No importa si la mujer usa drogas, alcohol o lo que sea, solo se necesita un bonito rostro y un buen cuerpo, así que comencé a trabajar para ellos. La verdad es que son unos hijos de puta. Te quitan la mitad de lo que ganas. Yo tenía que follar con al menos cinco hombres al día para recibir un buen pago. Una vez estuve con diez hombres diferentes en un día. Es un trabajo de lunes a domingo, no hay días libres, al menos que estés en tu periodo. En total trabajé cuatro años para ellos.

—Mis amigos suelen contratar esas mujeres muy seguido —añadió Raúl—. La encargada en llevarlas se llama María, y seguido cambia de chicas. Me he dado cuenta de que todas tienen algo en común: son latinas, de diferentes países, todas hablan español.

—La conozco. María solía trabajar como prostituta —continuó Elizabeth—. Ahora se volvió encargada. Cuando no hay mujeres ella también tiene que trabajar. Ellos traen mujeres de Centroamérica o de México. Hay veces que las secuestran y después de unos cinco años trabajando para ellos las dejan ir. Es una enorme red de prostitución. Están en muchos estados, sobre todo en las ciudades más grandes. Cambian a las mujeres de ciudad cada tres meses, las mueven de una ciudad a otra. Unas salen, otras entran, y así sucesivamente. Algunas veces las mujeres aceptan venir a trabajar con ellos por voluntad propia, debido al peligro que corren en sus países, o para salir de la pobreza. Cinco años follando todos los días es demasiado. Llega el momento en que tu vagina se desensibiliza y no sientes nada, como si se adormeciera. Se siente que entra, pero no hay placer. Es difícil. Yo terminé un poco mal por trabajar con ellos, aunque me sirvió también, ya que me alejé un poco de las drogas. Luego me di cuenta de que podía hacer lo mismo e intenté competir con ellos. Cobraba más, limitaba las veces que las mujeres tenían sexo al día, pero no funcionó. Al final ellos se dieron cuenta y reclutaron a mis mujeres o las amenazaron para que se fueran. Yo no les pedía la mitad como ellos, solo me quedaba con el veinte por ciento. A veces creo que no se puede hacer el bien en este mundo.

—Ya veo —dijo Raúl sorprendido.

—Antes era peor para las mujeres —continuó Elizabeth—. Un proxeneta llevaba a una sola mujer a una casa llena de latinos o lo que fuera. La mujer tenía que follárselos a todos. Catorce, quince, veinte. Eso no importaba. Escuché de mujeres que llegaron a probar hasta cuarenta vergas diferentes en un solo día.

—Ni una estrella porno hace eso —añadió Raúl serio—. Y ganan mucho más. Una vez estuve con una de las mujeres de María. Piel clara, hermosa, parecía una modelo. Su cuerpo, sus pechos, su rostro… Su belleza era comparada con la tuya.

—Era más bonita que yo —añadió Elizabeth.

—¿La conociste?

—Sí —confirmó—. Se llamaba Mariana, una conocida que trabajaba con María me la presentó. Solo la vi una vez. Mi conocida me platicó de ella. Me dijo que Mariana era de Guadalajara. Trabajaba en un banco. Al negarse a ayudar al cartel local a lavar dinero, la amenazaron de muerte. No la terminaron matando por negarse, sino que la secuestraron, la violaron y la vendieron a esta gente para prostituirla. Ella es una de las favoritas de los clientes, una mina de oro para ellos. Mi conocida me dijo que hace unos meses se la llevaron a la ciudad de Nueva York. Allá terminarán con ella. En Pittsburgh hay clientes, pero no tantos como allá. Pobre mujer, es una pena que pasen cosas así.

Raúl no dijo nada, abrazó fuerte a Elizabeth y le dio un beso en la mejilla. Luego le dijo:

—No te volveré a preguntar sobre esto.

—Yo también soy una prostituta —dijo Elizabeth con voz triste—. Aún lo sigo haciendo, y no quiero ofenderte, pero con este trabajo que tengo de ama de llaves no es suficiente para mí. Si eso te molesta, dímelo.

—Me molesta —respondió Raúl con seriedad—. Déjalo poco a poco. Planeo comprar una casa, tal vez abrir un negocio. Tú puedes ayudarme si deseas seguir conmigo. Te llevaré conmigo junto con Max. ¿Qué dices?

—Gracias, Raúl —dijo ella sintiéndose comprendida.

Los dos se besaron. Esa noche durmieron juntos. Raúl se fue a las ocho de la mañana. A esa hora Elizabeth ya había comenzado su turno de trabajo. Cuando él se despertó, ella no estaba.

Elizabeth no dejó de prostituirse. En los meses siguientes seguía llevando hombres a su habitación, a veces hasta tres cada noche. Raúl confió en ella y nunca se dio cuenta. Elizabeth aún era adicta a la cocaína. No la consumía mucho, pero lo hacía. Solía comer en restaurantes en vez de cocinar, le gustaba comprar ropa y zapatos caros. Mujeres: gastan en ropa como si no hubiera mañana. También le compraba cosas caras a su perro. Era una mujer que no sabía administrar el dinero, que desaparecía en cuanto le llegaba a las manos, y por ese motivo seguía prostituyéndose.

El domingo dieciséis de octubre se suponía que Raúl iría a verla al terminar de trabajar. Elizabeth se negó, ya que esa noche esperaba a uno de sus mejores clientes, un dueño de un restaurante que le pagaba quinientos dólares la hora. No podía perder la oportunidad de ganar tanto dinero solo por ver a Raúl. Este la llamó a las ocho de la noche. Para entonces el cliente ya estaba vestido y satisfecho, y Elizabeth en ropa interior. Mientras hablaban por teléfono, Raúl escuchó la voz del hombre, y una vez que este se fue de la habitación comenzó la discusión. Bajo el control de la ira Raúl se sintió traicionado. La llamó de todo, hasta puta. Los dos discutieron hasta que Elizabeth se hartó y le colgó. Luego lloró durante un buen rato sobre la cama. A las doce de la noche recibió la llamada que marcaría su destino.

El viernes veintiuno de noviembre a las once de la mañana, Raúl se presentó a la estación de policía para dar su declaración. Dijo muchas cosas que Elizabeth le había contado, aunque también omitió otras. Les dijo cómo la había conocido, que era una prostituta y que él no le había pagado por sexo. También mencionó la discusión y la última vez que la había visto. El detective Steve no quedó muy convencido, pero dejó ir al muchacho. Le dijo que aún era sospechoso y que no podía dejar el estado hasta que el caso se resolviera.

Desde la muerte de Elizabeth, Raúl cayó en una profunda depresión. Cuando supo la forma en que murió, todo fue peor. El odio se apoderó de su corazón, deseaba venganza, maldecía a los responsables, les deseaba la muerte, deseaba saber sus nombres para matarlos él mismo. La vida ya no valía nada sin Elizabeth. Raúl imaginaba su futuro con ella, sus hijos, sus nietos. Se veía trotando por las mañanas al lado de Max, que también había sido asesinado. Todo se fue al carajo, su amor por Elizabeth se había convertido en obsesión y después en odio puro que cada vez más oscurecía su alma. Raúl comenzó a beber casi todos los días. En sus descansos bebía todo el día. Dejó de ver a sus amigos, dejó de salir, llevaba prostitutas a la casa. El hueco en su corazón no desaparecía, apenas era cubierto los minutos que duraba el sexo, pero después se sentía igual. No había un cuerpo como el de Elizabeth, el calor de las otras mujeres no se sentía como el de ella. Además, a las prostitutas que llevaba no se les podía besar en ninguna parte del cuerpo, recorrer sus cuerpos o hacer sexo oral. Las prostitutas a cargo de María solo se quitaban la ropa, se acostaban en una cama o en lo que fuera y abrían las piernas. El hombre tenía que hacer todo lo demás en veinte minutos. El sexo era frío y poco placentero, era como ver un apareamiento en la naturaleza, pero con el uso de un preservativo. Era sexo sin sentido. Esas prostitutas eran malas trabajadoras, no hacían bien lo que debían, solo calmaban los deseos y la soledad a medias. No les gustaba conversar y apresuraban al hombre después de los cinco minutos de acción. A ellas les daba igual si el cliente terminaba o no, solo querían que el tiempo se terminara. No importaba el cliente, solo su dinero, nada diferente a las demás empresas normales que venden productos. Hace mucho tiempo que el cliente dejó de importar, en estos tiempos solo quieren dinero y nada más. Después de tener sexo con tres prostitutas, Raúl dejó de llamarlas y comenzó a salir a su lugar favorito, The Cabin, un centro nocturno donde había buenas bailarinas. Eso era suficiente para distraerlo, al menos por un rato.

El sábado diecinueve de noviembre Raúl conoció a un hombre blanco y pelirrojo muy peculiar con quien estuvo a punto de agarrarse a golpes. Su nombre, Patrick.

PARTE 3
RENCOR

¿Qué son los espíritus vengativos? Se dice que algunas personas al morir dejan cosas pendientes en este mundo, cosas importantes que no hicieron o que tenían planeado hacer. Por ello permanecen entre nosotros sin que lo notemos.

Otras veces los espíritus se quedan en este mundo debido a cómo murieron. Los lugares donde ocurren muertes brutales o trágicas quedan impregnados con energía negativa. Los espíritus vengativos existen y se manifiestan de diferentes maneras. A veces mueven cosas para tratar de comunicarse, otras veces intentan hablar con las personas que son más propensas a relacionarse con ellos. El motivo de eso es desconocido, quizás esas personas tiene un don que desconocen y los espíritus los eligen para poder comunicarse con los que aún siguen en este mundo. Otros espíritus son agresivos, lastiman a las personas, no las dejan dormir, rompen cosas, arruinan vidas. De esos espíritus hay que cuidarse. En casos extremos pueden llegar a matar.

El asesinato de Elizabeth Pérez fue brutal, la mujer sufrió mucho antes de dejar este mundo. No hay verdaderas pistas de quiénes lo hicieron, además de que se llevó a cabo un ritual después de su muerte que involucró su corazón. Todo eso fue la mezcla perfecta para que el alma de Elizabeth se convirtiera en un espíritu vengativo.

Sin embargo, hay algo más, algo que fue atraído al lugar y terminó quedándose después de que le sacaran el corazón a Elizabeth del cuerpo para llevar a cabo el ritual. Los asesinos habían matado antes, pero no tenían idea de cómo llevar a cabo un ritual de magia negra. Eso terminó con algo maligno que se apoderó del alma de Elizabeth, ya que dicha alma se negó a dejar este mundo. Después de todo, en vida aún tenía cosas que hacer. Aquello que la poseyó no tenía la intención de ayudarla en lo que ella necesitaba, más bien se alimentaría de su odio y lo usaría para dañar a los demás.

El lunes veinticuatro de octubre a la una de la tarde, Amber Anderson se encontraba en la lavandería del hotel Red Moon. Era una mujer blanca, un poco gorda y de cabello negro. Llevaba puestos pantalones gris claro, un abrigo negro y delgado y su mandil azul de trabajo. Su turno terminaba a las cuatro de la tarde. Amber, al igual que otras empleadas del hotel, había acusado a la difunta Elizabeth de meter hombres desconocidos en su habitación. Amber no se llevaba bien con ella. Por lo general Elizabeth terminaba su trabajo muy temprano, lo que daba pie a que las empleadas dijeran que ella le hacía algunos favores al dueño del hotel a cambio de que la dejara salir temprano, cosa que no era verdad. Elizabeth era rápida limpiando las habitaciones que le tocaban, y las demás, al no poder competir con ella, se sentían frustradas. Lo de los hombres era verdad, la misma Amber vio a Elizabeth en más de una ocasión meter hombres desconocidos al departamento a plena luz del día. Amber era testigo de que algo pasaba y no pudo callarlo. Después de las acusaciones, Elizabeth comenzó a ser más cuidadosa y se limitaba a meter hombres a escondidas durante la noche. Aun así, algunos empleados la vieron. En una ocasión un inquilino que pasó una semana en la habitación doscientos siete la denunció. El hombre acostumbraba a asomarse por la ventana cada vez que escuchaba pasos, y vio al menos a cuatro personas desconocidas entrar y salir de la habitación de al lado. Aquello le trajo más problemas a Elizabeth, al punto de que, de no ser por su muerte, habría sido despedida y echada del hotel entrando el mes de diciembre. Nadie sabía eso, solo el dueño y la administradora. Ellos sospechaban que Elizabeth vendía drogas o era prostituta, y aunque ella era muy trabajadora, era preferible echarla de allí porque no querían tener problemas con las autoridades.

Amber se encontraba metiendo sábanas y toallas en una lavadora. A sus espaldas estaba la puerta para entrar a la lavandería, a la izquierda había otra lavadora y luego dos secadoras, y en la parte derecha de la lavandería estaba una estantería de tres niveles con productos de limpieza. Del otro lado de la lavandería había otra estantería con herramientas; a la izquierda, en la esquina, uno de los tres calentadores que tenía el hotel, y frente a las lavadoras y secadoras estaba una mesa de acero inoxidable que se usaba como apoyo para doblar las toallas y sábanas. Detrás de la mesa, al lado izquierdo de la puerta, había una estantería de cuatro pisos, que tenía sábanas, almohadas y toallas, todas dobladas y limpias.

Dentro de la lavandería hacía frío. Se suponía que la calefacción estaba encendida. Mientras Amber ponía jabón en la secadora y la encendía, se encontró pensando en Elizabeth. Su muerte había dejado a los empleados e inquilinos del hotel muy asustados y la policía no dio muchos detalles. Se rumoraba que la habían cortado en dos y que su cuerpo fue sodomizado. Los rumores acerca de su muerte era lo que distraía a los trabajadores de su aburrida rutina. Tal vez todo era cierto, quizás Elizabeth vendía drogas y era una prostituta, pero su muerte fue muy cruel y sus crímenes no eran tan graves como para merecer tal destino.

Amber apartó a Elizabeth de su mente y sacó algunas sábanas y toallas de la secadora. Luego comenzó a doblarlas y a colocarlas sobre la mesa. De pronto se encontró pensando en qué cocinaría al llegar a su departamento. Se imaginó acariciando a sus tres gatos; si su memoria no le fallaba, esa tarde le tocaba darles una ducha. Amber era soltera, un poco gordita pero no fea. Le costaba mucho conversar con los hombres. Había crecido en una familia cristiana. Desde que era niña fueron muy estrictos con ella y le enseñaron que el sexo era un gran pecado si las personas no estaban casadas. Una vez salió con un mexicano llamado Ángel. La relación no fue muy mala, pero Ángel resultó ser un hombre casado que había dejado a su familia en México para ir a los Estados Unidos en busca de una mejor vida para su familia. La conciencia del hombre lo llevó a confesárselo después de unas copas. Entonces Amber comenzó a desconfiar mucho de los hombres. Sin embargo, la soledad no es para todos, quizás para nadie, y pasado un tiempo Amber le dio otra oportunidad.

Hacía un año y medio que Amber había llevado a un hombre blanco y delgado llamado Justin a su departamento. Habían salido tres veces y esa noche Justin le propuso tener sexo. Amber aceptó y se ofreció a llevarlo a su casa. La verdad fue que Justin no estuvo nada mal, dejó a Amber satisfecha, tal vez porque hacía más de un año que ella no era tomada por nadie. Una vez ella se vio satisfecha, bajó la guardia y fue demasiado confiada. Se quedó dormida en su cama al cabo de un rato. Cuando se despertó eran las ocho de la mañana y lo primero que notó fue que su celular no estaba. Revisó entonces su bolso y le faltaban todas las tarjetas bancarias, las llaves de su automóvil y el efectivo. Amber lloró y maldijo, y luego tuvo que despertar a uno de sus vecinos para que le prestara el teléfono para llamar a la policía. Por suerte, en los departamentos donde ella vivía había cámaras de seguridad, algo que el ladrón no notó, o tal vez era idiota y ya se imaginaba una gran recompensa después de tener sexo con la mujer, como si eso para un hombre no fuera suficiente. Justin fue atrapado dos días después, aunque ya había vendido el teléfono, usado las tarjetas, se había gastado el efectivo y agotado el tanque de gasolina del auto que Amber había llenado el día anterior antes de verse con él. Desde entonces ella tuvo miedo de salir con hombres; convivía con amigos, pero solo eso. A las fiestas que acudía nadie la tomaba en cuenta, los hombres se iban con las más bonitas. Amber no era fea, pero la mayoría de sus amigas iban al gimnasio y vestían ropa que para ella era ofensiva porque llamaba demasiado la atención. A ella la miraban como la gordita seria, aburrida y poco atractiva.

Mientras Amber doblaba sábanas y toallas, las luces de la lavandería comenzaron a parpadear. Unos segundos después se detuvieron y ella siguió con lo suyo; de pronto las luces volvieron a parpadear y la temperatura de la lavandería bajó drásticamente. Amber ya temblaba un poco debido al frío. De repente la secadora y la lavadora comenzaron a hacer ruidos extraños, como si por dentro se estuvieran quebrando, y luego comenzaron a girar demasiado rápido. De la parte de arriba comenzó a salir humo de color negro y se escucharon crujidos. Amber dejó de doblar las sábanas y miró hacia los aparatos un poco asustada. Tomó el celular de su bolsillo para llamar a mantenimiento, pero mientras desbloqueaba la pantalla del celular, la lavadora y la secadora se detuvieron al mismo tiempo. El humo dejó de salir y las puertas de ambas se abrieron. Amber se guardó el celular en el bolsillo y se acercó a la secadora. La ropa olía a quemado. Revisó la lavadora y tocó la ropa. Pero esta estaba seca, lo cual era imposible porque hacía tan solo unos minutos el agua y el jabón fluían dentro. De pronto se escuchó un golpe desde la estantería donde estaban los productos de limpieza. Varios garrafones se cayeron al suelo. Amber sintió miedo, temblaba de frío y de su boca salía mucho vapor. El frío la obligó a ir hacia la puerta, giró el pomo y se dio cuenta de que estaba cerrada. Pero eso no era posible: la puerta no tenía seguro y se podía abrir desde ambos lados. Mientras trataba de girar el pomo, escuchó pasos que se le acercaban desde atrás, luego sintió un aliento frío cerca de su nuca y unas manos le tocaron las caderas. Amber pegó un grito y dio la vuelta de inmediato. No había nadie, solo silencio. Algo llamó su atención desde su izquierda. En la esquina, al lado derecho de la estantería donde estaban los productos de limpieza, yacía de pie la silueta de una persona bajo una sábana de color blanco. Amber se asustó más y dijo en voz alta:

—¿Quién está allí? ¿Jake? No estés con bromas. Ya déjalo. Ya estoy asustada.

Nadie le respondió.

—¿Quién está allí? ¿Responde?

La silueta bajo la sábana comenzó a caminar hacia ella. Daba pasos lentos y continuos. Unos segundos después estaba a un metro de Amber. La silueta se quedó de pie, en silencio. De pronto la sábana comenzó a temblar, como si la persona convulsionara, luego respiró y exhaló de manera frenética, como si no pudiera respirar, y se detuvo. Amber ya estaba muy asustada y a nada de entrar en pánico. Dio un paso hacia adelante, extendió su mano para tomar la sábana y la removió con rapidez. Su propia respiración se volvió agitada al ver que no había nadie bajo la sábana. Las luces volvieron a parpadear y una voz de mujer la llamó desde sus espaldas.

—Hola, Amber.

Amber se dio media vuelta. No había nada detrás de ella. Las luces seguían parpadeando. Entró en pánico y se apresuró de nuevo a tratar de abrir la puerta, pero no abría. Gritó por ayuda. Las luces parpadearon más rápido. La lavandería seguía helada, sus dedos y su nariz estaban rojos, los oídos le ardían y la voz se volvió a escuchar a sus espaldas:

—Amber, ayúdame.

Ella se dio media vuelta, estaba desesperada. Quería salir de allí. Desde el otro lado de la lavandería se escuchó que algunas herramientas cayeron al suelo. Amber gritó y volvió a intentar abrir la puerta. La voz la llamó desde su derecha:

—Amber, tú me acusaste. Mírame, todo esto pasó por tu culpa.

Las luces dejaron de parpadear. Amber giró a su derecha y allí estaba Elizabeth de pie, a un lado de la estantería donde estaban las sábanas. Llevaba un short negro ajustado y un chaleco blanco de manga corta que tenía un cierre en medio. Este se hallaba desabrochado y se podía ver su sostén de color negro. Sobre su pecho izquierdo tenía una gran cortada de forma vertical y otra en la garganta. No llevaba zapatos. Su rostro estaba manchado de sangre, al igual que su vientre, piernas y cuello. Su mirada era seria y penetrante. No parpadeaba mientras miraba a Amber fijamente. Esta no creía lo que miraba, parecía que estaba viendo una película de terror, pero cien veces peor, y con la voz temblorosa dijo en voz baja:

—¡Por Dios! Creí que estabas muerta. ¿Te encuentras bien? Llamaré a una ambulancia.

Amber sacó el celular del bolsillo, pero al presionar el botón la pantalla no encendió, como si se hubiera quedado sin batería.

Elizabeth la seguía mirando y luego le sonrió de manera maligna. Sus ojos se volvieron negros, sus dientes crecieron hasta ser largos y afilados, su boca se extendió a lo ancho hasta llegar a su quijada y un trozo de su mejilla derecha se desprendió de su cara. Caminó hacia Amber, quien pegó un grito de horror y se giró hacia la puerta para intentar abrirla con desesperación. Un segundo después Elizabeth la tomó del brazo derecho y la arrojó sobre la mesa. Algunas sábanas y toallas se cayeron al piso. Amber cayó boca abajo sobre la mesa. En un segundo Elizabeth se le subió encima y con sus manos comenzó a apretarle el cuello. De pronto la voz de un hombre gritó desde el otro lado de la puerta. Amber gritó por ayuda y el hombre comenzó a golpear la puerta con fuerza. Elizabeth detuvo el ataque y giró la cabeza hacia la puerta. Entre la desesperación, Amber se agarró de la orilla de la mesa, se impulsó con todas sus fuerzas y logró soltarse del agarre de Elizabeth. Luego cayó al suelo sobre su hombro derecho. Con el impacto, alcanzó a escuchar cómo su clavícula se rompía, pero siguió gritando por ayuda. La respiración de Elizabeth, que se bajó de la mesa, era desesperada, gruñía como una bestia. A continuación, tomó a Amber de la camisa y, como si se tratara de una muñeca, la levantó en el aire y la arrojó hacia donde estaban los productos de limpieza. Amber sintió el fuerte impacto en su espalda, cayó al suelo y comenzó a llorar. Elizabeth se acercó y la agarró del hombro para darle la vuelta, luego se le subió encima y con la mano derecha apretó el cuello de Amber. Levantó entonces la mano y la abrió. Sus uñas comenzaron a crecer hasta alcanzar unos cinco centímetros cada una, entonces dijo con voz delgada y maligna:

—Amber, tú me delataste, por eso terminé así. Irás al infierno para hacerme compañía. —Un instante después removió la mano izquierda del cuello y con un rápido movimiento de su mano derecha le desgarró el cuello con las uñas.

Mientras la vida se le iba del cuerpo, Amber escuchaba los gritos y los golpes en la puerta. Con sus ojos llorosos miró a Elizabeth alejándose de ella mientras se lamía las uñas llenas de sangre. Un segundo después, la puerta se abrió. Ricky, un afroamericano alto y delgado que estaba de turno en la recepción, entró por la puerta. Ver tal acontecimiento lo hizo quedarse de pie un par de segundos y luego se acercó a Amber para ayudarla. Dos amas de llaves entraron a la lavandería, una gritó al ver a Amber en el suelo entre un charco de sangre y la otra llamó a la policía. Ricky estaba tratando de ayudar a Amber. De su garganta salían grandes chorros de sangre. Al final no pudo hacer nada: Amber murió a los pocos segundos. Cinco minutos después llegó la policía.

Tras el suceso, el dueño del hotel le pidió a la policía que no divulgara mucho del asunto para no asustar a los clientes. Los policías cooperaron un poco, pero al final mucha información se filtró. Nadie daba crédito a lo sucedido y el caso fue catalogado como suicidio. Sin embargo, Amber no tenía problemas mentales, no usaba drogas, casi no bebía. Los resultados de la autopsia determinaron que las garras de un animal grande como un oso fueron las responsables de la muerte. Pero nadie vio ningún oso cerca, era imposible que un animal así hubiera entrado al hotel sin ser visto. Dentro de la lavandería había dos cámaras de seguridad, pero estas solo grabaron a Amber asustada tratando de abrir la puerta. Luego dejaron de grabar y funcionaron de nuevo cuando Ricky estaba tratando de ayudarla. La policía no encontró evidencia suficiente para llevar a cabo una investigación por homicidio. Además, ocurrió de día, y el asesino no pudo haber entrado y salido sin ser visto. Sin embargo, Ricky había visto algo que no le quiso decir a la policía por temor a que lo juzgaran loco: en el momento que abrió la puerta, vio una mujer que caminaba en la parte de enfrente de las lavadoras. Esta lo miró y le sonrió, y luego desapareció. Todo ocurrió en un par de segundos, así que Ricky lo atribuyó a su imaginación, pero desde ese entonces no volvió a trabajar tranquilo en el hotel. El siguiente martes a las dos de la tarde, Ricky se cortó las venas mientras estaba sentado en la recepción. La policía catalogó su muerte como suicidio. Sin embargo, no se encontró por ningún lado rastro del objeto con el que se llevó a cabo el hecho. Al igual que Amber, Ricky no tenía problemas mentales. Las cámaras dejaron de funcionar en el momento que ocurrió su muerte.

Dale Walls era un hombre retirado de cincuenta y ocho años, blanco, de uno ochenta de estatura, pelo cano y con bigote. A los diecisiete años comenzó a trabajar en la construcción y a los veintiocho decidió formar su propia empresa, llamada Dalescontructions. A decir verdad, le fue bastante bien, el dinero fluía constantemente, en especial antes de la crisis de 2008. En aquel año, sin embargo, Dale perdió doscientos setenta mil dólares que había depositado en un fondo de inversión. Desde entonces no volvió a invertir un centavo de su dinero y con el tiempo aprendió incluso a ocultar sus impuestos. Decía: “Si los millonarios lo hacen, ¿por qué yo no?, si gano mucho menos que ellos”.

La esposa de Dale se llamaba Karla, una mujer blanca tres años menor que él. Las peleas entre los dos eran fuertes y constantes. Dale peleaba con su mujer y se iba de la casa, y a veces tardaba hasta un mes en regresar. No tenía nada que temer. Dale ya había estado casado una vez. Después del divorcio, su exmujer logró arrebatarle su casa, y de no ser porque se había casado por bienes separados, también le habría quitado la mitad de su empresa. Dale no volvería a caer en el mismo error, así que, para comprar su segunda casa, le dio el dinero a su madre. Ella la compró y se la heredó tiempo después, así evitaría tener problemas si se volvía a divorciar. Dale llevaba dos años retirado. Siempre fue muy apegado a su hijo mayor, Jake, el mayor de su primer matrimonio. A pesar de su mala experiencia de ver a sus padres divorciados, Jake nunca se separó de su padre. Al terminar la preparatoria, decidió no ir a la universidad y continuar con el negocio. Dale le dijo que tenía que estudiar para hacerse cargo, pero este se negaba a ir a perder el tiempo si podía comenzar a ganar dinero. Dale quería que su hijo fuera a la universidad. Al final, Jake decidió estudiar finanzas y administración de empresas, y tres años después comenzó a trabajar con su padre. Aprendió rápido del negocio, e incluso se hizo más listo que el propio Dale, quien al ver a su primogénito capaz de soportar la carga de administrar y dirigir una empresa, lo dejó en su lugar y pasó a retirarse.

Algunas veces, Dale iba a las construcciones para que Jake le mostrara cómo estaban las cosas. Después de que se terminara la cuarentena debido a la pandemia, hubo una gran demanda por casas y departamentos. Dale trabajó con Jake por unos meses, y después de que la demanda bajara un poco regresó a su retiro. Haberse retirado con una buena pensión, dinero y una enorme casa cerca del centro de Pittsburgh era casi un sueño hecho realidad, lo único que impedía que fuera un verdadero sueño era su esposa. A veces pensaba en dejarla, ya que peleaban muy seguido. ¿La razón? Dale era muy tacaño. La pobre mujer dependía de él en su totalidad, pero este no le compraba lo que necesitaba. Cuando ella lo amenazaba con irse a trabajar, Dale le gritaba y las discusiones comenzaban. Dale en realidad amaba a su segunda esposa. No tuvo hijos con ella por ser demasiado viejo, aunque siempre los deseó. Al final le terminaba comprando lo que ella necesitaba. Las discusiones en su mayoría eran en vano.

El viernes cuatro de noviembre, Dale tuvo una fuerte discusión con Karla. El motivo era que ella quería ir a ver la función de una obra de teatro que pasaría por la ciudad. Dale se negó a gastar seiscientos dólares en un par de boletos para ver tal payasada. A las seis de la tarde, Dale llamó a su hotel favorito, el Red Moon. Sabía que una mujer había muerto y que habían ocurrido un suicidio o dos, incluso vio rumores en internet que decían que el hotel estaba embrujado. Pero a Dale no le importaba eso. Él era ateo y no creía en Dios o en el diablo, mucho menos en fantasmas. Al llamar al hotel, una mujer le contestó el teléfono. Dale pidió dos semanas en la habitación doscientos siete. La mujer guardó silencio unos segundos, y luego le dijo que estaba disponible. A las nueve de la noche, mientras Karla estaba en la sala viendo televisión, Dale tomó una maleta y la llenó de ropa, y se fue de la casa sin decir nada. Al salir, encendió su enorme Ford Raptor de color gris y arrancó hacia el hotel Red Moon. A las nueve con cincuenta y cinco, Dale llegó a la recepción para ser recibido por una mujer con el rostro un poco serio, quien después de saludarlo le dio las llaves de la habitación. Al llegar a la puerta de su habitación, Dale miró la cinta policial amarilla que estaba atravesada en forma de equis en la puerta de la habitación de al lado, la habitación doscientos seis. Dale se burló un poco y entró a su habitación. La cama estaba a la derecha. De cada lado había una mesita de noche, sobre la cual estaba, cerca de la ventana, una lámpara. Frente a la cama, el televisor sobre una estantería, después un refrigerador pequeño y un horno de microondas sobre un mueble de madera. Al fondo, un lavamanos, y a la derecha el baño. Dale dejó su maleta a un lado de la cama y encendió el televisor en un canal llamado Vintage, que pasaba películas clásicas. Estiró los brazos y se acostó sobre la cama.

De pronto, Dale se encontró pensando en la mujer que había muerto. La conocía, aunque no recordaba su nombre. Desde hacía un año, cada vez que peleaba con su esposa, Dale iba al hotel Red Moon y pedía la misma habitación. Recordó que escuchaba pasos afuera de su ventana a altas horas de la noche, así que comenzó a asomarse despistadamente. Lo que vio no lo asusto, pero lo hizo sentirse en un prostíbulo. Una noche vio a seis hombres diferentes entrar y salir de la habitación doscientos seis. Los tipos duraban adentro al menos media hora y luego se iban. Además, todos eran latinos y a veces afroamericanos. A Dale no le agradaban los latinos, a pesar de que en su empresa eran el sesenta por ciento de los trabajadores. Solo le gustaba contratarlos porque hacían buen trabajo, pero en su vida privada no le gustaba tenerlos cerca. Dale los consideraba drogadictos, alcohólicos, violentos y mujeriegos, como muchas otras personas. Él se fija demasiado en los defectos de los extranjeros y no mira lo que tiene dentro de su propio país. Tim, un amigo suyo, le contó que su hija mayor quedó embarazada de un guatemalteco; al saberlo, este huyó de la ciudad. Otro amigo de la familia llamado Dónovan le dijo que a su esposa la habían violado tres latinos cuando era joven. Entre esas y más historias hicieron que Dale temiera de ellos. Mientras los supervisaba en el trabajo a veces se preguntaba si eso era verdad. La mitad de los latinos eran jóvenes, muy trabajadores. Siempre aceptaban hacer tiempo extra si Dale se lo pedía. A simple vista no parecían ser lo que él pensaba, pero como dice el dicho, ¡las apariencias engañan! Dale no iba a cometer el error de convivir con ellos y llevarse una sorpresa, así que hacía lo posible por evitarlos. Después de muchas visitas de latinos a la habitación doscientos seis, Dale decidió reportar a la inquilina con la administración.

Dale apartó a la muerta de su cabeza y se enfocó en la televisión. A las doce de la noche estaba dormido con la televisión y las luces encendidas. Una voz de mujer que lo llamaba por su nombre lo despertó. Dale dio un respingo y se levantó de la cama, tomó el teléfono celular de la mesita de al lado y miró la pantalla. Después lo volvió a dejar donde estaba, tomó el control del televisor para apagarla y se dirigió al baño. Se lavó los dientes, se quitó la ropa hasta quedar en calzoncillos blancos, regresó, apagó la luz y se acostó. A los cinco minutos se encontró pensando de nuevo en la mujer de la habitación doscientos seis. Era bonita, alta; a decir verdad era muy amable, y siempre saludaba a Dale cuando lo veía afuera recostado en el barandal tomando aire. A veces salía y se la encontraba fumando afuera de su puerta y se detenía a conversar con ella. No era originaria de

Estados Unidos pero hablaba muy bien el inglés. Una de las cosas que Dale odiaba de los latinos era que la mayoría no hablaba inglés, a veces ni siquiera lo entendían. Pensaba que era una estupidez ir a un país y no hablar el idioma. Recordaba que a muchos estadounidenses les gustaba ir a México u otros países de América Latina de vacaciones, pero solo eran semanas o días, no había necesidad de hablar español. En cambio, los latinos venían a trabajar a este país, por lo que lo menos que podían hacer era aprender el inglés. Incluso algunos encargados de grupo que eran latinos y trabajaban para él se equivocaban en algunas cosas por no saber hablar ni entender bien la lengua. Dale no era racista, no odiaba a los latinos; solo les tenía un poco de miedo por los rumores que escuchaba de ellos, y no le agradaban porque la mayoría de los que conoció no hablaban ni una maldita palabra en inglés.

A las tres de la mañana, Dale dormía profundamente cuando unos golpes en su puerta lo despertaron. Somnoliento, se quedó acostado en la cama y guardó silencio. A los pocos segundos volvieron a tocar la puerta. Eran cuatro o cinco golpes seguidos que se detenían y volvían a sonar. Dale se levantó de la cama, encendió la luz de la habitación y fue hacia la puerta. Cuando se acercó, los golpes dejaron de escucharse, entonces la abrió y asomó solo la cabeza. En el pasillo estaba de pie la mujer que supuestamente había sido asesinada. Vestía un chaleco blanco de manga corta con cierre en medio y un short negro y ajustado que mostraba sus piernas. Su cabello negro tenía mechones rubios. Dale sintió un poco de miedo al verla y dijo un tanto sorprendido:

—Buenas noches, señorita... Creí que usted...

—No te preocupes —dijo ella con voz amable—. En estos tiempos las noticias falsas están por dondequiera. A veces los noticieros no tienen cosas que cubrir e inventan algo para distraer al público.

—Lo sé —añadió Dale—. ¿Pero y la cinta de la policía?

—Es un adorno que puse para la noche de brujas —dijo ella con una sonrisa—. ¿Cómo se encuentra esta noche?

—Bien —dijo Dale fingiendo una sonrisa—. ¿Cuál era tu nombre?

—Elizabeth, ¿Y el tuyo?

—Me llamo Dale.

—¿Te encuentras solo, Dale? —preguntó con voz dulce.

—Sí.

—¡No me digas que tienes esposa y te peleaste con ella! —supuso Elizabeth con una sonrisa.

—Acertaste.

—Si gustas, puedo pasar a hacerte compañía —dijo Elizabeth con voz coqueta.

—Nunca he engañado a mi mujer.

—Entiendo, no te preocupes, nadie lo sabrá, quedará entre tú y yo. ¿Acaso no te gusta lo que ves?

—Sí —afirmó Dale—. Eres una joven muy hermosa.

Elizabeth le sonrió y con su mano abrió la puerta. Dale no se opuso y dio unos pasos hacia atrás, aunque algo dentro de sí mismo le decía que lo hiciera. Unos segundos después Elizabeth estaba dentro, cerró la puerta y se acercó a Dale. Tomó sus manos y las puso en sus nalgas, que sobre el short se sentían suaves y firmes. Elizabeth puso su mano derecha en el pecho de Dale y lo arrojó a la cama, luego comenzó a mover las caderas de manera sensual mientras se bajaba el cierre del chaleco. Al quitárselo, lo arrojó al suelo, mostrando un sostén de color negro. Se lo quitó despacio y mostró un par de pechos grandes y bien acomodados. Mientras movía las caderas se comenzó bajar el short, debajo llevaba una tanga de color negro que se adaptaba muy bien a su figura. Al quitarse el short lo movió a un lado con su pie derecho. Dale miraba la sensual mujer moviendo las caderas con emoción. Su piel era un poco pálida pero eso no opacaba su belleza. Su erección aún no llegaba; desde hacía años tenía problemas y eso lo llevó a dejar el cigarrillo, aunque eso no cambió mucho las cosas. Mientras seguía moviendo las caderas, Elizabeth comenzó a quitarse la tanga. Su monte de Venus estaba depilado y tenía un tatuaje de un corazón en medio. Al quitarse la tanga se la arrojó a Dale. Este la atrapó con sus manos y la colocó a un lado de la cama. Elizabeth se dio una vuelta y mostró su bonito y firme trasero, así como su espalda, que era sensual y mostraba el tatuaje de una cruz bajo la nuca. Después de unos movimientos sensuales, se dio media vuelta y se subió a la cama, le quitó los calzoncillos a Dale y le comenzó a acariciar las piernas. La erección no se hacía presente, por lo que ella dijo un poco desanimada:

—¿Qué pasa, Dale? ¿No le gusto?

—Usted es muy hermosa —aseguró un poco nervioso—. Pero yo estoy viejo.

—No se preocupe, soy una profesional. Me encargaré de eso enseguida.

Elizabeth comenzó a acariciar el pene flácido de Dale con sus manos, que eran tibias y suaves. Sin previo aviso lo puso en su boca. Dale dio un suspiro de placer, la erección comenzó a llegar poco a poco. Un minuto después Dale estaba tan duro como una roca y listo para tomar a Elizabeth. Mientras pasaban los minutos, notó que algo estaba mal: la boca de la mujer se iba haciendo cada vez más fría. Elizabeth seguía ocupada en lo suyo cuando Dale la miró preguntándose el motivo por el que eso sucedía. De repente sintió que algo se le encajó en el pene, y protestó con un débil grito. Elizabeth se detuvo y sacó el pene de su boca, lo agarró con una mano y miró hacia Dale. Sus ojos eran negros, había sangre en sus labios y en su cuello, y luego sonrió, mostrando unos dientes largos y afilados. Dale gritó y trató de apartarla. Elizabeth lo agarró de las caderas, se burló y le cortó el pene a la mitad de una mordida. Un gran chorro de sangre brotó hacia su rostro y lo cubrió por completo. Dale gritó adolorido y la empujó de la cama. Elizabeth cayó al suelo burlándose a carcajadas. Dale se bajó de la cama y corrió hacia el baño, en el camino dejó un gran rastro de sangre. Cuando estaba a dos metros del lavamanos, las manos de Elizabeth lo empujaron con mucha fuerza y lo estrellaron contra el espejo, que se quebró y le cortó el rostro y el hombro derecho. Dale cayó sobre el lavamanos y después al suelo, se quejó de dolor. Trató de arrastrarse hacia el baño, pero Elizabeth lo agarró de los pies y lo arrastró hasta la cama. Con su mano derecha lo tomó del cuello, lo levantó y lo tiró sobre esta, después agarró un trozó de espejo del suelo, subió a la cama y se quedó viendo cómo Dale estaba horrorizado y ya débil por la pérdida de sangre. Elizabeth se burló con una voz ronca, delgada y maligna, que no parecía pertenecerle.

—Tú me delataste, Dale. Por tu culpa estoy muerta. Irás al infierno. No te preocupes por tu esposa, ninguna mujer extrañará a un miserable impotente como tú.

Dale gritó con todas sus fuerzas. En respuesta, Elizabeth comenzó a cortarle el estómago con el trozo de espejo, le hacía cortes rápidos y en todas direcciones. Unos segundos más tarde Dale había muerto y sus entrañas estaban fuera de su cuerpo. La expresión de su rostro al morir era de miedo, sorpresa y horror a la vez, y en lo último en que pensó antes de irse para siempre fue en su dinero, ser un tacaño le había ayudado a ahorrar tres millones de dólares. No sabía que la muerte le llegaría esa noche. Se fue del mundo de la misma manera en que llegó, sin nada.

Un hombre llamado Javier, de origen latino, se hospedaba esa noche en la habitación ciento cuatro. Vivía en Youngstown, Ohio, y había ido a la ciudad de Pittsburgh a trabajar cuatro días en la remodelación de un Subway. La habitación estaba justo debajo de la doscientos siete. Javier se despertó al escuchar ruidos que venían desde arriba, lo cual le quitó el sueño. Escuchó gritos, por lo que se levantó de la cama, se puso un abrigo y salió para ver qué pasaba. Afuera hacía frío. Todo se veía tranquilo. Se dirigió hacia el estacionamiento y miró hacia arriba. Las luces de la habitación doscientos siete estaban encendidas. Javier caminó de nuevo hacia la puerta de su habitación, encendió un cigarrillo y comenzó a fumar. De pronto, una puerta de arriba se abrió. Javier dio unos pasos hacia el estacionamiento y miró hacia el barandal. La puerta de la habitación doscientos siete estaba abierta. Una bonita mujer iba caminando hacia la habitación doscientos seis. Antes de abrir la puerta, la mujer se detuvo, se dio media vuelta y sonrió hacia Javier, lo saludó con la mano, entró a la habitación y cerró la puerta. Javier siguió mirando hacia la puerta de la habitación doscientos siete, pensó en ir y cerrarla, o comprobar si allí había alguien, pero en vez de eso eligió terminar su cigarrillo y entrar en su propia habitación.

A las cinco de la mañana, Javier se encontraba vestido y listo para ir a trabajar, en media hora lo recogería una camioneta para llevarlo. De pronto escuchó el grito de una mujer. Salió de inmediato de la habitación, dio unos pasos hacia el estacionamiento y miró hacia arriba. Una mujer le gritó que llamara a la policía. Javier fue hasta las escaleras y subió a toda prisa, luego corrió por el pasillo hasta llegar a donde estaba la mujer, quien lloraba aterrada. Al lado de la puerta de la habitación doscientos siete había una maleta que era propiedad de la mujer. Javier entró a la habitación y se percató del motivo por el que la mujer estaba tan aterrorizada. Cuando lo entrevistó la policía, Javier dijo que había visto a una mujer con la descripción de Elizabeth saliendo de la habitación donde estaba el cuerpo de Dale. Los policías no le creyeron y lo detuvieron por ser un sospechoso. La noticia se extendió por todos lados. Ahora se creía que el hotel en realidad estaba embrujado por el espíritu de Elizabeth. Raúl se enteró de la noticia y su odio aumentó más, debido a que ahora estaban haciendo un circo con la trágica muerte de su novia, así que dejó de ver redes sociales y noticieros. Sin embargo, la muerte de Dale atrajo a algunos curiosos que buscaban sucesos paranormales.

El jueves diez de noviembre a las doce del mediodía, llegaron Susan y Peter Sullivan, un matrimonio que se dedicaba a la exploración de lugares misteriosos o embrujados y subían su contenido a las redes sociales. Esa noche la policía estaba en el lugar, así que no pudieron acercarse, pero el sábado a las doce de la noche comenzaría la verdadera exploración de la habitación doscientos seis en el hotel Red Moon.

—¿En serio lo haremos? —cuestionó Susan.

—Claro que sí —animó Peter—. No te preocupes, será como las otras veces.

—Las otras veces no hubo homicidios en los lugares, no que sepamos.

—¿Recuerdas que encontramos un cadáver en una casa abandonada en Jersey?

—Cómo olvidarlo —murmuró Susan—. Pero esto es diferente. Algo no me gusta de este lugar, Peter, deberíamos irnos.

—Mi amor, condujimos cinco horas. Que valga la pena. Recuerda que si no obtenemos dinero, no podremos ir de vacaciones a Los Ángeles.

—Lo sé, aun así, algo no me gusta, pero lo haremos. Que sea rápido, por favor.

—Claro, amor. Será rápido.

—Y no entraremos a las habitaciones —añadió Susan.

—No lo haremos —aseguró Peter con voz dulce, y luego le dio un beso en la mejilla.

Peter y Susan hacían contenido para redes sociales. Antes de conocerse, Peter, de veintitrés años, hacía videos de exploración durante las noches. No se alejaba mucho de la ciudad de Nueva York y no era famoso. Por su parte, Susan de veintidós años, hija de padre salvadoreño y madre estadounidense, hacía videos que tenían que ver con lo paranormal. Escribía historias de terror y las narraba frente a la cámara vestida con disfraces de noche de brujas. Era popular, y su sueño era explorar en las noches, pero no sola. Un día vio un video de Peter que se hizo muy famoso en el que exploraba una fábrica abandonada en las afueras de la ciudad. Escuchó muchos ruidos extraños, lamentos y voces. Todo quedó grabado por los micrófonos. A decir verdad, esa noche Peter se llevó el susto de su vida. Tras ver el video, Susan se puso en contacto con él. Se vieron dos veces y después de eso decidieron organizar una exploración juntos. Un mes después fueron a explorar una iglesia que se decía que estaba embrujada y que estaba ubicada al norte de la ciudad de Waterbury, Connecticut. Esa noche escucharon ruidos y voces, y lograron captar con la cámara la silueta apenas visible de un monje. Desde entonces comenzaron a ir a muchos lugares. Se enamoraron y a los dos años de conocerse se casaron. Aún no habían tenido hijos, porque sus trabajos les quitaban mucho tiempo; además, Susan siguió narrando historias como lo hacía antes, aunque no era tan frecuente. Debido a las experiencias en las exploraciones, su imaginación creció, se enriqueció, sus historias de terror se volvieron mejores que antes.

El sábado doce de noviembre a las once y media de la noche, Susan y Peter estaban listos para comenzar con la exploración. Se hospedaban en la habitación doscientos catorce del hotel Red Moon. A las once con cincuenta, Peter salió de la habitación. Iba vestido con ropa negra, y llevaba una cámara y una linterna. Susan lo siguió. Ella también llevaba ropa negra y una boina para cubrir su cabello. Los dos parecían ladrones, pero habían estado de acuerdo en usar ropa negra para las exploraciones, ya que les ayudaba a ocultarse. Todo se debe a que una noche se encontraron con unos hombres muy sospechosos y agresivos, que de no ser porque no vieron a Susan, las cosas habrían sido distintas. Ella estaba oculta y llamó a la policía a tiempo. Los tipos los hubieran lastimado, o algo peor. Desde esa noche la pareja supo que encontrarse con un vivo era más peligroso que encontrarse con un muerto.

Los dos encendieron sus cámaras. Susan cerró la puerta y comenzó el video. Transmitir en vivo no era muy fiable para ellos, preferían grabar y posteriormente subir los videos a sus redes sociales. La ventaja era que los podían editar y agregar alguna cosa extra para llamar más la atención. La mayoría de sus videos eran honestos, todo lo que les pasaba no era mentira, los dos se han llevado varios sustos. Pero de vez en cuando no les pasaba nada y agregaban un poco de drama para recaudar algunas vistas. A los pocos segundos de encender su cámara, Peter dijo unas palabras mirando hacia el lente de la cámara, lo hacía todas las veces.

—Hola, ¿cómo están todos? Les saluda Peter, de Sullivan Paranormal. Son las doce de la noche. Mi querida Susan y yo nos encontramos en un hotel llamado Red Moon, en la ciudad de Pittsburgh, Pensilvania. Por si no lo saben, en este hotel han pasado muchas cosas raras en los últimos días. Todo comenzó con el asesinato de una mujer llamada Elizabeth, luego se suicidó una trabajadora del hotel dentro de la lavandería, unos días después se suicidó un hombre que estaba en la recepción del hotel, y el pasado lunes en la madrugada murió otro hombre mayor que se hospedaba a un lado de la habitación donde murió Elizabeth. No sé ustedes, pero para mí este hotel está embrujado, es mucha coincidencia que todo ocurriera de la nada. La policía no ha dado pistas ni señales de un asesino en serie o algo por el estilo, así que estamos aquí para ver si podemos resolver el misterio. Deséennos suerte. Allí está mi amircito. Di hola.

—Hola —saludó Susan a la cámara con una sonrisa.

—Los veré en un rato —continuó Peter—. Con ustedes Susan y Peter, de Sullivan Paranormal. —Fijó la cámara en el pasillo y ambos comenzaron a caminar.

Susan y Peter fueron a su derecha, y luego volvieron a girar en la misma dirección. Allí se encontraban unas escaleras para bajar al estacionamiento. Después de unos diez metros giraron nuevamente a la derecha, y quince metros más adelante estaban frente a la habitación doscientos seis. Mientras Peter se acercaba caminando, volvió a decir unas palabras mirando hacia la cámara.

—Hemos llegado. Fue rápido, ¿verdad? Miren, allí es —dijo mientras apuntaba la cámara hacia la puerta que se encontraba a seis metros de él—. Ya se puede ver la habitación doscientos seis. —Miró a la cámara y dijo—: Algunos dicen que a la pobre mujer la partieron en dos, otros dicen que le cortaron la garganta, también se rumora que la violaron. Tal vez por eso su espíritu vaga por este mundo en busca de venganza, y...

Un viento helado que se formó de la nada los golpeó a los dos. Peter volvió a enfocar la cámara en la puerta. Susan sintió un terrible escalofrío y se detuvo. Ya estaban a unos tres metros de la puerta con el número doscientos seis. Aún tenía la cinta amarilla de la policía. La habitación de al lado con el número doscientos siete también tenía cinta de policía. Susan se agarró del barandal y respiró hondo. Peter la miró y dijo:

—¿Estás bien, amor? ¿Qué te sucede?

—Vámonos de aquí, Peter —le rogó ella preocupada—. Algo está mal, puedo sentirlo.

—Vamos, amor, ya estamos aquí, hagamos algunas tomas y nos vamos. Solo desde afuera de la habitación.

—Algo me dice que no nos acerquemos. Por favor, vámonos. ¿Recuerdas el presentimiento que tuve la noche que encontramos el cadáver? Tenía razón y tú lo tuviste que admitir. Esta vez hazme caso, por favor.

—Ya lo sé, Susan. Pero debemos...

La puerta de la habitación doscientos seis se abrió de repente e interrumpió a Peter. Susan lo miró con el rostro pálido y le dijo:

—No se te ocurra acercarte. Por favor, vámonos.

—Solo echaré un vistazo —dijo él tratando de calmarla.

—Por favor, no lo hagas —le rogó casi llorando.

—Escúchame, Susan, no vengas si no quieres. Entraré rápido y saldré. Espérame aquí.

—Peter, no lo hagas —volvió a rogar Susan mientras Peter entraba a la habitación.

Susan estaba aterrada. Peter, con su cámara en la mano, comenzó a grabar el interior de la habitación doscientos seis. Todo estaba ordenado: la cama a la izquierda, enfrente el televisor sobre el estante de madera, el refrigerador y el horno de microondas estaban en sus lugares. Tal parece que ya habían limpiado la habitación. Peter encendió la luz y dijo mientras grababa:

—Observen, ya limpiaron la habitación. Seré honesto: no esperaba que pudiéramos entrar. Pero aquí estamos. Cuando vean este video, les pido que le den me gusta. Estoy explorando una escena donde ocurrió un terrible crimen.

Peter entró a la habitación, fue hacia el lavamanos y encendió la luz que estaba al lado, entró al baño y encendió la luz. Todo estaba limpio, como si nada hubiera pasado. Entonces se cuestionó a sí mismo si estaba en la habitación indicada. De pronto las luces parpadearon y la temperatura de la habitación bajó demasiado. Las llaves de agua del lavamanos se abrieron y esta comenzó a salir. Peter dio media vuelta. La puerta de la entrada se cerraba despacio. Una fuerza invisible tiró con fuerza y se cerró por completo. Entonces el horror comenzó. Susan estaba en el pasillo a unos tres metros de la puerta. Se sentía muy mal, mareada, intranquila, nerviosa, la cabeza le daba vueltas; no había tenido una sensación así en su vida, ni siquiera la noche en que ella y Peter encontraron el cadáver. De pronto la puerta de la habitación comenzó a rechinar. Susan se acercó un poco y vio cómo se cerró por completo. Entonces se asustó y se acercó a la puerta para comenzar a tocar, luego gritó preguntando qué estaba pasando. Peter le respondió que él no había hecho nada. Susan entró en pánico. Desde afuera le gritó que no era momento para bromas y que abriera la puerta de inmediato.

—Te digo que yo no lo hice —repitió Peter en voz alta—. La puerta se cerró sola cuando yo estaba...

De repente las luces se apagaron. Sin darse cuenta, Peter dejó de escuchar la voz de Susan. Luego sacó la linterna de su bolsillo, la encendió y se encontró incrédulo ante lo que veía. La habitación comenzó a cambiar, las sábanas se comenzaron a desordenar y en el suelo aparecieron cosas tiradas: ropa de mujer, juguetes para perro, zapatos, sandalias y bolsas de comida rápida. Una maleta abierta y vacía apareció al lado derecho de la cama, el televisor estaba roto, el refrigerador estaba abierto. Peter sintió un escalofrío en su espalda y se dio media vuelta para encontrarse con el espejo que estaba sobre el lavamanos. Estaba roto, había algunos trozos de vidrio en el suelo y el agua seguía saliendo de la llave. Luego apuntó la luz de la linterna hacia el baño. En ese momento las luces se encendieron, el agua dejó de salir de la llave, y un segundo después la cámara y la linterna dejaron de funcionar. La cortina de la ducha estaba corrida y manchada de sangre. Dentro del área de la ducha había un gran charco de sangre coagulada, moscas y cucarachas se alimentaban del líquido. El inodoro también estaba manchado de sangre. En el suelo había cuatro veladoras tiradas de forma desorganizada, eran de color negro y una rodaba en silencio desde el escalón de la ducha hasta chocar con la base del inodoro, y luego regresaba. También estaba tirado un sostén de color negro, una tanga de mujer y un short del mismo color, y sobre el tanque de la taza un chaleco de manga corta de color blanco.

Peter abrió los ojos de par en par. Su corazón comenzó a latir muy fuerte, los labios le temblaban, sus manos se sentían congeladas. Con ellas agarraba la cámara por puro reflejo, la cual estaba apagada con una lucecita de color rojo parpadeando en la parte de arriba indicando que la batería se había agotado. Peter se dirigió hacia la puerta de la entrada. Mientras caminaba, comenzó a escuchar los gritos de Susan. Se detuvo, la voz era muy distante, pero luego comenzó a hacerse más fuerte, hasta que por fin la escuchó con claridad. Peter recordó que desde que se apagaron las luces y la habitación comenzó a cambiar, había dejado de echar la voz de Susan. Se apresuró hacia la puerta y la llamó:

—¿Susan?

—Por Dios, Peter, ¿por qué no me contestas? Te he estado gritando. Abre la puerta.

Peter giró el pomo, no se abrió. Volvió a intentar. Nada.

—No se abre, Susan. Ve por ayuda. Algo extraño está pasando aquí.

—Peter, por favor, sal de allí.

Entre las palabras de Susan, Peter sintió un escalofrío a sus espaldas y se dio media vuelta. Las luces volvieron a parpadear. A los pocos segundos se detuvieron. La voz de Susan seguía llamándolo.

Peter no la escuchaba con claridad, porque del baño salía un extraño humo negro. Unos segundos después una mujer desnuda apareció y se quedó de pie frente al lavamanos. A los pocos segundos se giró para ver a Peter. La mujer tenía un corte vertical arriba de su pecho izquierdo, otro en la garganta, y en su rostro había varios moretones. Tenía el labio inferior partido. Su piel era pálida, y tenía sangre en el pubis, el vientre y las piernas. La mujer clavaba la mirada en Peter, y de repente habló con voz delgada y ronca:

—Tú debes de ser Peter. Soy Elizabeth. Quieres verme, ¿cierto? No te preocupes, que ya dejaré entrar a tu noviecita y los mataré a los dos. Ten cuidado con lo que pides, porque se puede hacer realidad. ¿Estás listo, Peter?

Susan estaba afuera gritando. De pronto las luces de la habitación parpadearon. Ella siguió gritando. Pasaron alrededor de dos minutos y no obtenía respuesta. Entonces dejó la cámara en el suelo y comenzó a golpear la puerta con las dos manos. No había respuesta, por lo que siguió golpeando. De repente Peter gritó con voz desesperada.

—¡Susan, vete!

Susan no tuvo tiempo de responder. Un fuerte golpe azotó la puerta. Luego, un grito de dolor emitido por Peter. Entre el pánico, Susan siguió gritando y golpeando la puerta. Giraba el pomo con desesperación, pero no se abría. Desde adentro Peter comenzó a gritar. Susan maldecía mientras seguía luchando con la puerta. De pronto esta se abrió por sí sola y Susan cayó al suelo dentro de la habitación. Se levantó de inmediato y miró cómo una mujer pálida, desnuda y ensangrentada que estaba al lado derecho de la cama tenía a Peter agarrado del cuello contra la pared. La mujer miró a Susan y le sonrió. Sus ojos eran negros, sus dientes largos y afilados, su sonrisa era malvada y llena de odio, y su boca estaba alargada hasta su quijada. La mujer presionó a Peter contra la pared, y este comenzó a jadear, manotear y patalear. La mujer sonreía con malicia, y con voz gruesa y delgada dijo:

—Susan, soy Elizabeth. Ustedes vinieron a buscarme. Los dos morirán juntos.

Susan miraba paralizada de miedo. El amor que sentía por Peter la hizo moverse. Del suelo recogió una secadora para el cabello y se abalanzó contra Elizabeth. Susan la golpeó varias veces en la espalda y en la cabeza usando la secadora hasta que esta se rompió. Elizabeth se burló y levantó más a Peter, y Susan gritó con fuerza:

—¡Suéltalo, perra! ¡Es mi esposo! ¡Pelea conmigo, maldita!

Con un rápido movimiento, Elizabeth dejó a Peter, que cayó al suelo y comenzó a toser. Entonces fue hasta Susan, a quien agarró del cuello con una mano, la levantó y comenzó a apretar con fuerza. Susan podía sentir que las uñas comenzaban a crecer y se le clavaban lentamente en la garganta. Elizabeth la miraba con odio, le gruñía y le mostraba los dientes. La voz débil de Peter llamó la atención del espectro.

—Elizabeth, por favor, deja ir a mi esposa. Yo la convencí de venir aquí. Tómame a mí, ella no se merece nada de esto. Además, yo la amo. Te doy mi vida a cambio de la suya.

—¡Los mataré a los dos! —gritó Elizabeth furiosa.

—Por favor —rogó Peter—. Tal vez un día amaste a alguien, y si lo hiciste debes saber cuánto tuvo que valer esa persona como para que des tu vida. Te lo ruego, deja ir a Susan y toma mi vida. Ella es mi todo, no puedo dejar que muera. Nunca me lo perdonaría.

Elizabeth lo miró fijamente. Luego miró a Susan y unos segundos después la dejó caer al suelo. Susan tosió un par de veces, y luego miró a Peter, quien le sonrió feliz y le dijo con lágrimas en los ojos:

—Te amo, Susan Contreras.

De pronto Susan fue arrastrada por una fuerza invisible hasta afuera de la habitación. En cuanto salió, la puerta se cerró de golpe. Adolorida, se levantó y comenzó a gritar y a golpear la puerta, mientras adentro Elizabeth miraba a Peter, que escuchaba los golpes en la puerta y la voz de Susan. Las lágrimas caían por sus mejillas. Elizabeth se le acercó, lo tomó del cuello con las dos manos y lo levantó, apartó una mano de su cuello y la abrió para mostrar que las uñas le crecían hasta estar puntiagudas, afiladas y alcanzar diez centímetros de largo. Peter sentía que el aire le faltaba. Sus ojos llorosos miraban cómo Elizabeth abría y cerraba los dedos mientras lo miraba con una sonrisa satisfecha y maligna. Peter sabía que iba a morir, pero su mayor consuelo fue que Susan se salvaría. Con un rápido movimiento, Elizabeth cortó el estómago de Peter y sus intestinos cayeron al suelo. Después de sentir un terrible ardor en su estómago, Peter giró la mirada hacia la puerta. Aún podía escuchar los gritos de Susan y los golpes, que parecían estar cada vez más distantes. La oscuridad lo envolvió cuando las uñas de Elizabeth se enterraron en su cuello, luego se lo apretó con tal fuerza que este reventó y salpicó sangre hacia todos lados. Entonces lo arrojó al suelo, se le subió encima, y con sus uñas le arrancó las manos, la cabeza, los pies, y finalmente lo partió en dos. Mientras el cuerpo de Peter yacía desmembrado en el suelo dentro de la habitación, algunos inquilinos acudieron al lugar alertados por los gritos de Susan, quien seguía luchando por abrir la puerta. Dos hombres y una mujer se le acercaron y le preguntaron qué pasaba. Ella no les respondió y siguió luchando contra la puerta, sin saber qué más hacer. Los dos hombres se le unieron mientras la mujer sacaba su celular para llamar a la policía. De la nada Susan sintió un fuerte sentimiento de tristeza en su pecho. Entre llanto y desesperación, se desmayó. Susan despertó ocho horas después en un hospital. Los médicos la volvieron a sedar al cabo de un rato debido a su estado emocional, no le dieron la noticia de la muerte de su esposo para no lastimarla más.

Dos días después de la muerte de Peter, la policía se planteó cerrar el hotel. Al principio no creyeron ni una palabra de lo que les dijo Susan, incluso la tomaron como sospechosa y la pusieron bajo arresto mientras era tratada en el hospital. Sin embargo, antes de que su cámara dejara de funcionar, por un segundo alcanzó a grabar algo que dejó a los policías desconcertados. El video no se hizo público por petición de la familia de Peter. Ese video fue una prueba de que algo muy extraño pasaba en el hotel.

El miércoles quince de noviembre, un hombre de setenta y seis años llamado Andrew DoBerman, que se hospedaba en la habitación ciento cincuenta y cuatro, murió de un paro cardiaco a las dos de la mañana. Los médicos y la policía no encontraron explicación a las marcas de rasguños que el hombre tenía en la cara y en los brazos, no eran muy profundos ni tuvieron que ver con la muerte. La probabilidad de que Andrew se hubiera autoinfligido dichos rasguños quedó descartada, debido a que en la habitación y en sus pertenencias no se encontró ningún objeto filoso. El viernes dieciocho de noviembre a las dos de la tarde, una mujer afroamericana llamada Lisa Thomson, que trabajaba en el hotel como ama de llaves, murió al romperse el cuello después de caer del segundo piso. El suceso ocurrió justo en frente de la habitación doscientos seis.

Esa misma noche, a las ocho, un pastor llamado Kevin Connors fue a bendecir la habitación doscientos seis. Una patrulla de la policía estaba estacionada en frente y dos empleados del hotel fueron a acompañar al pastor; sin embargo, no aguantaron ni dos minutos dentro de la habitación. Sentían una fuerte sensación de pesadez en el cuerpo, náuseas y desequilibrio. Informaron al pastor y decidieron salir y esperar afuera. En cuanto salieron, la puerta se cerró de golpe detrás de ellos, por lo que llamaron rápido al policía mientras trataban de abrir la puerta. Cuando el policía llegó a la habitación, la puerta estaba abierta, los empleados estaban asustados y le dijeron que esta se había abierto sola. El policía se asomó dentro de la habitación y miró al pastor Kevin tirado sobre la cama. Su cuerpo estaba acostado de espaldas hacia arriba con la cabeza completamente girada, su rostro tenía una expresión de miedo e impresión, y su boca estaba abierta, al igual que sus ojos, que daban la impresión de que se saldrían de sus cuencas.

El sábado a las doce de la tarde la policía clausuró el hotel Red Moon de forma temporal hasta que encontraran una explicación a todo lo que estaba sucediendo.

PARTE 4
CAMARADAS

El sábado diecinueve de noviembre a las nueve y media de la noche, Raúl Hernández se encontraba sentado a un lado de un horno de microondas en la cocina del restaurante My-China; la hora más ocupada ya había pasado. Sentía las manos un poco cansadas de tanto cocinar con el sartén. Su trabajo era lo único que lo alejaba de su gran pena, la pérdida de su novia Elizabeth. Mientras Raúl se encontraba sentado, pensaba en sus amigos, y se preguntaba a su vez si los amigos en realidad existían. Su último mejor amigo se llamaba Rodrigo, era cinco años mayor que él y había llegado a Estados Unidos hacía dos años. Cuando llegó, Raúl fue a visitarlo a la ciudad de Columbus, Ohio, le dio un poco de ayuda económica, le regaló dos paquetes de cigarrillos y, sobre todo, se sintió muy contento de reunirse con él después de no haberlo visto durante tres años. Sin embargo, unos meses después Rodrigo dejó de hablarle, no le dio motivo, un día simplemente dejó de contestar los mensajes. Raúl se molestó demasiado y dejó de intentar contactarlo. Rodrigo en verdad era su amigo, la confianza entre los dos era muy buena a pesar de que tenían diferencias. En el pasado siempre se veían. Raúl tardó tiempo en superar eso, y desde entonces no ha vuelto a intentar hacerse de un mejor amigo. Raúl tuvo otro mejor amigo llamado Esteban, quien era de su misma edad. Durante un tiempo también se apreciaban mucho el uno al otro, hasta que Raúl le prestó dinero y Esteban dejó de hablarle para no pagarle. Eso llevó a Raúl a no volver a prestarle dinero a nadie, ni siquiera a su familia.

Cuando era joven, Raúl tuvo otro mejor amigo tres años mayor llamado Edgar. Edgar se casó a muy temprana edad y los dos dejaron de verse con regularidad, lo que llevó al deterioro de la amistad, y a pesar de que aún se veían de vez en cuando, ya no era lo mismo que antes. Cuando Elizabeth murió, Raúl creyó que con sus amigos encontraría alivio a su dolor, pero en realidad las personas que frecuentaba no eran sus verdaderos amigos, a ellos no les tenía la confianza suficiente para contarles cómo se sentía; además, algunos conocieron a Elizabeth y tampoco quería dejarles saber que se había enamorado de una prostituta, porque eso lo habría llevado a ser el hazmerreír de todos. Por ese y otros motivos Raúl no podía llorar con toda confianza y desahogar su pena con alguien, mucho menos les podía decir los planes que se arruinaron debido a la tragedia. Mientras pensaba, comprendió que en realidad los amigos no existen en este mundo, y si existen, se terminan alejando poco a poco hasta que desaparecen, al igual que cuando se acaba la vida misma. El dolor de no volver a ver a alguien que se aprecia es tanto que deja una herida en el corazón, la cual cicatriza pero sigue doliendo con el paso del tiempo, y se vuelve a abrir al recordar aquella persona tan querida.

Raúl terminó de trabajar a las diez y media de la noche. Era el horario de los viernes y sábados, los demás días terminaba a las nueve y media. Cuando llegó a casa se dispuso a abrir la primera cerveza de la noche. Afuera del refrigerador tenía cinco paquetes de veinticuatro de la marca Bud Light. Raúl fue a su habitación, se bebió la cerveza y se metió a bañar. Al salir pasó por otra, se la bebió en poco tiempo, encendió la televisión, puso música a bajo volumen y se acostó en la cama. La pena no desaparecía, al tiempo que la soledad era un agujero negro que se lo estaba tragando para llevarlo a la más profunda oscuridad. Después de beberse cuatro cervezas, Raúl decidió que no quería estar en casa, así que llamó a un taxista guatemalteco llamado Raimundo y le pidió que lo llevara a un bar llamado The Cabin, que estaba a diez minutos de la casa. Raimundo le dijo que lo vería allí a las once y media. Raúl se vistió con ropa formal, un pantalón de mezclilla azul marino, una camisa negra, unos tenis blancos, una chamarra del mismo color y una gorra negra de los Piratas de Pittsburgh. Tomó otra cerveza del refrigerador y se sentó en su cama para esperar a Raimundo. Raúl escuchó el pitido de un claxon y salió de prisa de su habitación. Al salir de la casa sintió el aire fresco de noviembre, no había viento, los árboles estaban quietos y en silencio, el cielo estaba estrellado, y una media luna blanca y brillante lo adornaba. Las calles se encontraban a oscuras, únicamente alumbradas por los focos encendidos fuera de las casas y las luces del automóvil. Raúl abordó su transporte y se fue para tratar de alejar un poco la soledad y las penas. A las once con cincuenta y cinco llegó al lugar y lo primero que hizo fue pedir una cerveza, luego se llevó a la mujer que más le gustaba a un baile privado, diez minutos después salió y se sentó al lado de la barra para seguir bebiendo.

Al igual que Raúl, Patrick Summers se sentía solo. Su departamento emanaba un olor a limpieza y una sensación de completa soledad. Para Patrick, hacer amigos no era algo común. Su último mejor amigo fue un policía llamado Clark, que fue hallado culpable de colaborar con traficantes de drogas y condenado a quince años de prisión. Lo que más le molestó a Patrick de Clark fue que este se aprovechara de su amistad para advertir a los delincuentes de operativos e investigaciones de la policía, así que con el tiempo dejó de ir a visitarlo a la prisión y se olvidó para siempre de los amigos.

A las siete de la tarde, Patrick se encontraba cocinando una ensalada de verduras y un trozo de bistec. No solía comer carne en la cena, pero ese día sintió que necesitaba algo bueno para animarse un poco, sobre todo porque había descubierto algo muy interesante e inquietante en el caso de Elizabeth Pérez, para el cual su excompañero Steve le había pedido ayuda. También lo desconcertaba el hecho de que tanta gente estuviera muriendo en el mismo lugar. Pensaba que si él estuviera encargado del caso ya estaría al borde de pegarse un tiro debido a la presión de no encontrar respuestas. Sentía algo de pena por Steve, el tipo debía de estar bajo mucha presión a falta de explicaciones razonables. Mientras terminaba de cocinar, Patrick escuchó que alguien tocaba el timbre, luego escuchó que el celular sonó. Al responder, la voz de Steve le dijo que estaba afuera de los departamentos. Patrick sacó el pedazo de bistec de la cazuela, lo colocó sobre una tabla de cortar y fue hacia la puerta para pulsar el botón que abría la puerta de la entrada al edificio, luego colgó el celular y se lo guardó en el bolsillo para volver a la cocina, tomó un cuchillo de un cajón y cortó el trozo de bistec en pedazos pequeños. Un minuto más tarde, Steve estaba tocando a su puerta. Patrick fue para abrir y dijo:

—Hola, Steve. Pasa.

—Gracias, Patrick —dijo con una sonrisa y entró.

—¿Una cerveza?

—Sí, pero la beberé rápido, si no te molesta.

—Claro que no, siéntate.

Steve tomó asiento al lado de la mesa del comedor, mientras Patrick se dirigía al refrigerador para sacar dos Miller light de lata. Le dio una a Steve, tomó asiento y dijo:

—¿Qué hay de nuevo, amigo? ¿Algo de comer? Acabo de cocinar.

—Estoy bien, gracias. Este maldito caso me va a volver loco. ¿Qué has averiguado?

—Nada importante —pronunció Patrick—. He visto este tipo de casos antes. Estoy casi seguro de que los tipos que mataron a esta mujer eran de una secta llamada Los Servidores.

—¿Qué te ha llevado a creer eso?

—Tres cosas —dijo Patrick antes de darle un trago a su cerveza—. La primera, es común que esta gente les saque el corazón a las víctimas; segunda, no dejan pistas de ningún tipo; tercera, eligen principalmente a víctimas que no tengan familiares o contacto con muchas personas. Por lo que dice el expediente, Elizabeth era solitaria, y la persona que más frecuentaba, además de sus compañeros de trabajo, era su novio.

—Tenía una hermana —añadió Steve—. Cuando nos comunicamos con ella no pareció muy preocupada y nos dijo que hacía casi dos años que no hablaba con Elizabeth. Tampoco se ofreció a pagar gastos funerarios.

—Ya veo —anunció Patrick—. Lamento decirte que ni yo pude resolver este tipo de casos en mis mejores tiempos. Estas personas son demasiado listas, además de que no se sabe mucho de ellas. Si quieres resolver esto, necesitas saber más de la víctima. ¿Qué hay del ADN que se encontró en el cuerpo?

—No concuerda con los datos que tenemos —anunció Patrick después de darle un trago a su cerveza—. Lo que me lleva a pensar que fue un inmigrante.

—¿No crees que haya sido el novio?

—Tal vez. De cualquier manera, necesitamos su ADN para estar seguros. Te preguntaré algo: ¿crees en lo paranormal?

—No mucho —murmuró Patrick—. ¿Crees que un fantasma la mató?

—¡No! Pero tenemos un video que nos ha dado mucho en qué pensar. La cámara de Susan, la esposa de Peter Sullivan, alcanzó a grabar algo que se nos está haciendo difícil creer. En su confesión ella juró que el fantasma de Elizabeth mató a Peter. Obviamente no creímos eso y la tenemos arrestada en un hospital psiquiátrico. La cámara de Peter no grabó nada después de que entrara en la habitación. Susan dejó la cámara que llevaba tirada en la puerta y está grabó un poco hacia dentro de la habitación. Déjame mostrarte algo que te quitará el sueño, Patrick.

—Venga.

Steve sacó su celular del bolsillo, le dio unos toques a la pantalla y se lo entregó a Patrick. En el video se veía el pasillo del hotel y se escuchaban los gritos de Susan y los golpes que le daba a la puerta.

Parecía desesperada y asustada. Unos segundos después dejó la cámara en el pasillo, que apuntaba hacia la puerta. Susan comenzó a gritar más fuerte y, a golpear la puerta con desesperación, no pasó un minuto antes de que la puerta se abriera. En el video se vio cómo Susan cayó al suelo, luego se levantó y allí estaba Peter recargado en la pared al lado derecho de la cama. Entonces la grabación se cortó. Al ver el rostro de Patrick, Steve dijo:

—¿Viste algo interesante?

—No mucho —asintió Patrick un poco decepcionado.

Estiró la mano para entregar el teléfono a Steve, pero este le hizo una señal de que se lo quedara y dijo:

—Míralo de nuevo. Adelántalo hasta que Susan se cae dentro de la habitación. Dos segundos antes de que se termine ponle pausa.

Patrick volvió a mirar el video, lo adelantó y puso pausa en el momento que Steve le indicó. Al principio no vio nada, pero mientras analizaba más la imagen, se dio cuenta de algo: Peter estaba recargado en la pared a gran altura y la silueta de una mujer alta parecía tenerlo agarrado del cuello con una mano mientras lo levantaba. La imagen no era muy clara, pero sin duda era una mujer. Patrick abrió los ojos al recordar que Elizabeth medía uno setenta y cinco de estatura, y dijo un poco alterado:

—No me digas que eso que está frente a Peter es Elizabeth.

—Los supersticiosos dicen que sí, ¿Tú qué crees, Patrick? ¿Acaso el espíritu de la mujer regresó para vengarse? Porque su cuerpo está en la morgue ahora mismo, y lo estuvo mientras ocurrió todo.

—Esto no me aclara nada —renegó Patrick con una sonrisa fingida, luego le dio un trago a la cerveza y entregó el celular—. Tenías razón, creo que no dormiré después de ver eso.

—La verdad es que yo le quisiera creer a Susan —aseguró Steve—. Pero si lo hago, terminaré suspendido como tú.

—No lo creo —dijo Patrick con una sonrisa—. Tú no odias a los negros, amigo. Creo que al menos un negro estuvo involucrado en ese homicidio.

—Deja tu racismo para otro día, no es el momento.

—Como sea, ¿Quieres otra cerveza?

—Me tengo que ir —anunció Steve—. Este caso es una locura. Por cierto, cerramos el hotel hasta nuevo aviso. Creo que un pastor irá a bendecir la habitación doscientos seis esta noche.

—No lo dejes ir solo —bromeó Patrick—. Imagínate si llegara a morir en ese lugar. Tu caso acabará en todos lados. Ya me imagino lo que dirán los reporteros amarillistas de la policía de Pittsburgh.

—Jódete —dijo Steve molesto—. Si no resolvemos esto pronto, el FBI terminará quedándose con el caso. Gracias por la cerveza, la próxima yo invito. Te avisaré cualquier cosa que encuentre.

—Aquí estaré, amigo —dijo Patrick mientras recogía las latas de la mesa.

Después de que Steve se fuera, Patrick cenó el bistec con ensalada, lavó los trastes y salió para comprar algunas cervezas. A las diez de la noche, Steve lo llamó y le dijo que el pastor que había ido a bendecir la habitación había muerto en el lugar. Tras colgar, Patrick se rio, aunque no era para nada gracioso, lo hizo porque las cosas estaban demasiado jodidas. Entonces decidió vestirse con un pantalón vaquero azul claro, una camisa verde, una chamarra azul marino y zapatos de vestir, y salió de casa para ir a su bar favorito, que en realidad era un centro nocturno llamado The Cabin. Patrick llegó a las once de la noche, entró y miró a su alrededor. Había un olor suave parecido al limón y las bocinas tocaban música de disco. Para ser sábado no había muchos clientes. Un área de la barra estaba vacía, había algunas bailarinas sentadas conversando con los clientes y al fondo, donde estaba la pista de baile, había más clientes sentados viendo a una sexi latina bailando alrededor del tubo. Patrick se sentó frente a la barra y pidió un Jack Daniels con agua mineral mientras conversaba con la mujer que atendía, llamada Hayley, quien era blanca, de ojos azules, alta y de complexión media, con piernas gruesas y bonitas. A Hayley no le gustaba usar sostén, por lo que se podían ver sus pezones con aretes sobre su camisa. Llevaba puesto un pantalón negro ajustado de licra y una camisa rosa hasta el ombligo. Patrick disfrutaba de la vista y, por supuesto, quería llevarse a Hayley a la cama, pero ella estaba casada. A ella le gustaba coquetear. Patrick, sin embargo, no quería meterse con mujeres casadas bajo ninguna circunstancia, respetar eso era para él muy importante. A veces se imaginaba qué se sentiría una infidelidad. En su experiencia como policía, Patrick supo que la infidelidad era algo difícil de superar para la mayoría de las personas. Perdonaban, pero jamás se les olvidaba, al punto de llegar a matar a alguien debido a eso. Una traición dura toda la vida, una herida que siempre quedaba abierta, y a veces el recordarla duele tanto como cuando fue hecha. Patrick no quería que ningún matrimonio se arruinara por su culpa, que un esposo celoso le rompiera la nariz o le disparara, así que solo coqueteaba con Hayley al tiempo que admiraba su belleza.

Aproximadamente a las doce de la noche, Patrick vio que un joven latino entró en el lugar. De inmediato reconoció que se trataba de Raúl Hernández, novio de la mujer asesinada en el hotel Red Moon. El joven se acercó a la barra, pidió una cerveza Corona, luego miró a su alrededor y se acercó a una bailarina. A los pocos segundos se fue con ella al área de los bailes privados, tardó alrededor de diez minutos en regresar con la cerveza vacía, luego se sentó en la barra, a un par de asientos de distancia de Patrick, y pidió otra cerveza. Hayley se le acercó, le dio la cerveza y conversó unos segundos con él. Parecía que lo conocía, o que lo había visto antes. Patrick vio una oportunidad para acercarse a Raúl, aunque no tenía idea de cómo hacerlo. De repente recordó que los latinos eran violentos y que, al igual que a los negros, les gustaban las drogas. Su racismo lo hizo tener una idea que lo llevó a levantarse de su asiento. Se sentó a la derecha de Raúl y dijo en español con acento entrecortado:

—¿Hablas inglés, amigo?

—Sí —afirmó Raúl en inglés.

—¿No tienes algo de marihuana que me vendas? —preguntó Patrick en inglés.

Raúl se rio y le respondió en este mismo idioma:

—¿Crees que porque soy latino vendo marihuana?

—Claro que sí —afirmó Patrick—. Si no la vendes, la metes al país por la frontera.

—No creí que me encontraría con un maldito racista esta noche.

—¿Acaso me equivoco, amigo? —dijo Patrick, la última palabra en español.

—No todos hacemos eso, idiota —gritó Raúl molesto—. Si ustedes los gringos educaran mejor a sus hijos, no habría necesidad de traficar drogas. A ustedes también les encantan, ya son parte de su cultura. Además, si tu maldito gobierno quisiera, no dejaría pasar ni una sola mosca por la frontera, pero este país tiene muchos problemas y sus políticos de mierda no hacen nada más que echarles la culpa a los latinos, sobre todo a los mexicanos. Por si no lo sabes, ahora mismo en México los carteles roban, asaltan, secuestran, extorsionan, asesinan gente inocente y se matan entre ellos con armas que ustedes fabrican en este país. Lo peor es que las compran con dinero que ganan vendiendo drogas aquí mismo. Así que no me vengas con tonterías, gringo, es un negocio redondo y sucio que a tu país le conviene, sin importar si joden a sus propios ciudadanos o a México.

—¿Te crees muy listo, verdad? —dijo Patrick molesto, no esperaba tal reacción de Raúl.

—¿Me equivoco?

—Debería sacarte de este lugar y partirte la cara —amenazó Patrick con la furia creciendo dentro de sí.

—Adelante —lo retó Raúl mientras se bajaba del banco—. Déjame decirte algo sobre los mexicanos: nosotros respondemos. Si te metes con uno, debes hacerlo estando preparado para lo que se venga.

—¿Qué pasa aquí? —gritó Hayley desde el otro lado de la barra—. Patrick, ¿qué sucede?

—Nada, Hayley —le dijo este mientras se calmaba—. Me temo que abrí la boca más de la cuenta.

—Parece que lo reconoces —le dijo Raúl aún molesto.

—Cálmense o les patearé el trasero yo misma —bromeó Hayley.

—Por favor, cariño, no me hagas esperar más —bromeó Patrick.

Hayley rio y dijo:

—¿En serio, Patrick? No estés con tus cosas.

—Lo digo en serio —aseguró Patrick bromeando.

—¿Te está ofendiendo este idiota, Raúl? —le preguntó ella—. Lo puedo sacar a patadas si me lo pides.

—No, todo está bien, dame otra cerveza, por favor —dijo mientras se volvía a sentar.

—Otro Jack Daniels —pidió Patrick mientras se tranquilizaba—. Yo pago. Lamento haberte ofendido, muchacho. Raúl, ¿verdad?

—Sí.

—Empecé con el pie izquierdo. Me llamo Patrick, mucho gusto. Lamento haberte ofendido. Por lo que dijiste, supongo que estamos a mano.

—Lo siento —se disculpó Raúl, que aún no se calmaba por completo—. Estoy pasando por algo difícil, perdí el control muy fácil.

Hayley se acercó con las bebidas y se las entregó. Patrick le dio su tarjeta de banco y, dirigiéndose a Raúl, dijo:

—No es de mi incumbencia, pero ¿por qué momento pasas?

—Perdí a alguien importante —dijo Raúl con la mirada seria. Ya se sentía mejor—. No lo he podido superar. Tampoco quiero hablar de eso.

Hayley le entregó la tarjeta a Patrick, quien la guardó en su billetera, y le dijo a ella:

—Gracias, cariño. Por cierto, quiero tu número.

—Jódete, Patrick —bromeó Hayley mientras le mostraba el anillo en su dedo.

—Siempre me rechaza. ¿Puedes creerlo, Raúl?

—Así son las mujeres —asintió más tranquilo—. Hayley es casada, deberías dejarla en paz.

—¿Ya lo ves, Patrick? —expresó ella—. Gracias, Raúl. Este tipo debería ser como tú —dijo, antes de irse para atender a otros clientes.

—Me agrada mucho esta chica —anunció Patrick—. Es una pena que sea casada.

—Es bonita.

—¿Tienes novia?

—Ya no —dijo Raúl con la mirada sombría—. Solía tener, pero se fue.

—Lo lamento —se disculpó Patrick—. Mi padre murió cuando yo solo tenía ocho años. Durante mucho tiempo esperaba que llegara y entrara por la puerta para jugar con él. Con el tiempo, acepté la idea de que jamás regresaría. Fue difícil.

—A mi novia la mataron —dijo Raúl con la mirada triste. Luego le dio un trago a su cerveza—. La policía me tiene como un sospechoso. Creí que los policías de este país eran los mejores.

—Hasta los mejores se equivocan —anunció Patrick—. Ten paciencia, con el tiempo encontrarán al responsable. Yo solía ser policía. Debo decirte que hay criminales tan buenos que la policía dura años en encontrar pistas para detenerlos.

—¿Por qué dejaste de ser policía?

—Promete que no te reirás si te lo digo —dijo Patrick mientras miraba su trago.

—No me reiré —aseguró Raúl.

—Me suspendieron por racista —dijo Patrick con una sonrisa.

—Lo supuse —Raúl empezó a reír.

—Me prometiste que no te burlarías.

—Lo siento —se disculpó Raúl mientras ahogaba su risa—. Deberías de ser menos racista. Sabes, no todos los mexicanos somos como tú dijiste.

—En realidad odio más a los negros —confesó Patrick.

—¿Por qué?

—No es un lugar indicado para hablar de eso. ¿Viste lo que pasó después de que un policía blanco mató a un negro llamado Floyd?

Hubo protestas, robos, saqueos, daños a propiedad pública. Nadie quiere eso de nuevo.

—Oye, hablando no vas a matar a nadie, además, ya no eres policía.

—Esta gente cada vez quiere más —dijo Patrick con sarcasmo—. Si seguimos así prohibirán usar la palabra "negro" en todo el país. Ahora si despides a un negro de un trabajo es racismo, si le dices que no puede usar el baño porque es solo para clientes es racismo, si chocas su auto por accidente es racismo, si no trae dinero y le niegas el servicio de transporte público es racismo. Para esa gente todo es racismo. No te puedo decir cuántas veces esta gente acusa a las demás de racismo, sobre todo a los blancos. Saben muy bien cómo hacerse las víctimas. Una vez, un tipo negro llamó a la policía porque su vecino blanco le pidió que quitara su auto que estaba estacionado cerca de la entrada de su cochera. Vamos, el auto del tipo negro estorbaba para que su vecino entrara o saliera de su propia cochera, simplemente debió quitar el auto y no llamar a la policía. Creo que este país está cada vez más jodido, amigo.

—No sabía todo eso —anunció Raúl después de darle un trago a su cerveza—. Una vez no me dejaron entrar a un lugar como este. El tipo de la entrada era un negro alto y gordo. Dijo que no permitía la entrada a quienes no tuvieran una identificación estadounidense, así que me tuve que ir, pero no acusé a nadie por eso.

—Había escuchado rumores de que a los mexicanos no les gusta levantar la voz —añadió Patrick—. La próxima vez que te pase eso, puedes levantar una demanda contra el establecimiento. Mientras seas mayor de edad, no te pueden negar la entrada a ningún lugar de este tipo, no importa de qué país vengas. Además, yo no soy racista con todos los latinos. Por ejemplo, tú me estás cayendo bien, pareces ser honesto y hablas inglés. No perfecto, pero te entiendo cada palabra y eso me gusta. No te imaginas la cantidad de latinos que he arrestado y que no hablaban ni una palabra en inglés. ¡Rayos!

Deberían hacer una escuela para criminales de otros países y enseñarles nuestro idioma.

—Buena idea —dijo Raúl mientras reía.

—Oye, Raúl, si quieres puedes ir a mi departamento. Allí podemos hablar de lo que sea. No te preocupes, no soy gay ni nada de eso. Tampoco intentaré violarte o asesinarte.

—Tal vez quieres que yo te viole a ti —dijo Raúl riéndose.

—No tengo tan mal gusto —respondió Patrick también riendo.

—¿Yo cómo voy a saber? Puede que estés cambiando de sexualidad porque Hayley te rechaza a cada rato.

—Eso sí podría ser probable —respondió Patrick aún riendo—. Cualquiera se volvería gay de frustración por no tener un trasero como el de ella. ¿Verdad, cariño?

—¿Qué? —gritó Hayley.

—La mayoría de los hombres se volverían gais por no poder tener un trasero como el tuyo.

—Jódete, Patrick —le gritó ella mientras le levantaba el dedo del medio.

Raúl se reía de las pesadas bromas de Patrick. Hayley lo abofeteó una vez, aunque más bien solo le tocó el rostro. Mientras los miraba bromear y discutir al mismo tiempo, Raúl vio algo extraño en la mirada de Hayley, algo que él había visto antes en algunas mujeres que se fijaban en sus amigos. Era difícil de adivinar debido a la naturaleza de las mujeres, pero no imposible. Parecía que a ella en verdad le gustaba Patrick, a veces se quedaba de pie mirándolo fijamente mientras él conversaba. Patrick ni siquiera lo notaba, estaba más enfocado en charlas con otros como para voltear a ver a Hayley y sorprenderla mirándolo, o tal vez sí lo sabía y no quería ver. Patrick se fue a la una de la mañana, y dejó su número de teléfono y su dirección. Raúl siguió bebiendo hasta que cerraron el lugar a las dos. A decir verdad, necesitaba a alguien con quién hablar. A Patrick lo conoció de mala manera, pero ya le comenzaba a caer bien, así que esa misma noche Raúl se planteó ir al departamento de Patrick el siguiente sábado.

El sábado veintiséis de noviembre a las diez de la noche, Raúl llegó al complejo de apartamentos Charlemange Condominium, donde vivía Patrick. Llevaba un paquete de dieciocho de Modelo de botella en su mano. Aún tenía sus dudas al respecto, por primera vez en su vida estaba por entrar en la casa de un desconocido, así que decidió avisarle a un compañero de trabajo que se llamaba Arturo. Además, no le fue fácil convencer a sus jefes de que lo dejaran salir temprano y le dieran permiso de entrar el domingo a la una en vez de a las doce.

Raúl llegó al departamento de Patrick. Ambos se saludaron. El lugar olía a limpio, se veía que al hombre le gustaba la limpieza. Raúl entró al departamento mientras Patrick llevaba las cervezas al refrigerador. Mientras tanto, Raúl observó el interior del departamento. En frente, a cuatro metros de la puerta, había una puerta de vidrio corrediza para salir al balcón, a la derecha estaba la cocina, y a la izquierda estaba el comedor con una mesa y cuatro sillas alrededor. A la izquierda del comedor había una ventana, a un lado del comedor había un sillón con una mesita en frente, y a la izquierda de la entrada, el pasillo; al lado izquierdo, un armario; a la derecha, un estante con un televisor de cincuenta pulgadas, y debajo había un Xbox negro, un reproductor de DVD y una casetera. En el pasillo, al lado derecho, estaba la entrada a una habitación; a la izquierda, un baño; al fondo, la habitación principal. Patrick le pidió a Raúl que se sentara en el sillón y luego le ofreció una Miller Light. Raúl la tomó y se sentó. Patrick acercó una silla del comedor, la colocó a un lado de la mesita que estaba al frente del sillón y tomó asiento. El silencio duró algunos minutos. Ninguno de los dos sabía qué decir: uno estaba en la casa de un desconocido, el otro había invitado a un desconocido a su casa. Raúl se comenzó a sentir incómodo con el silencio y dijo:

—Bonito departamento. Además, está muy limpio.

—Gracias.

—¿Aún juegas videojuegos? —preguntó Raúl mientras apuntaba al Xbox.

—Sí, a veces mi hermana viene a visitarme. A ella le encantan los juegos de carreras y de disparos. Solemos jugar un rato cada vez que viene.

—Dejé de jugar hace un par de años, pero aún tengo mi Xbox. Es blanco.

—¿Sabes? —continuó Patrick—, a veces creo que nunca dejamos de ser niños. Digo, un padre debe jugar con sus hijos, no importa qué tan infantil sea el juego. He visto hombres jugar videojuegos a los cincuenta años.

—De donde yo vengo se tiene la creencia de que los videojuegos son solo para niños —añadió Raúl—, pero la gente de ese lugar es un poco estúpida, porque si ponen atención a la portada del juego verán en una esquina de abajo la edad recomendada. Algunos juegos son solo para mayores de diecisiete o dieciocho años. Claro que hay juegos para niños, pero creo que los que van dirigidos al público mayor de edad son más populares.

—Grant Theft Auto, por ejemplo.

—Exacto —dijo Raúl después de darle un trago a su cerveza—. He visto a muchos niños pequeños jugar videojuegos muy violentos. Escuché que un tipo de donde vengo, que es dos años mayor que yo, acabó muy mal por jugar videojuegos para mayores a muy temprana edad. En esos casos los padres son culpables.

—Al igual que con la música, ¿verdad? —preguntó Patrick con sigilo. Deseaba saber si Raúl compartía algunas opiniones con él.

—Sí —asintió Raúl. Al igual que Patrick, sintió que al fin alguien lo comprendía . He visto adolescentes de catorce o quince años drogándose mientras escuchan música de rap o hip hop, he visto a gente gritando y disparando armas de fuego mientras escuchan música que idolatra al crimen organizado de México, o a sus líderes. La narcocultura que se ve en mi país es una mierda. Estas personas son criminales y de ninguna manera se deben tomar como ídolos por nadie. La música hace que la gente los tome como tal y eso está jodido. Los jóvenes quieren ser como sus ídolos, los adultos inmaduros también, y así terminan uniéndose a ellos por culpa de esa maldita basura. Yo considero que, al igual que el alcohol, el tabaco y la pornografía, ese tipo de música debería ser consumida únicamente por adultos, y no por jóvenes o niños inmaduros que son fácilmente influenciados por cualquier cosa. También debería prohibirse en lugares públicos, al igual que con el alcohol y el tabaco.

—Maldita sea, Raúl —dijo Patrick emocionado después de darle un largo trago a la cerveza. Luego se levantó y fue al refrigerador por otras dos. En el camino de regreso sintió una extraña sensación de felicidad en su pecho. Al fin podía hablar con alguien sin que lo acusaran de loco o cínico debido a sus opiniones. Con gusto entregó una cerveza a Raúl y tomó asiento—. Pensamos igual. Deberíamos casarnos, amigo.

—Al igual que tú, yo no tengo tan mal gusto —dijo Raúl mientras reía. Patrick también rio.

—Entonces no nos casaremos. Yo también creo que la música influye mucho en el crecimiento de los niños. Soy un racista, no lo niego, y si te molesta lo que digo me puedes decir que cierre la boca con toda confianza.

—No hay problema, adelante.

—Los negros, por ejemplo —continuó Patrick—, crecen escuchando hip hop y rap. La mayoría de los mejores raperos son negros. Los niños crecen admirándolos y escuchando sus estúpidas letras que hablan de drogas, pandillas, violencia, muerte y perras, sobre todo blancas. En sus canciones dicen que las perras blancas son las más fáciles de todas, mencionan que a estas les encanta ser sus putas y que disfrutan mucho follar sus enormes vergas. Y yo me pregunto, ¿qué demonios hace un adolescente, o un niño de diez años escuchando todas esas estupideces? Es lógico que todo eso se quedará grabado en sus cerebros, porque los niños son como esponjas, sus mentes absorben la mayoría de las cosas que ven o escuchan. Después de todo, están aprendiendo de la vida. Los niños negros crecen en ese ambiente. Amigo, ve a un vecindario o complejo de apartamentos donde solo viven afroamericanos y todo el tiempo huele a marihuana, incluso dentro de las mismas casas o departamentos. No les importa drogarse o escuchar esa basura en frente de los niños.

—Se escuchan muchos tipos de basura allá afuera —añadió Raúl—, canciones que hablan de perreo, culos, tetas y mamis. Es gracioso que a muchas mujeres le encanten esas estupideces. ¿Sabes?, en mi país hay letras de canciones que dicen que "hay que cortar la cabeza de los que se te atraviesen".

—Es una mierda —continuó Patrick—. Hay miles de mujeres blancas allá afuera que han sido embarazadas por negros. Al final muchos de los tipos no las ayudan, o lo hacen por un tiempo y luego las abandonan. Yo mismo he conocido a muchas mujeres así, algunas tienen que trabajar en centros nocturnos como bailarinas nudistas y mover el trasero para poder sacar a sus hijos adelante. De por sí ya odio a los negros, y al saber ese tipo de cosas mi odio solo crece. Conocí a una que tenía dos hijos de uno. El maldito la dejó sola y se buscó otra mujer. Blanca, por cierto. Otra tenía dos hijos de diferentes hombres negros. El padre de uno terminó en prisión por vender drogas, tal vez yo mismo arresté a ese malnacido, y el otro trabajaba muy poco y la terminó dejando sola. Son tantos ejemplos que me llevará toda la noche, así que te contaré uno de los que más me molestó: una joven de solo veintidós años que tenía tres hijos del mismo imbécil. El mayor tenía seis años, por lo que ella quedó embarazada muy joven. En el momento que la conocí era un bailarina y antes vivía en Nuevo México. Una noche la policía arrestó al tipo porque la había golpeado, y no era la primera vez. La mujer nunca lo denunció, le tenía miedo, hasta que uno de sus vecinos se hartó de los gritos y llamó al 911. Los policías entraron por la fuerza, ya que nadie les respondía, y encontraron al tipo sin camisa sentado en un sillón con dos de sus hijos viendo la televisión. Estaba drogado y ebrio, y el departamento olía a marihuana. La mujer estaba encerrada en el baño, con el hijo menor en sus brazos y la cara llena de moretones, y me pregunto, ¿por qué la gente llega a esos extremos? Simple, la forma en que los educaron, la cultura, y por supuesto la maldita música. Desde pequeños, los niños se meten en el cerebro que las blancas son sus perras. Tal vez en su momento no lo entiendan, pero lo harán. Por su parte, las niñas blancas que escuchan esa música se meten en el cerebro que una vez crezcan serán las perras. Para resumir, los niños y adolescentes no deberían escuchar toda esa mierda.

—Salud por eso, Patrick —dijo Raúl mientras levantaba la cerveza.

—Salud —dijo Patrick mientras chocaba su cerveza con la de Raúl.

—Pero tal vez los blancos no atienden a sus mujeres como deberían.

—Eso dolió —dijo Patrick riendo.

—Lo siento —Raúl también se rio—, tengo una pequeña historia, si me lo permites.

—Con confianza.

—Verás, un amigo que vivía en Wisconsin me contó que solía trabajar en una fábrica, al lado de una mujer que tenía un gran trasero. Era una huera, que es como los mexicanos llamamos a la gente de piel muy clara. Los dos se llevaban muy bien, a tal punto que mi amigo le decía que si su esposa tuviera un trasero como el suyo, no dudaría en echarse encima a cada rato. —Patrick se rio—. A veces mi amigo le preguntaba que cuántas veces lo hacía con su marido, y ella le decía que una o dos veces por semana. Él le respondía que eso era muy poco, ya que su trasero era muy bonito, y si ella fuera su esposa se lo haría todos los días. La amistad era agradable, ambos bromeaban que esto y aquello, hasta que una mañana a la hora del almuerzo la mujer estaba muy seria. Mi amigo le preguntó qué pasaba y ella le dijo que si era verdad lo que él le mencionaba acerca de su trasero, ya que pensaba que era broma. Claro que lo era, pero a su vez mi amigo hablaba en serio y le confesó que los mexicanos solemos ser muy cachondos. Ella se animó un poco y se atrevió a contar el problema. Le dijo que su esposo casi no la tocaba y que estaba un poco estresada. Le dijo que ella lo amaba, pero que si las cosas seguían así tendría que serle infiel tarde o temprano. Como un buen oyente, mi amigo preguntó que cuál era el problema, y ella le dijo que su esposo trabajaba de tarde y que solo se veían los fines de semana. Mi amigo ya sabía eso, ella le dijo que a veces por las noches se ponía una tanguita o alguna ropa interior sexi con la intención de provocarlo, y que se iba a la cama dejando la luz encendida y que a propósito no se tapaba el trasero ni las piernas con la cobija para que su marido llegara y la tocara. Ella le confesó que su marido llegaba, le tapaba el trasero con la cobija y apagaba la luz, luego salía de la habitación y regresaba a dormir una hora más tarde. Esas situaciones eran muy frecuentes, por lo que ella se llegó a preguntar qué hacía su marido a solas. Una noche antes de dormir decidió salir de la cama para averiguarlo y, para su sorpresa, vio que su marido estaba masturbándose en la sala mientras veía una película porno con el volumen bajo.

—Maldición —anunció Patrick, y le dio un largo trago a su cerveza.

—Ella le confesó a mi amigo que se sintió despreciada y ofendida. Le dijo que jamás le hiciera eso a su esposa, que cómo era posible que su marido se la jalara viendo pornografía mientras ella estaba acostada en la cama con el deseo de que la tocaran. Y si te lo preguntas, su marido era blanco. Mi amigo le dijo que ella debería hablar con su marido acerca de eso, le dijo que su cuerpo era muy bonito y que si él lo tuviera jamás le haría eso. Es más, la animó diciéndole que ninguna mujer debería pasar por algo así, ya que para él las mujeres son hermosas y no pueden ser remplazadas por nada. Es verdad que ellas no todo el tiempo tienen ganas de hacerlo, pero cuando lo desean nuestro deber como hombres es satisfacerlas, y qué mejor para un hombre que...

Raúl se interrumpió y su mirada se volvió un poco sobria. Recordó a Elizabeth y un fuerte sentimiento de tristeza golpeó su pecho. Pero decidió ser fuerte. Tragó saliva y continuó:

—En fin, mi amigo me dijo que algunos meses después la mujer conoció a un latino y engañó a su esposo, y que se terminaron divorciando. Es triste cuando las cosas terminan de esa manera. Tal vez al tipo no le gustaba el sexo o no entendía las indirectas de ella. Uno no es adivino, pero tampoco hay que ser tan idiota como para no conocer a la persona con la que uno duerme. Tal vez al principio uno no pueda adivinar qué significan esas indirectas, pero con el tiempo uno debe ser listo y descifrar a su compañera. En mi opinión, y a base de esa historia, creo que a veces uno mismo se busca que lo engañen o lo desprecien. Imagina a esa mujer contándole la misma historia a sus amigas que están solteras, ¿qué van a pensar de los blancos? Imagina si ella les dice que después de tantas noches de abstinencia y soledad cambió a su esposo por un latino o un negro, y que este resultó ser bien cachondo. Creo que...

—Te entiendo, pero no todos somos así. Estoy seguro de que hay blancos que no hacen eso.

—Salud por eso.

Los dos brindaron y se terminaron la cerveza. Raúl fue al baño mientras Patrick sacaba las otras dos del refrigerador. Al ver el interior se preguntó si se las terminarían. Él sabía que a los mexicanos les gustaba beber, por eso compró dos paquetes de veinticuatro de Miller Light en lata, pero no contempló la posibilidad de que Raúl llegara con otro paquete de cervezas. En fin, cerró el refrigerador, abrió una bolsa de Doritos y los puso en un plato, tiró las latas vacías que estaban sobre la mesita y colocó el plato en el medio. A un lado, un bote de salsa tapatío y las dos cervezas. Raúl salió del baño, tomó asiento y dijo:

—Patrick, ¿y ese es el único motivo por el que odias tanto a los negros?

—Tal vez no deba decírtelo —dijo mientras fingía una sonrisa.

—No le diré a nadie —le animó Raúl—. Tú mismo lo dijiste, los mexicanos callamos todo. Deberían hacer una serie de televisión con ese nombre: "Lo que callamos los mexicanos".

Patrick se rio a carcajadas.

—De acuerdo, te lo diré si me respondes una cosa.

—Suéltala —dijo mientras abría su cerveza.

—La gente de este país, ¿ha sido racista contigo?

—Sí —afirmó con confianza—. Una vez que caminaba por la calle hacia mi trabajo me encontré a un par de ancianos blancos que estaban sentados en el balcón, afuera de una casa. Mientras yo iba pasando, la mujer dijo que por esas calles también caminaban los delincuentes. El hombre trató de callarla pero ella le dijo que era verdad, e incluso levantó la voz para que yo escuchara. En un restaurante mexicano donde solía trabajar había un cliente blanco, gordo, calvo y bajo que les decía panchos a los mexicanos. Digo, no sé si en verdad eso sea racista. Todo el tiempo lo decía. "Miren, un pancho. Allí va un pancho, ¿de dónde salió ese pancho?, el pancho salió de la cocina, el pancho ya se va". El tipo iba seguido a comer al restaurante con su familia. Bonito ejemplo les daba a sus hijos, ¿verdad?

—Eso para mí es racista.

—En otra ocasión —continuó Raúl—, una noche, un amigo y yo salimos de trabajar y el accedió a llevarme a casa. Mientras conducía cerca del centro de la ciudad de Houston, un policía nos detuvo de la nada. Mi amigo no iba a exceso de velocidad, tampoco le faltaba ninguna luz. El auto tenía placas, aseguranza. Era un Ford Mustang seminuevo de color negro, un buen auto. No creo que la policía pueda detener a alguien solo por conducir uno de esos, al menos no si vas al límite y las placas y lo demás están en orden. En fin, el policía alegó que el auto tenía un problema de verificación con la aseguradora. Mi amigo y yo no supimos exactamente a qué se refería. Mostró todos los documentos, todo estaba en orden y nos dejaron ir. Creo que eso también fue un poco racista. Luego me preguntaba al vernos qué se dirían los policías entre sí: "Mira, compañero, un par de mexicanos en un auto deportivo. De seguro venden drogas, hay que detenerlos". —Raúl fingió una voz de comediante—. "Claro que sí, compañero, hagámoslo. ¿Qué pretexto daremos en cuanto los detengamos?". "Lo que sea, compañero. Al fin y al cabo, no saben nada de leyes".

—Esas fueron buenas —dijo Patrick, antes de soltar una carcajada.

—¿Lo fueron? —añadió Raúl mientras reía.

La conversación siguió fluida. De pronto se encontraron hablando de equipos de fútbol americano. Raúl no era fanático de eso, pero dijo que le gustaban los Steelers de Pittsburgh, que era el equipo favorito de Patrick. Luego conversaron de béisbol. Raúl dijo que le gustaban los Dodgers de Los Ángeles, y Patrick, que él iba con los Piratas de Pittsburgh. Más tarde hablaron de la inmigración ilegal, y a pesar de que Patrick era racista se mostró a favor de los latinos. Dijo que aparte de todo lo malo que se decía de ellos, eran muy trabajadores y que era verdad que hacían muchos de los trabajos que los estadounidenses no querían hacer. Más tarde hablaron de nuevo acerca de las mujeres. Otra vez Raúl se puso serio, así que Patrick lo animó diciéndole que las mexicanas eran bonitas y que le gustaría salir con una. Cómo fue pasando el tiempo, los dos se comenzaron a poner ebrios. A las doce de la noche se habían terminado casi un paquete de Miller de veinticuatro latas. Patrick quería que Raúl le contara sobre Elizabeth, y para eso tenía que ganarse su total confianza, lo cual estaba consiguiendo. A las doce con veinte, Patrick se levantó de la silla y fue por otra ronda de cervezas. Al regresar le entregó una a Raúl, tomó asiento, abrió la suya y le dio un largo trago.

—Sabes, mi propia hermana salió con un negro por algún tiempo. Yo me opuse desde el principio, dada mi experiencia como policía. Siempre le dije que se alejara de ellos, sin importar que me metiera en problemas con mi madre, ya que me decía que era un racista y que no quería ver a su hija en el mismo camino. Por mi parte nunca lo negué, siempre se lo dije y les contaba de mi trabajo. Ellas sabían que yo no era un mentiroso. Cuando tenía veintiuno, mi hermana dejó la universidad por este tipo y se fue a vivir con él. No te diré su nombre, porque me da coraje de solo recordarlo. Luego comenzó a trabajar como mesera en un restaurante. Cuatro meses después de que comenzaran a vivir juntos, mi hermana quedó embarazada. De forma cruel y fría yo pensé en decirle que abortara, pero no quería que me odiara más de lo que ya lo hacía. Desde que había comenzado a salir con ese tipo se fue alejando de mí. La verdad no la culpo, y aunque la gente no lo crea, hasta las basuras como yo tienen sentimientos, así que decidí dejarla en paz. Cuando mi hermana tenía tres meses de embarazo, el tipo dejó de trabajar y le prometió que buscaría otro empleo, pero eso no pasó y se llegó el día en que mi hermana no pudo seguir trabajando debido a su embarazo. Allí fue donde los problemas comenzaron. Mi madre la apoyó con dinero, y la verdad yo me maldije por eso, pero bajo ninguna circunstancia iba a mantener a su maldito negro. Cuando ella tenía ocho meses de embarazo, el tipo la dejó, solo se fue y ya no regresó.

Patrick hizo una pausa. Tenía un semblante de odio en su rostro. Le dio otro trago a la cerveza hasta terminarla, aplastó la lata con su mano y continuó:

—Incluso el muy maldito cambió su número de teléfono. Fuimos a buscarlo a la casa de sus padres y ellos nos dijeron que ya no vivía allí. Yo no les creí. Mi hermana quedó devastada. Tanto amaba a ese tipo que dos semanas después de que él se fuera tuvo problemas con el embarazo. La llevaron al hospital de emergencia y le tuvieron que sacar al bebé antes de tiempo. En cuanto supe que mi hermana estaba en el hospital, fui de inmediato, y al verla sentí tanto coraje que lo único que quería era buscar a ese maldito y llenarle la cabeza de balas. No podía aceptar que mi hermanita, aquella niña que tantas veces levanté en mis brazos cuando era una bebé, a quien cuidé y vi crecer, y por quien ayudé a mi madre para ducharla, educarla...

Patrick volvió a hacer otra pausa. Fue al refrigerador y sacó otras cervezas. Al sentarse, abrió una y se la bebió casi toda, la otra se la entregó a Raúl. Entonces prosiguió:

—No podía aceptar que un maldito negro le hubiera hecho eso a mi hermanita. Al diablo la policía, al diablo todo. Juro que si ese malnacido hubiera estado allí, lo habría matado con mis propias manos. Esa noche mi odio contra los negros llegó a su punto más alto, maduró por completo, y no hubo marcha atrás. Al final me tragué mi odio y no hice nada. Después de todo, fue lo mejor. Gracias a Dios mi hermana se salvó y el bebé también. Y el bebé... era la imagen de su padre. No era un mestizo, sino que era exactamente igual al maldito de su padre: el color, el cabello rizado, la nariz, todo... Y la verdad, yo no lo podía creer. No sé si fue bueno o malo, pero mi hermana decidió darlo en adopción. Mi madre se oponía. Yo hablé con ella y la hice entrar en razón. Tal vez a mi hermana la traición de ese cobarde le dolió tanto que no quiso ver su imagen nunca más, ni siquiera si se encontraba plasmada en su propio hijo. Yo nunca le reproché nada de lo que hizo; al contrario, la apoyé, la llevé con un psicólogo para ayudarla a salir de toda esa mierda. Después de un año regresó a la universidad, al tiempo que continuó con su terapia. Terminó sus estudios en contaduría y ahora es una profesional que gana mucho más de lo que yo ganaba como policía, y vive muy feliz. No se ha casado. Y si te lo estás preguntando, ella no es racista, tiene amigos negros, compañeros de trabajo y hasta clientes, pero nunca ha vuelto a salir con uno. Ella misma me dijo que no lo volverá a hacer. Creo que, después de todo, dentro le quedó una cicatriz muy grande y tal vez en el fondo los odia tanto como yo.

—Siento escuchar eso, Patrick.

—Descuida, para eso son los amigos.

—¿Sabes? Una vez un negro que llevaba una camisa blanca, una pañoleta negra en la cabeza y un short azul me apuntó en la cabeza con un arma. A simple vista se podía decir que era un pandillero. ¿Su motivo? Me confundió con alguien más. En realidad no tengo motivos para odiar a los negros, de donde vengo hay mucha gente de piel oscura, son diferentes a los de aquí, pero del mismo color. He trabajado con algunos afroamericanos, y para mí son un poco perezosos, y no te lo tomes a mal, pero también los blancos lo son.

—Te gusta ofendernos, ¿verdad? —añadió Patrick con una sonrisa.

—La verdad es que tenemos diferente cultura —siguió Raúl—. Los mexicanos ejercemos trabajos pesados. En su mayoría tienes que ser rápido y hacer las cosas bien. Es difícil, pero se puede. En cambio, un afroamericano y un blanco, trabajando a nuestro lado, se ven lentos. Pero es su modo de trabajar, así los educaron. He visto algunos que en verdad compiten con los mexicanos, pero han sido muy pocos. Lamento lo de tu hermana. Los mexicanos también embarazan mujeres y no se hacen responsables. Los que lo hacen aquí se terminan escapando del país para evadir la responsabilidad. En México, la mayoría de los que lo hacen ya están casados, algunas veces con hijos. Con un salario tan bajo en ese país apenas se puede mantener una familia, y mantener dos es imposible. Además de que las mujeres también tienen la culpa, deberían mantener las piernas cerradas hasta que conozcan bien al tipo con el que van a coger.

—Ahí vas de nuevo —dijo Patrick con sarcasmo.

—No quise ofenderte, tampoco a tu hermana —dijo Raúl exaltado.

—Solo bromeo. ¿Cómo conociste a tu novia? ¿Cómo se llamaba?

—Elizabeth.

—No me tienes que contar nada si no quieres.

—De hecho, me haría bien sacarlo. ¿Me escucharías?

—Claro, fui policía y sé cómo guardar secretos. Gracias a eso arresté a un par de policías corruptos.

Raúl respiró hondo y comenzó a contarle todo sobre Elizabeth: cómo había llegado con su hermana al país, que había sido prostituta y proxeneta. Le contó sobre la red de prostitución que había en el país, el nombre de la proxeneta encargada de la ciudad. Le dijo todo. Patrick no bromeaba cuando dijo que no le diría a nadie. Lo que escuchaba le hizo recordar la secta. Están en todos lados. Gente de poder está metida en esas cosas y, por supuesto, eso incluye a la policía. Raúl le siguió contando lo que sabía, y cuando terminó se puso a llorar. No había hablado con nadie desde que Elizabeth murió, y en verdad se sintió un poco más liberado, pero el odio no salió de su corazón, aumentaba cada vez que recordaba todo.

Al verlo así, Patrick tomó valor y le dijo que sabía del caso, incluso que tenía un expediente. Al saber eso, Raúl lo miró con cierto coraje y desconfianza. Patrick lo tranquilizó y le contó todo sobre la secta, y le explicó que ellos mataban de la misma manera que habían matado a su novia. De eso último no le dio detalles. Raúl se calmó y le agradeció por compartirle esa información. Los dos ya estaban bastante ebrios y se pusieron sentimentales, se levantaron y se dieron un abrazo. Patrick puso algo de música clásica en inglés y dijo que la música nueva era basura. Raúl le refrendó su opinión diciendo que la música del 2010 en adelante era basura, sin importar el género. Patrick le aseguró que trabajaría duro por su propia cuenta para encontrar a los responsables que le habían quitado a su novia. Raúl le dijo que necesitaría un arma, pero Patrick se negó a ayudarlo con eso. Raúl se molestó un poco y le dijo que tenía un sospechoso bajo la mira. Patrick lo calmó y le dijo que le descubriera al sospechoso. Al principio Raúl se negó, pero después se animó a contarle sobre él. Para sorpresa de Patrick, resultó ser un negro, y un par de tatuajes fueron suficientes para que supiera de quién se trataba. Más tarde los dos salieron al balcón. Patrick encendió un cigarrillo. Raúl había dejado de fumar pero aceptó uno. Los dos disfrutaron por un rato de la frescura de la noche, y luego entraron y siguieron bebiendo hasta las cinco de la mañana. Raúl se fue tan ebrio que se tambaleaba de un lado a otro. Mientras el taxi lo llevaba a su casa, se sentía un poco estúpido por llegar a tal punto en la casa de un desconocido. Había encontrado a alguien de confianza, un racista, pero era lo más cercano a un amigo que tenía.

Raúl se despertó a las doce del mediodía, se duchó y se fue a trabajar. En todo el día no sintió ni un solo síntoma de resaca. A Patrick, en cambio, no le fue tan bien con la resaca. Se sentía terrible, hacía mucho tiempo que no bebía tanto. A cierta hora tuvo que bajar el ritmo o de lo contrario habría terminado dormido sobre la silla. "¡Santo cielo! Esos mexicanos beben demasiado", pensó.

Además de la resaca, Patrick también se sentía liberado. Sabía que hablar con alguien ayudaba. Ahora estaba listo para comenzar su propia investigación; después de todo, estaba solo en esto. No podía contar con la policía, no del todo. Su único aliado era Raúl, y tal vez Steve. Mientras más pensaba, Patrick se comenzaba a replantear lo de conseguir un arma para el muchacho; además, la víctima no murió a tiros. En caso de que la policía le encontrara el arma a Raúl, este no tendría muchos problemas. Su principal preocupación era que si lo involucraba en esto y la gente detrás de todo lo encontraba o sospechaba de él, Raúl estaría en peligro y con mucha seguridad necesitaría el arma. Más vale prevenir que lamentar, y es mejor ir a la guerra equipado y listo que solo ir listo pero sin equipar. El lunes en la tarde Patrick compró dos cajas de nueve milímetros, tomó un par de armas que había confiscado hacía tiempo y que había guardado en secreto, las limpió, las revisó y les alteró las estrías. El martes llamó a Raúl para que volviera a tomar unas cervezas con él y seguir hablando del caso. Después de todo, es mejor hablar de asuntos arriesgados en persona. No se sabe quién puede estar interviniendo los teléfonos. Patrick sabía que la privacidad en llamadas, mensajes e internet se había ido hacía mucho tiempo.

PARTE 5
CORRUPCIÓN

Se cree que la corrupción está solo en los países pobres o en desarrollo, pero eso no es verdad. La corrupción está en todos lados. Es como si el mundo fuera un enorme felino y las pulgas fueran la corrupción. Estas se pasean en todos los lugares de su cuerpo y le provocan comezón. En algunos lugares el felino se rascará con sus patas y alejará las pulgas, pero no podrá rascarse en todos lados, así que las pulgas se refugiarán en lugares específicos y allí prosperarán. Si el mundo fuera el felino, los lugares donde se puede rascar son los que tienen menos corrupción. Normalmente allí la gente vive mejor, tiene acceso a servicios médicos, buena educación, servicios públicos, acceso a la vivienda y un retiro asegurado. A veces esos países ni siquiera están entre los más ricos del mundo, pero su nivel de corrupción es bajo, y los políticos, en vez de ver por sus propios intereses, se preocupan por hacer bien su trabajo; se enfocan en hacer lo único que deben: servir a sus ciudadanos. Si el mundo fuera un felino, en los lugares donde no se puede rascar, la corrupción prospera. No importa qué tan rico o pobre sea el país, allí la gente vive inseguridad, no tiene derecho a servicios médicos, la educación es pésima, los servicios públicos también, no hay acceso a lugares dignos para vivir, el retiro es solo una ilusión y la calidad de vida de la gente empeora conforme pasa el tiempo. En esos lugares la gente no es feliz, no prospera, sin importar quiénes sean los gobernantes. Las cosas solo empeoran. Estos son tan corruptos, codiciosos y estúpidos que ni siquiera pueden dejar las cosas como están. Hacer bien el único trabajo que tienen y por el cual les pagan muy bien les resulta tan difícil como lo sería para cualquier ser humano acercarse y tocar el sol.

En América Latina la corrupción escala a niveles más allá de lo comprensible. Ya no es secreto ni novedad que los políticos trabajen de la mano con los carteles de drogas o con otras organizaciones criminales, aunque a veces no tienen opción. Es verdad que los criminales están bien organizados y tienen el poder de dañar a cualquiera, pero entonces, ¿para qué son las fuerzas del orden, en especial los militares? Se supone que ellos deben defender a la gente de un país de los enemigos internos y externos. Tal vez los políticos están tan involucrados con los delincuentes que ya les tienen aprecio y evitan usar sus fuerzas del orden para dañarlos. En lo que no se fijan, o lo hacen y no les importa, es que esos criminales dañan a los ciudadanos. En México los dueños de negocios tienen que pagar impuestos al gobierno y a los delincuentes, porque estos no solo se financian con el tráfico de drogas, sino que también extorsionan, secuestran, roban combustible y le cobran a la gente por una supuesta protección. ¿Protección de qué?, si ellos son los malos, son los que hacen daño. México está tan mal que incluso hay delincuentes extranjeros que se han infiltrado en el país y han comenzado a extorsionar y abusar de la gente debido a que la seguridad es casi inexistente. Ahora hay dos tipos de enemigos, externos e internos, y el gobierno junto con las fuerzas del orden hacen lo que menos deberían, ¡nada! ¿Cuál es el motivo de ser un policía si no vas a poner orden?, ¿cuál sería el motivo de ser un militar si no vas a defender lo que juraste proteger?, ¿qué caso tiene ser un gobernante si no verás por el bien de los ciudadanos que te eligieron porque creyeron en ti? Se supone que en un país lo más importante es la gente que lo habita; sin embargo, los políticos no hacen lo único que deben hacer. Son inteligentes y educados, pero a su vez tan idiotas como para no hacer bien el único trabajo que deberían. Una persona sin educación, con mucha facilidad, puede hacer diversas tareas, trabajar en fábricas, construcción, carpintería, plomería, pueden conducir vehículos y demás. Pero los políticos bien educados no pueden empeñar una sola labor. Es una lástima que haya gente así, porque por culpa de ellos la gente es menos feliz, está más insegura, y cada vez batalla más en la vida. En cualquier lugar, si se invierte en un negocio existe la posibilidad de que este fracase. En México y en algunos otros lados esa posibilidad se multiplica, ya que tarde o temprano vendrá gente armada a pedir dinero a los dueños de los negocios, ¡con el pretexto de protegerlos!

Hubo el caso de un hombre que tenía varios restaurantes. Un día secuestraron a su mujer y a su sobrino en un evento deportivo. El hombre pagó veinte millones de pesos para que los dejaran libres, y gracias a Dios sucedió, su mujer y su sobrino fueron dejados en libertad en una carretera a cientos de kilómetros del lugar donde habían sido secuestrados. Pero la pesadilla no terminó: el hombre siguió recibiendo llamadas de los mismos delincuentes que secuestraron a su mujer y su sobrino, le exigían dinero por protección alegando que eran otros los responsables del secuestro. El hombre no tuvo más que aceptar, y los delincuentes le dieron el lugar, la fecha y la hora para hacer el primer pago. El hombre acudió al lugar, incluso llegó temprano, y se sorprendió cuando vio que se le acercaba el jefe de tránsito del municipio. Creyó que era casualidad que estuviera allí, pero no lo era: el jefe de tránsito trabajaba con los criminales, y peor aún, conocía al hombre desde hacía tiempo, y por supuesto también sus negocios. Sabía que este tenía dinero. El jefe de tránsito, un maldito servidor público y conocido cercano del mismo hombre, lo había vendido a los delincuentes. Con todo el descaro del mundo, el jefe de tránsito le dijo al hombre que siguiera cooperando con ellos sin quejarse, e incluso le dio unas sugerencias: "¡Sube el precio de tu producto! Así tú no pierdes y todos salimos ganando. Trabaja con esta gente, son buena onda, estos negocios nos convienen a todos. Te veré el siguiente mes. No te desanimes, así es este país. ¡Si cooperas no te va mal!".

En los Estados Unidos las cosas no están mucho mejores. El gobierno de ese país tampoco trabaja para su pueblo, solo ven por sus propios intereses y los de sus partidos. Si uno de los dos partidos propone una ley que beneficie al pueblo, esta no se aprobará, porque el otro partido no querrá que su rival se lleve el crédito. Así de dividido está el país más poderoso del mundo. Los políticos de allí son hipócritas, egoístas, y al igual que en América Latina, hacen promesas que al final no cumplen. En los Estados Unidos los políticos no trabajan para los delincuentes, pero sí para las grandes empresas. Estas son las encargadas de darles poder y financiamiento para sus campañas a cambio de favores que los beneficien. Por supuesto, al beneficiar a las empresas los que salen perdiendo son los ciudadanos, sobre todo los de bajos ingresos. En resumidas cuentas, en América Latina los carteles de droga y demás grupos delictivos pagan campañas políticas; en los Estados Unidos lo hacen las grandes empresas, ya sean compañías tecnológicas, aseguradoras, grandes concesionarios, compañías de fármacos o empresas que fabrican armas. Estas dos últimas son las que más daño le hacen a la gente. En los Estados Unidos la salud y la mejor medicina son un lujo que solo reciben los más adinerados. Las personas pobres no tienen acceso a la salud y, por lo tanto, muchas veces mueren debido a enfermedades que podrían ser curadas. Por otro lado, debido a las armas, cada año hay decenas de tiroteos en el país, y a veces ya ni salen en las noticias, ya que algunos dueños de compañías de armas son también dueños de noticieros y no les conviene que estos hablen mal de sus productos.

Pero la verdad es que las armas no son el problema, sino quién las posee. No todos pueden ser soldados, astronautas, grandes deportistas, famosos; no todos pueden ser algo tan simple como albañiles, carpinteros o plomeros. De la misma manera, no todos pueden tener armas. Una persona puede llegar a matar solo por celos, irresponsabilidad, ira, fama, codicia. Un adolescente puede matar por cualquier cosa; a esa edad la mente es muy frágil y puede ser influenciada fácilmente por sus impulsos. Un loco o un enfermo mental no pueden tener armas y, sin embargo, las tienen. No toda la gente es igual, cada cabeza es un mundo. Incluso se puede ensamblar un arma comprando las piezas por separado.

La venta de armas no debería prohibirse, sino regularse, para que estas no caigan en manos de personas incapaces de manejarlas, y que solo las posean personas responsables y cuerdas. Pero eso a las compañías no les conviene, porque muchas veces los locos, los violentos y los irresponsables son los que más las compran. Muchas de estas terminan en Latinoamérica solo para dar más poder a los delincuentes. La corrupción está en todos lados, pero hay lugares donde el descaro es tal que, si se pudiera ver el aura de los políticos, esta sería negra y oscura, negativa, podrida, nefasta y maligna, como la que emitiría un ser que sale del inframundo solo para traer desgracia, sufrimiento y miseria a este mundo donde los humanos deberíamos apoyarnos los unos a los otros, y no hacer la vida de la gente honesta cada día más difícil.

El capitán de la policía de Pittsburgh, Peter Douglas, de cincuenta y nueve años, se encuentra desorientado. En el espejo del baño de la estación de policía no deja de mirar su rostro, en el cual se dibuja una barba de unos tres milímetros. Su calva casi brilla, dejando solo la parte de atrás de su cabeza con cabello. Peter mide uno ochenta, es gordo y siempre va vestido con traje y corbata. El caso del hotel Red Moon es una pesadilla hecha realidad. No entiende lo que está pasando.

El fólder del caso de Elizabeth Pérez está sobre su escritorio. Al sentarse sobre la silla, no puede dejar de mirarlo y no encuentra la manera de cerrarlo. "¿Qué harían esos malditos?", se preguntó. Ese debió ser un asesinato fácil de encubrir donde un pobre e inocente latino cargara con toda la culpa y que los responsables se salieran con la suya. Peter era corrupto. No solo ayudaba a los de la secta de Los Servidores, también estaba implicado en el tráfico de drogas y armas. No se metió allí por decisión propia. Él solía ser un policía honesto que dedicaba horas a su trabajo, y lo hacía de manera honrada y transparente. Su dedicación y esfuerzo lo llevaron a ejercer el cargo de capitán en el 2015. No había mejor hombre para dirigir una ciudad que se estaba volviendo cada vez más insegura por la llegada de latinos. Algunos solo eran trabajadores, pero otros eran pandilleros que venían a competir en las calles por el derecho a la venta de drogas, como pasa en todas las grandes ciudades del país. Los casos de trata de personas también aumentaban y el negocio de la prostitución ilegal era muy rentable en las grandes ciudades, sobre todo donde había muchos latinos. Según las estadísticas, son los que más recurren a este tipo de servicios ilegales. Algunas veces Peter se preguntaba por qué la prostitución no se legalizaba. Está en todos lados, en internet se encuentran varias páginas dedicadas a eso, y en los anuncios se dicen ser acompañantes, masajistas o bailarinas, aunque solo es una tapadera para ocultar la realidad. Si fuera legal, el gobierno ganaría un poco dando permisos para ejercer el oficio, sin contar los impuestos que se pagarían y los gastos médicos que se deberían hacer para exigir exámenes que detectaran enfermedades de transmisión sexual. Sería un gran negocio controlado y con menos trata de personas, que en su mayoría son obligadas a hacer ese oficio a cambio de muy poco, o a veces nada, solo para enriquecer a proxenetas perezosos que únicamente tienen que conducir y a quienes no les importan las condiciones sanitarias, psicológicas y físicas de las mujeres. En cuanto a las drogas, los casos de adicción, violencia y demás se dispararon. ¿Quién mejor que un policía duro y honesto para luchar contra todo eso? Así nació el nombre del capitán Peter Douglas, un héroe que lucharía para liberar a la ciudad de Pittsburgh de los males que la aquejaban, una tarea muy difícil y casi imposible de llevar a cabo. La esperanza aumenta cuando la tarea se le asigna a alguien como Peter. Los ciudadanos, bomberos y las fuerzas bajo su mando pusieron sus esperanzas en él, y por tres años luchó con mano dura y sin cuartel contra todos esos males, llevando a la detención y arresto a decenas de personas. Su mayor aliado en aquel entonces era el detective Patrick Summers, un racista pelirrojo que era odiado por todos, aunque también era eficiente, seguro, dedicado y activo. Sus métodos funcionaban tan bien a la hora de atrapar delincuentes que, a pesar de las críticas que se llevaba, el capitán Peter le cubría las espaldas y daba la cara por él. Fueron tres largos años de lucha. Pero todo llega a su fin. Las cosas buenas duran poco y las malas por lo general se adhieren como una goma de mascar en los zapatos y son difíciles de quitar. Al ver que su única hija desapareció, Peter se sumió en la más terrible de las depresiones, y una vez se enteró de su paradero dio todo por ella, sin importar si dejaba a un lado su carrera, su reputación, o su vida misma.

Sasha Douglas era la única hija de Peter. Nació el veinte de noviembre de 1996. Peter y su esposa, Hope, tenían problemas para embarazarse. Lo intentaban una y otra vez, ponían toda la pasión y el amor sobre la cama, y elegían los días de fertilidad con precisión, pero no podían concebir. Visitaron ginecólogos, ambos se sometieron a exámenes y todo parecía estar bien. Mientras pasaba el tiempo, las esperanzas de concebir se alejaban, y el matrimonio tuvo problemas debido a ello. Tal vez solo era mala suerte, o Dios no los había elegido para ser padres, ya que no había otra explicación para su infortunio.

Una tarde, cuando Peter llegó de trabajar, Hope corrió hasta la puerta gritando con alegría y con una prueba de embarazo en su mano. Al llegar lo abrazó, lo besó y le dio la buena noticia: había quedado embarazada. Esa noche lloraron juntos, al fin pudieron concebir aquello que tanto deseaban. Al siguiente día salieron a cenar a un restaurante caro, y en los meses siguientes se fueron de vacaciones. Sus corazones estaban tan felices que cualquier experiencia los hacía sentirse de lo mejor, únicos y amados. Nueve meses después nació Sasha. La pequeña era hermosa y gozaba de buena salud. Al nacer tenía un mechón de cabello castaño, el mismo color que el cabello de Hope. La pareja recibió su regalo con alegría y felicidad. El dolor y el sufrimiento durante el parto se alejaron en cuanto tuvieron a la bebé en sus brazos.

Los años pasaron. Sasha creció y era muy consentida, quizás demasiado, tanto que a los nueve años era una rebelde que no hacía caso de nada, en especial a su padre, que era el encargado de cumplirle cada uno de sus caprichos. Pasaron los años y Sasha era mala en la escuela, tenía mala conducta, sus calificaciones eran bajas, subió de peso y la expulsaron de una escuela, y cuando entró a otra la volvieron a expulsar. Su padre le hablaba, pero la adolescente lo ignoraba. La llevaron entonces a un psicólogo, quien le dijo a Peter que todo era su culpa. Les aconsejó a los padres que, si la querían recuperar, debían enviarla a un reformatorio y debían dejar de cumplirle todos sus caprichos. Peter lo decidió. Fue doloroso llevar a su hija a un reformatorio, pero no tuvo opción.

El pensar mucho en ella lo distraía en su trabajo como policía. Después de un año en el reformatorio, Sasha cambió. No del todo, pero lo hizo. Peter dejó de cumplirle caprichos, y le pidió a la joven que se ganara las cosas ayudando en la casa y trayendo buenas notas de la escuela. Sasha se esforzó, pero en el fondo era esa niña consentida que tenía todo cuanto pedía. Se graduó de la preparatoria y fue a la universidad para estudiar Enfermería, pero sus estudios la estresaban demasiado, y con el tiempo cayó en el alcohol y las drogas, y conoció a un hombre muy simpático llamado Stan.

Stan Winchester nació en la ciudad de Nueva York y creció en East Harlem, al noreste de Manhattan. Su padre, Stan, era un pandillero muy reconocido que murió en un tiroteo con la policía cuando el pequeño Stan tenía seis años. Su madre, Sonia, era una prostituta que había dejado el oficio cuando quedó embarazada y lo retomó después de que su esposo muriera. Sonia llevaba la mayoría de los clientes a la pequeña casa, así que Stan creció escuchando a su madre fornicando con hombres diferentes. Una vez, al llegar de la escuela, la encontró abierta de piernas en el sofá, mientras un hombre blanco que no debería tener menos de cincuenta años la penetraba. Fue muy traumático para el niño, pero nunca recibió tratamiento psiquiátrico por eso y tampoco le contó a nadie.

A los doce años, Stan dejó la escuela y se comenzó a juntar con pandilleros, a los catorce huyó de casa, a los diecisiete embarazó a una afroamericana de veinte años y evadió la responsabilidad, a los dieciocho comenzó a vender drogas y a los diecinueve mató a un hispano en un tiroteo. Medio año después mató a un afroamericano en venganza porque este mató a uno de sus amigos. Sin embargo, la suerte le sonrió y nunca fue a la cárcel.

Stan medía uno setenta, era delgado y tenía el tatuaje de una cruz en el brazo derecho, uno de una mujer desnuda en el pecho y el de una calavera en el brazo izquierdo. Vestía ropa floja y a veces rota. Nunca aparentó su edad. A sus treinta y tres años parecía un joven de veinte. Su rostro estaba bien conservado, su genética le había hecho ese favor y Stan no dudaba en sacarle provecho. Desde muy temprana edad fue mujeriego, le gustaba mucho el sexo. Tal vez tenía un trauma por haber visto a su madre. A Stan Junior no le importaba cómo fueran las mujeres con las que se acostaba, él solamente quería sentir la humedad de sus vaginas. Lo hacía con gordas, flacas, negras, blancas, latinas, viejas o jóvenes. Él no perdía la oportunidad de estar con ninguna. Eso le llevó a contraer ladillas en más de una ocasión, y en otra le contagiaron herpes, pero eso no lo detuvo de seguir adelante.

Mientras Stan tenía herpes, una desafortunada mujer decidió ir con él a un callejón solitario. Cuando Stan se bajó los pantalones para que ella le diera sexo oral, la mujer notó el horrible olor que emanaba de su miembro y lo rechazó. Stan estaba ebrio y drogado, en represalia por haberlo rechazado la golpeó y la violó, y luego la llevó en su auto hasta las afueras de la ciudad, le dio un tiro en la cabeza y la sepultó. Otra vez la suerte jugó a su favor: la policía dio con el cuerpo, no con el responsable, ya que antes de enterrar a la mujer, ingenuamente Stan le roció alcohol en el interior de la vagina, luego le prendió fuego y por su suerte eso borró el ADN que le había dejado dentro.

Sin embargo, la suerte no dura para siempre. Cuando Stan tenía veintinueve, conoció a una mujer latina llamada Lola. Ella no era una tonta, conocía a bien a los hombres. Stan logró doblegarla y la embarazó. Al enterarse, decidió no hacerse responsable y unos días después lo secuestraron, lo llevaron al sótano de una casa y allí conoció a su suegro, un hombre de nacionalidad mexicana llamado Hugo Cervantes, que no era un hombre ordinario, sino un traficante muy poderoso, además de miembro de una secta llamada Los Servidores. Torturó a Stan durante días, pero le propuso perdonarle la vida si trabajaba para él. A Stan nunca le gustó obedecer, lo odiaba, era un rebelde que no respetaba autoridad ni orden, pero esta vez no tuvo opción y se convirtió en un reclutador de víctimas para la secta. Medio año después su jefe le pidió que se fuera a Pittsburgh donde el negocio de las drogas iba creciendo y con ello las víctimas.

El sábado cuatro de marzo del 2017 a las diez de la noche, Stan se encontraba en un bar en el centro de la ciudad de Pittsburgh llamado Dompie. Hacía menos seis grados. Esa noche conoció a una joven llamada Sasha Douglas. Stan no la vio como una víctima, pero sí como un cálido abrigo para pasar la noche. Los dos terminaron en el apartamento de Sasha. Después de tener sexo, ella le contó más sobre su vida. En el momento que le dijo quién era su padre, Stan casi sale corriendo. Se arrepentía de haberse acostado con la hija del capitán de la policía de la ciudad. Sin embargo, vio una gran oportunidad, ya que en Pittsburgh la policía no daba tregua a los criminales. Apenas dos días antes habían abatido a un conocido de Stan y se necesitaba ser demasiado listo para burlarlos, o tenerlos en el bolsillo.

Al siguiente día Stan llamó a su jefe y le contó su idea. Este lo pensó por unos días y después le dio la orden de secuestrar a Sasha.

El domingo veintisiete de marzo a las once y media de la noche, Sasha fue secuestrada después de pasar un rato en un bar con Stan. Para disimular y comprar tiempo, a él le dieron unos puñetazos en la cara a propósito. Sin embargo, eso no le sirvió de mucho, pues la policía lo tomó como sospechoso y lo interrogó, pero no le sacaron nada hasta un año y medio después: el dos de octubre de 2018 a las diez de la noche el detective Patrick Summers atrapó a Stan, le puso una bolsa de tela en la cabeza, lo metió en la cajuela de un auto y lo llevó a una cabaña abandonada que estaba sobre la carretera treinta, tres kilómetros antes de llegar a un pequeño pueblo llamado Harshville. Al llegar, Stan fue llevado al sótano, lo ataron a una silla, y luego le quitaron la bolsa negra de tela de la cabeza. Frente a él estaba Peter Douglas, el capitán de la policía de Pittsburgh, quien comenzó a hacer preguntas, lo abofeteó varias veces y le sacó una muela con unas pinzas. Stan no cooperaba, solo era estrategia, ya que estaba logrando lo que quería. Así que, furioso, Peter le sacó dos uñas del pie derecho. Stan gritó de dolor, lo maldijo y decidió hablar. Afuera estaba Patrick fumando y haciendo guardia, sabía que posiblemente su capitán estaba torturando a un pandillero y en realidad eso no le molestaba.

El capitán habló con Hugo, el jefe de Stan, y en ese mismo lugar el capitán se vendió a cambio de que le regresaran a su hija sana y salva. Al principio el capitán se negaba, lo amenazó y le gritó, pero las condiciones no cambiaron y aceptó. Después de un rato le pidió a Patrick que llevara a Stan al hospital mientras el capitán se quedaba en la cabaña discutiendo los detalles para su cooperación con Hugo. No le gustó nada, pero no tenía de otra si quería ver a su hija de nuevo. El lunes tres de junio de 2019, a las dos de la tarde, Peter Douglas volvió a ver a su hija. Había comenzado a cumplir con su parte, y lo seguiría haciendo. El intercambio se hizo en las afueras de un pequeño pueblo llamado Palestine, ubicado en Ohio, a una hora y diez minutos de Pittsburgh. Sin embargo, Sasha no era la misma. Ya no sonreía, apenas comía, no siguió en la universidad, no quiso ayuda psicológica. La mujer había cambiado y siempre estaba en casa. Peter tuvo que conformarse. Y así fue como compraron a un capitán honesto de la policía. Atacaron sus sentimientos y eso resultó ser su mayor debilidad. Gracias a eso, las pandillas se fortalecieron en la ciudad, aumento la prostitución, el tráfico de drogas, y los homicidios. Aun así, la gente seguía creyendo en el capitán, creían que lo resolvería todo. Lo que ellos no sabían es que era en parte responsable y que las cosas no volverían a ser como antes, al menos no bajo su mando, el cual no perdía ni al mostrar malos resultados. Tal vez algunas personas lo mantenían allí a propósito.

Después de que lo dejaran en libertad y sanaran sus heridas, la vida no podía ser mejor para Stan. Gozaba de impunidad, porque cada vez que acababa en la cárcel era acusado por delitos menores y liberado en pocos días. Contaba con el apoyo del capitán de la policía y no era algo a lo que estuviera acostumbrado. A veces sentía que la ciudad era suya, pero la policía no lo protegía de sus enemigos en las calles. En una ocasión, un descuido casi le costó la vida, pero su suerte no lo abandonaba, porque después de unos meses se repuso y fue más cuidadoso. En otra ocasión, un hispano lo golpeó por haber embarazado a su hermana. Stan tuvo que aguantar la golpiza, sabía que con los hispanos no se jugaba y no quería hacerse de más enemigos, así que se ofreció a pagar el aborto y una recompensa económica. Para su suerte, la mujer y el hermano aceptaron y lo dejaron en paz, y desde entonces fue más cuidadoso con las mujeres. Cada vez que pasaba a la gasolinera a llenar el tanque de su viejo pero bien cuidado Camaro color naranja, se aseguraba de comprar una caja de condones.

Se dice que la suerte es igual que el dinero, a veces llega y otras se va. La mañana del jueves primero de diciembre del 2022, Stan recibió una tarea importante. Consistía en ir a Wexford, que se encuentra al norte de Pittsburgh, y recoger a una mujer de un complejo de apartamentos llamado El Flamingo, para traerla a la ciudad y llevarla al hotel Red Moon. La tarea parecía sencilla, así que Stan condujo cuarenta minutos y recogió a la mujer de origen latino, que era baja, morena, de buen cuerpo y que llevaba puesto un vestido negro que le llegaba más arriba de las rodillas. Al parecer no hablaba inglés, ya que en ningún momento del trayecto le dirigió la palabra. Luego la llevó al hotel Red Moon. Este se hallaba vacío y clausurado. Stan estaba al tanto de lo que pasaba. Se estacionó en frente de la habitación doscientos seis, pero al cabo de un rato se sintió incómodo, encendió el auto y fue a estacionarse a la parte de atrás, y esperó. A las ocho y media de la noche apareció una Chevrolet Tahoe de color verde oscuro, se estacionó a unos cinco metros del auto de Stan y se bajaron dos hombres. Stan conocía a uno, se llamaba Yared y era de Venezuela. Tenía veintiséis años, delgado, bajo y de piel clara. Bajo el ojo derecho tenía dos lágrimas tatuadas, y en el cuello, una virgen de Guadalupe. Llevaba el pelo cortado al estilo militar, y vestía un short negro y una sudadera gris con el logotipo de los Yankees. Al otro hombre no lo conocía. Era un latino más bajo que Yared, de piel oscura, cabello negro y largo. Vestía una túnica de color negro, parecida a la sotana de un sacerdote, y tenía el rostro lleno de tatuajes. Sin decir una palabra, este último se acercó al auto de Stan, abrió la puerta trasera y le dijo a la mujer unas palabras en español que Stan no entendió, luego la sacó del auto y se la llevó dentro de la Tahoe. Stan salió del auto y comenzó a conversar con Yared, quien le contó lo que planeaban hacer, lo cual, a pesar de que Stan no era supersticioso, hizo que se asustara un poco.

—No hablas en serio, ¿verdad? —preguntó.

—Esto es serio, Stan. Los jefes han hablado.

—¿Crees que esto se termine con eso?

—Yo solo obedezco —respondió Yared con frialdad—. No pasará nada. Solo ayúdanos a llevar a la mujer adentro, y el chacal y yo nos encargaremos.

—¿Cha, qué?

—Brujo, amigo. Es un brujo. Nos ayudará con esto.

—¿Qué le está haciendo a la mujer dentro de la camioneta?

—La está preparando. No hagas preguntas. Si no quieres ayudar, llamaré a alguien más. No quiero tener problemas por culpa de nadie.

—De acuerdo, no será necesario —asintió Stan, un poco molesto.

Yared sacó una bolsita de cocaína y luego una navaja. Con esta tomó un poco y aspiró el polvo con la nariz. Le ofreció a Stan, pero este se negó. Yared aspiró cocaína dos veces más, se guardó la bolsita en el bolsillo y la navaja en el otro. Los dos conversaron un rato. Stan entró a su auto y fue a la gasolinera más cercana, compró cigarrillos y se sentó en una de las mesas que estaban afuera, se fumó un cigarrillo y se bebió una lata de Red Bull. Cuando regresó al estacionamiento del hotel, vio que la puerta trasera del maletero de la Tahoe estaba abierta. Al girar el auto para estacionarse, vio que Yared estaba de pie pegado a la parte trasera con los pantalones abajo y las piernas de la mujer en sus hombros. Esta se hallaba dentro acostada de espaldas sobre el portaequipaje. Yared movía las caderas como loco, y el brujo o chacal estaba de pie a la derecha con una vela en la mano mirando cómo Yared martillaba a la mujer. Stan se rio, luego se estacionó y dijo en voz alta:

—¡Vaya forma de preparar a alguien! ¡Brujos mi trasero!

Apagó el auto, abrió la ventana, encendió un cigarrillo y se puso a mirar la pantalla de su celular. Al cabo de unos minutos, Yared le dio unos golpecitos al parabrisas. Stan bajó el celular y dijo:

—¿Terminaste con la preparación?

—Creas o no, eso era parte del ritual —protestó Yared—. Es la hora. Ayúdame a llevar a la mujer a la habitación. El chacal debe guardar todas sus energías.

—Claro, amigo.

Se bajó del auto y fue hacia la Tahoe, en cuya parte trasera estaba la mujer acostada de lado, inconsciente. Tenía el vestido un poco levantado y su ropa interior de color negro estaba a un lado de sus hombros. Stan negó con la cabeza, agarró a la mujer y se la echó al hombro. No era un hombre muy fuerte, pero la mujer era liviana y no tuvo mucho problema en cargarla. Luego le hizo la seña a Yared para que se adelantara. Este y el chacal se dirigieron a las escaleras. Stan los siguió con la mujer sobre su hombro, subió las escaleras y caminó por el pasillo hasta llegar a la puerta de la habitación doscientos seis. El chacal estaba al lado izquierdo de la puerta mientras Yared, en cuclillas, trataba de abrir la cerradura con una llave maestra. Unos segundos después la puerta se abrió. Yared y el chacal entraron primero y encendieron la luz, y luego entró Stan, que ya estaba cansado de estar cargando a la mujer. El chacal le ordenó que la dejara sobre la cama. Stan la bajó con cuidado y la acostó boca arriba. Yared le quitó el vestido y el chacal se le acercó, y mientras pasaba la mano por encima del cuerpo de la mujer dijo unas palabras en español. Stan se burló y dijo:

—¿No me digas que se la volverán a coger?

—¡Te dije que eso era necesario! —gritó Yared—. Si tienes envidia, te la puedes coger tú también.

—No necesito drogar a una mujer para cogérmela, amigo.

—¿Crees que esto es gracioso, idiota?

—Tal vez lo sea.

Al verlos discutir, el chacal negó con la cabeza y siguió diciendo sus palabras. Luego sacó un pomito y lo abrió. Dentro había un extraño polvo de color rojo, tomó el polvo con sus dedos y comenzó a tirar sobre el cuerpo de la mujer, desde los pies hasta los brazos. De pronto escuchó una voz dulce de mujer que lo llamaba desde el baño, pero no le importó y siguió con lo suyo. Stan y Yared seguían discutiendo y no lo dejaban concentrarse. La voz se escuchó de nuevo. Giró la cabeza y vio en frente del lavamanos a una mujer alta, bonita y desnuda. El chacal supo quién era, entonces sacó una daga de su bolsillo y gritó en español:

—¡Ustedes dos, el espíritu de Elizabeth está aquí! ¡Debemos comenzar con el ritual! ¡Dejen sus peleas para otro día!

—¿Qué? —dijo Stan confundido.

—Dijo que comenzará con el ritual. Dejemos esto para otro día.

—Me parece bien —aceptó Stan.

Los dos se tranquilizaron y vieron al chacal levantar la daga sobre su cabeza, listo para descargarla con todas sus fuerzas sobre el pecho de la desafortunada mujer. Stan se desconcertó un poco, no había visto a nadie morir de esa manera. Sentía un poco de lástima por la mujer, ya que era bonita y con ella se podía hacer buen negocio. Ni modo. Tal vez ya le habían sacado provecho. De pronto el chacal gritó en español con una voz rara:

—¡Elizabeth, que tu espíritu vengativo acepte este sacrificio y calme tu insaciable ira!

El chacal bajó la mano con todas sus fuerzas. Cuando la punta de la daga estuvo a unos centímetros del pecho de la mujer, se detuvo en seco. Stan y Yared lo observaban. El chacal miraba hacia la mujer con los ojos bien abiertos, parecía como si se estuviera esforzando demasiado. De su frente comenzaron a caer gotas de sudor y sus mejillas estaban un poco infladas. Lentamente comenzó a soltar la daga. Su cuerpo comenzó a temblar. La daga cayó sobre el pecho de la mujer sin provocarle ningún corte. El chacal se dio media vuelta y con pasos lentos caminó hacia el fondo de la habitación. Stan y Yared se miraron el uno al otro. La temperatura de la habitación bajó de la nada, las luces parpadearon y un olor a animal muerto impregnó el lugar. Yared dio un paso hacia el chacal, que ya casi estaba en la entrada del baño, y dijo:

—Chacal, ¿está bien?

Este no le respondió, y al llegar al lavamanos se detuvo. Luego giró lentamente hacia su izquierda y se quedó mirando con atención al interior del baño. Se escuchó que el chacal intentó decir algo, pero solo dejó salir un débil murmullo. Las luces dejaron de parpadear, del baño comenzó a salir humo negro y desde el interior apareció la mano de una mujer. El brazo se estiró hasta agarrar la túnica del chacal a la altura de su pecho. La mano giró despacio y de un tirón repentino llevó al chacal hacia dentro del baño. Un segundo después se escuchó un alarido de dolor. Del baño salió una pierna disparada hacia afuera, seguida de un brazo. Stan no podía moverse, no creía lo que veía. Desde adentro del baño salpicaban grandes cantidades de sangre que caían en el suelo, también sobre el lavamanos y en el espejo roto. El chacal aún gritaba. Yared se apresuró hacia la puerta, pero esta se cerró con fuerza atrapando su muñeca derecha. El grito de dolor de Yared hizo que Stan reaccionara y se diera cuenta de la situación en la cual estaba. Yared seguía gritando mientras tenía su mano atrapada entre la puerta; el chacal ya no gritaba. Stan vio que la mujer que estaba sobre la cama se movió. Sacó su pistola y le disparó al vidrio de la ventana. La mujer en la cama se volvió a mover. El vidrio era de seguridad y solo quedaron los tres agujeros marcados. Desde el baño se escuchó un grito adolorido de mujer. Yared gritaba y rogaba por ayuda. La mujer sobre la cama se volvió a mover. Stan fue hacia la puerta y trató de abrirla, de repente Yared cerró la boca y vio aterrado hacia el fondo de la habitación. Stan se dio media vuelta para ver a una mujer desnuda en frente del lavamanos. Era Elizabeth. Sus ojos eran negros y su rostro estaba salpicado de sangre, que chorreaba desde su boca y bajaba por sus pechos y vientre, hasta pasar por sus piernas. La sangre escurría por sus manos y pasaba por unas uñas largas y afiladas, y luego caía al suelo en forma de gotas. Elizabeth les sonrió, mostrando unos dientes largos y afilados. Con sus uñas se comenzó a acariciar las piernas de arriba abajo. De pronto masticó algo y escupió un chorro de sangre junto con un trozo de carne. Stan no creía lo que sus ojos veían. Elizabeth comenzó a caminar hacia ellos y un segundo después estaba a un lado de la puerta. Empujó a Stan con fuerza y lo arrojó al suelo para que cayera de lado, a un costado de la cama. Se escuchó un grito de Jared. Elizabeth lo tomó del brazo y tiró con fuerza. La mano de Yared quedó aplastada en la puerta. Yared pegó un grito de dolor mientras la sangre brotaba a chorros de su mano cercenada. Luego fue arrojado hacia el fondo de la habitación, aterrizó a dos metros del lavamanos y dio dos vueltas antes de que su cuerpo se detuviera. Elizabeth se giró hacia Stan, quien le disparó cuatro veces en el pecho.

Ella le sonrió y se burló. Su voz era delgada y ronca. Stan volvió a disparar hasta que el arma se quedó sin balas. Elizabeth se la echó encima, le mordió el rostro y le arrancó un gran pedazo de su mejilla izquierda. Stan gritó. Las uñas se le clavaron en el abdomen. Sintió que le faltaba el aire. Entonces Elizabeth lo levantó y volvió a tirarlo al suelo, le sacó las uñas del abdomen y, cuando estaba a punto de clavarlas de nuevo, la voz adolorida de Yared la interrumpió:

—Elizabeth, ¿no me recuerdas? Soy yo tu primo Yared. Por favor, no me mates. Solo vine a ayudarte.

Elizabeth se alejó y fue caminando hacia Yared. Mientras tanto, Stan se levantó del suelo. Le dolía el abdomen, le ardía la mejilla. En la cama la mujer se removía, parecía que despertaría en cualquier momento solo para encontrarse en el infierno. Stan trató de abrir la puerta mientras miraba hacia Elizabeth. Esta se giró y le sonrió, y luego se volvió hacia Yared. Un segundo después estaba a un lado de él y le dijo:

—¿Viniste a ayudarme, Yared? No me hagas reír. Por tu culpa terminé así.

Stan trataba de abrir la puerta cuando escuchó un horrible grito de mujer y después los gritos de Yared. Se giró para ver a Elizabeth sobre Yared mientras lo cortaba en pedazos con sus dientes y sus uñas. La mujer que estaba desnuda sobre la cama se despertó. Mientras seguía acostada, vio que Stan se hallaba de pie, de espaldas a ella, tratando de abrir la puerta. Sintió la daga fría sobre su pecho. Somnolienta, la tomó con una mano, la miró y la arrojó al suelo. De pronto algo tibio cayó sobre su vientre. Encima de su ombligo, la mujer tomó aquello que cayó sobre ella. Al ver que era un pene cercenado, pegó un grito, se arrastró hacia la cabecera de la cama hasta quedar casi sentada, y miró hacia el fondo de la habitación. Allí estaba Elizabeth sobre el torso de Yared, que no tenía piernas ni brazos, y alrededor había un gran charco de sangre. Elizabeth se puso de pie, se dio media vuelta y le mostró la cabeza cercenada de Yared. La mujer pegó un grito largo y ensordecedor. Elizabeth le sonrió, dejó caer la cabeza y se lanzó sobre Stan, a quien estrelló con mucha fuerza sobre la puerta, lo abrazó y se colocó detrás de él. Elizabeth miraba hacia la aterrorizada mujer, que se colocó en posición fetal a un lado de la cabecera de la cama sin poder apartar la vista. Elizabeth gritó furiosa, y luego mordió el cuello de Stan. La mujer lloró y pegó un grito al verla mordiéndole el cuello repetidas veces hasta arrancarle la cabeza. Luego la dejó caer al suelo y rodó un poco hasta detenerse a un lado de la cama. La mujer no sabía qué estaba pasando, dentro de ella solo había miedo, no recordaba nada desde que estaba hablando con el chacal. Se suponía que solo vendría a la ciudad de Pittsburgh por una mejor oportunidad de trabajo, pero de pronto se despertó y se encontró con una escena sacada del mismo infierno. Elizabeth arrojó el cuerpo de Stan hacia el fondo de la habitación, miró a la mujer, le sonrió y dijo con una voz gruesa parecida a la de un hombre:

—Lárgate, putita, ¿o quieres que te mate a ti también? Tienes diez segundos.

De pronto la puerta se abrió de golpe, la mujer tenía frío, el olor a sangre le comenzó a revolver el estómago. No se dio cuenta de que estaba desnuda y ni le importó, solo se deslizó despacio hacia el lado izquierdo de la cama y caminó hacia la puerta. Un poco antes de llegar miró la cabeza cercenada de Stan. Elizabeth la observaba con atención; en su rostro cubierto de sangre había una horrible y satisfactoria sonrisa. Al estar a punto de salir hacia el pasillo, la mujer no pudo más y se agachó para vomitar. Elizabeth soltó una larga y fuerte carcajada, y empujó hacia afuera a la mujer, que se estrelló contra el barandal, cayó al suelo del pasillo y se quejó de dolor. Un instante después la puerta de la habitación se cerró. Dentro aún se escuchaba la risa maligna de Elizabeth. La mujer tenía frío y por fin se dio cuenta de que estaba desnuda. Entonces se apresuró a buscar la manera de bajar al estacionamiento.

Miró las luces de la carretera y de una gasolinera. Afuera de la gasolinera estaba sentado Francis Goldsmith, que fumaba un cigarrillo.

Su turno terminaría a las seis de la mañana. "¡Qué jodida vida! Me pregunto si habrá alguien tan jodido como yo. Todos trabajamos, pero los pobres ganamos menos", pensó. De repente escuchó un ruido a su derecha y miró hacia los arbustos. Una mujer desnuda salió corriendo de entre la oscuridad. Estaba aterrada y gritaba cosas en español. Francis no le entendía ni una palabra. Ella le gritaba "ayuda, están muertos, los mató una mujer". Francis trató de calmarla, y luego se quitó el abrigo, le hizo una señal a la mujer para que se lo pusiera y llamó a la policía.

El capitán Peter Douglas estaba descansando en su casa sentado cómodamente en el sillón de su sala, viendo la televisión. A las once con diez de la noche, recibió una llamada a su celular. El capitán contestó para escuchar la voz del detective Samuel Ramírez. Tras colgar el teléfono, suspiró, se levantó del sillón, tomó una chamarra, salió de casa y arrancó su Toyota Tundra color gris. A las once con treinta y cinco divisó el hotel Red Moon. En el estacionamiento había seis patrullas de la policía y una ambulancia. Algunos policías caminaban por el pasillo del segundo piso. Antes de entrar al estacionamiento, había un bloque. Al ver que el capitán llegaba, algunos periodistas se acercaron a su vehículo, pero este los ignoró y siguió adelante. Al llegar al estacionamiento, se bajó con prisa, subió las escaleras y caminó por el pasillo hasta la habitación doscientos seis. Afuera estaba un policía de pie. Al verlo, lo saludó y se hizo a un lado. El corazón del capitán se aceleró al ver el desastre que había dentro de la habitación. Un forense estaba a un lado de la cama; frente a la puerta, otro más del lado derecho, uno más tomaba fotografías y otro más dentro del baño. Samuel estaba de pie en frente del lavamanos. El capitán se acercó al forense que estaba cerca de la puerta y preguntó:

—¿Qué tenemos?

—Capitán, tres víctimas masculinas —le respondió un forense—. Tenemos las identificaciones de dos.

—Sigan trabajando —ordenó el capitán.

—Sí, señor.

El capitán caminó hacia el fondo de la habitación donde estaba Samuel. Por un instante creyó ver a una mujer reflejada en el espejo, justo detrás de él. Cerró los ojos y cuando los abrió ya no había nada. Lo atribuyó a su imaginación y siguió acercándose. Al llegar, saludó a Samuel, miró hacia dentro del baño y sintió ganas de vomitar. Por todos lados había trozos de carne, huesos, intestinos, sangre y hasta excremento. Una cabeza estaba tirada dentro de la ducha, no tenía cuero cabelludo, este se hallaba sobre la tapa del inodoro. Peter se alejó un poco y dijo:

—¿Qué demonios, Samuel?

—No lo sé, capitán —dijo él mientras miraba hacia dentro del baño—. Esta es la peor escena que he visto en mi vida.

—¿Dónde está Steve?

—Fue al este de Homewood a apoyar en un homicidio. No debería tardar.

—Debo hacer una llamada. Mantenme al tanto, Samuel.

—Sí, capitán.

El capitán salió de la habitación, caminó por el pasillo hacia la parte trasera del hotel, bajó al estacionamiento y caminó unos metros. Sacó un celular plegable y lo encendió, fue a los contactos y presionó llamar donde decía Hugo. El teléfono timbró un par de veces hasta que la voz gruesa de un hombre le contestó.

—Buenas noches, capitán, ¿qué se le ofrece?

—Estoy hasta el cuello de problemas —dijo este molesto—. ¿Y tú organizas más fiestas sin consultarme? Tengo tres cadáveres en el hotel Red Moon. Dime qué pasó.

—Santo cielo —dijo Hugo un poco preocupado—. Déjeme explicarle, se suponía que un chacal haría un ritual para despojar el espíritu de la mujer que murió en la habitación. No debió salir bien.

—¿Ritual?, ¿chacal? ¿De qué demonios hablas, Hugo? ¡No sabes el problema en el que me has metido! No voy a poder encubrir esto.

—Tendrás que —sugirió—. Por cierto, ¿había una mujer con ellos? Debería estar muerta también.

—Ella sobrevivió —repuso Peter.

—Ella debe morir, querido capitán. Sabe demasiado.

—¿Acaso quieres que la mate yo mismo?

—De ser necesario.

—Jódete, Hugo, esto se acabó. A la mierda con tus malditos juegos. Hasta aquí llegamos.

—Usted es mi cómplice. Si yo caigo, usted también caerá. Anímese, uno de los cadáveres es Stan. Tal vez usted ya lo sabe. Estaremos en contacto. —Colgó al teléfono.

El capitán maldijo. A los pocos segundos recibió una llamada en su otro celular. Era Steve, que acababa de llegar al hotel. El capitán apagó el celular plegable y se lo guardó en el bolsillo. Luego se dirigió de nuevo hacia la habitación para encontrarse con Steve.

PARTE 6
TRAS LA VERDAD

El seis de diciembre a las doce de la tarde, Raúl Hernández llegó al departamento de Patrick Summers. En cuanto entró por la puerta, el mismo olor a limpieza se hizo presente. Saludó a Patrick y tomó asiento en el sillón. La televisión estaba encendida. En la pantalla se reproducía una película de acción en blanco y negro que Raúl conocía. Patrick le ofreció una cerveza, Raúl la tomó y la abrió. Los dos brindaron y conversaron un poco. Al cabo de un rato, Patrick fue hacia su habitación y regresó con algo en su mano cubierto con un pañuelo negro, lo colocó sobre la mesita que estaba en frente del sillón y desenvolvió el objeto. Se trataba de una Beretta nueve milímetros. Lucía limpia y bien cuidada. Raúl miró a Patrick con duda, este asintió con la cabeza y dijo:

—Lo reconsideré y llegué a la conclusión de que tal vez la necesites. ¿Sabes usarla?

—No —dijo Raúl con una sonrisa—. He disparado una calibre 22.

—Ya es algo —anunció Patrick con una sonrisa—. Escucha, mi intención no es que llegues a usarla. Matar no es algo fácil. La primera vez se siente bastante mal. Algo dentro de ti se va para siempre y dejas de ser el mismo, no importa el motivo por el cual lo hagas.

Sin embargo, como personas tenemos derecho a defender nuestras vidas. Yo he matado a varias personas, he defendido mi vida y la de los demás. La primera vez es la más difícil y muchas personas piensan lo mismo. Ese sentimiento te perseguirá para toda la vida.

—Entiendo —dijo Raúl mientras miraba el arma—. De niño solía matar lagartijas. La primera vez que lo hice sentí algo raro dentro de mí, se puede decir que fue arrepentimiento. Creo que fue porque no tenemos el derecho de arrebatarle la vida a nadie.

—Si le quitas la vida a una persona, esa sensación será mil veces peor —añadió Patrick—. Solo usa el arma en caso de ser necesario, llévala contigo si puedes, acostúmbrate a ella. Mírala, respétala, conviértela en tu amiga. En manos de una persona responsable, un arma es una de las mejores herramientas que pudo haber inventado el ser humano. En lo personal me gustan, de todo tipo, pero si me dieran a elegir me quedaría con mi compañera de toda la vida, una simple Glock nueve milímetros, confiable, bonita, letal y versátil.

—Vaya, deberías hacer poesía sobre las armas.

—Gracias por dejarme expresar mis sentimientos —añadió Patrick antes de soltar una carcajada.

Los dos continuaron conversando. Se bebieron un par de cervezas más, y al cabo de un rato Raúl tomó el arma y la analizó de un lado a otro. Patrick le mostró cómo se utilizaba y le dio consejos de seguridad. Después, los dos salieron del departamento, condujeron cuarenta minutos por la carretera número cincuenta y giraron a la derecha por un camino que se adentraba en el bosque. Después de quince minutos, llegaron a un pequeño campo de tiro improvisado. La gente solía ir allí, aunque por fortuna ese día estaba solo. Patrick iba cuando se sentía un poco melancólico y tenía ganas de disparar su arma en soledad. Raúl se bajó del todoterreno y miró a su alrededor. Hacía un poco de frío y las hojas de los árboles estaban amarillas y se habían caído casi por completo. Cerca del suelo aún se podían ver algunos que otros arbustos verdes. Patrick se bajó y sacó una mochila del asiento trasero. Abrió la puerta de la parte de atrás y colocó la mochila sobre el portaequipaje, la abrió y sacó una caja de balas, dos cargadores y la Beretta de Raúl, llenó los cargadores con balas y le comenzó a explicar lo más importante. Unos minutos después colocó cinco latas de cerveza vacías a unos quince metros y comenzó la práctica de tiro al blanco. Patrick disparó a dos de las latas, acertó.

—¿Crees en los fantasmas?

—Sí —admitió Raúl.

—¿Has visto alguno?

—No —dijo mientras miraba hacia las latas de cerveza—. De niño solía escuchar ruidos dentro de la casa de mis padres. Una noche, cuando tenía doce años, decidí salir de mi habitación y ver qué era lo que provocaba esos ruidos. Encendí las luces e inspeccioné todo con atención. Estaba un poco nervioso, pero decía estupideces en voz baja como "muéstrate" o "dame una señal, no te tengo miedo, deja de molestarnos". Creía que vería un horrible rostro o algo parecido, pero la verdad fue que no vi nada. Solo escuché pasos que iban de un lugar a otro. Un plato limpio que estaba sobre la mesa del comedor se cayó y luego escuché que alguien respiraba a mis espaldas. Me asusté tanto que grité y corrí a la habitación de mis padres. Mientras tocaba la puerta, escuché pasos a mis espaldas que se dirigían hacia mí, era como si un hombre alto con zapatos de trabajo caminara despacio hacia mí. Mis padres salieron de la habitación y me regañaron por no dejarlos dormir, pero ellos mismos escucharon también los pasos que se alejaban hacia la puerta de salida. Después la puerta se abrió y entró una fuerte ráfaga de viento, luego la puerta se cerró de golpe. Mis hermanos también despertaron y preguntaron qué pasaba. Mi padre cerró la puerta y nos envió a dormir. Más tarde escuché que él y mi madre rezaron durante un rato antes de regresar a su habitación. Aquella noche yo no pude dormir ni un minuto, sentía que algo me observaba desde la oscuridad. No pasó nada en los días siguientes, hasta que una noche mi hermana mayor salió gritando del baño solo con la toalla puesta. Yo estaba en mi habitación jugando a las cartas con mis hermanos. Todos salimos y escuchamos que ella les dijo a mis padres que alguien le había jalado el cabello mientras terminaba de ducharse. Al siguiente día mi madre llamó a un sacerdote para que bendijera la casa. Desde entonces las cosas se calmaron un poco, aunque se siguieron escuchando algunos ruidos en la noche. Mi madre rezaba todas las noches, a veces mis hermanos y yo nos uníamos a ella, y también mi padre. Creo que eso era lo que mantenía a lo que fuera que nos molestara alejado de nosotros. El sacerdote nos dijo que la fe protectora de una madre es casi tan poderosa como el amor que Dios siente por nosotros. También mencionó que éramos más fuertes por el hecho de estar bautizados y que por tal motivo a la mayoría de los espíritus les resultaría difícil infestar nuestro hogar. Nunca vi nada, quizás los espíritus solo se dejan ver cuando ellos lo desean. A veces pienso si aquella noche el fantasma se molestó porque salí a retarlo.

—Yo no creo mucho en esas cosas. Una vez acudí a una casa a las dos de la mañana porque una familia llamó a la policía alegando que alguien se había metido a robar. Llegué tan pronto como pude y la familia se encontraba reunida en la sala. Decían que aún se escuchaba al ladrón en el segundo piso. Subí las escaleras y revisé las habitaciones y el baño, pero no encontré nada. Al momento de ir bajando las escaleras, la puerta de la habitación de los niños se abrió sola. Me regresé y no había nadie. Luego volví a bajar y me reuní con la familia. En el segundo piso se comenzaron a escuchar pasos. Parecía como si alguien caminara muy deprisa de un lado a otro. El sonido era tan claro que me hizo sentir un poco de miedo. Preparé mi arma y subí de nuevo al segundo piso, pero no encontré a nadie. Llamé refuerzos y le pedí a la familia que se mantuvieran unidos. Cuando llegaron los refuerzos, volvimos a inspeccionar la casa. Todo estaba en orden, excepto por un espejo roto en el baño. Yo no le presté mucha atención, pero una compañera me juraba que en el espejo roto se podía ver el rostro de alguien. Por un tiempo creí en fantasmas y llegué a la conclusión de que si no lo ves, no existe, así que me olvidé del asunto. Pero comencé a tener mis dudas cuando comenzó a morir gente de manera misteriosa en el hotel Red Moon.

—¿Tú también crees que el fantasma de Elizabeth está haciendo todo eso?

—La verdad, no lo sé —aseguró Patrick—. Tal vez es hora de que crea en fantasmas. No digo que el espíritu de Elizabeth esté matando gente, pero una testigo jura que una mujer mató a su esposo dentro de la habitación.

—No creo en toda esa mierda —renegó Raúl molesto—. Por eso no veo noticieros, solo hacen negocio con el sufrimiento ajeno.

—Estoy de acuerdo contigo. Dejemos este asunto de los fantasmas y concentrémonos en disparar.

Raúl se quedó en silencio mientras Patrick volvía a apuntar a las latas. Este último se encontró pensando de nuevo en fantasmas, sus pensamientos lo distrajeron y falló en dos ocasiones. Apartó eso de su mente y se empeñó en mostrar al aprendiz cómo disparar, pero los recuerdos de los pasos en el segundo piso no se alejaban de su cabeza. Pensó en el espejo roto y en el rostro que la oficial le aseguraba que veía en el espejo. Raúl, por su parte, sacó de su cabeza los pensamientos sobre Elizabeth y puso mucha atención a las instrucciones de su maestro, que se encontraba un poco distraído. Aprendió bastante rápido, y cuando fue su turno de disparar, Patrick quedó sorprendido: el muchacho acertó a los primeros intentos. Patrick comenzó a alejar cada vez más las latas y Raúl lograba acertar. Patrick le dijo que le vendría bien ser policía, ya que tenía cierta habilidad para disparar. Al cabo de un rato, Raúl podía acertar a una lata a veinte metros de distancia. Patrick no lo podía creer y se alegró de ver que Raúl había aprendido; a su vez, sintió un poco de envidia, ya que a él le había tomado más tiempo aprender a disparar. Después hicieron una competencia en la que apostaron veinte dólares. Patrick ganó por el doble de aciertos, aunque sabía que con práctica Raúl lo superaría pronto. Luego se tomaron una foto juntos con el celular de Patrick y siguieron disfrutando de la tarde. Ya casi oscurecía cuando decidieron volver a la ciudad. Patrick dejó a Raúl en la casa donde vivía, le dio los últimos consejos y un teléfono de botones apagado. Le dijo que estuviera atento y que le avisara de cualquier cosa sospechosa. Tal vez era solo paranoia, pero era mejor prevenir. Patrick se fue cuando Raúl entró a la casa. Por obvios motivos se estaba encariñando con el muchacho, se sentía muy cómodo cuando pasaba tiempo con él y lo comenzaba a tomar como un amigo. Patrick se quedó sentado en el asiento del piloto por unos segundos, tenía que acomodar sus pensamientos, y recordó la idea de que los amigos no existían en el mundo. Pero él mismo lo dudó al recordar lo rápido que fueron las cosas al conocer a Raúl y la confianza que ambos se tuvieron al poco tiempo de conocerse. Tal vez los amigos sí existen, pero son tan raros como el amor a primera vista, que la mayoría de las veces solo es una ilusión instantánea. Patrick condujo hasta su departamento. A las nueve de la noche llamó a Steve y le pidió un favor. Al principio este se negó, pero al final aceptó.

El jueves ocho de diciembre, a las nueve de la mañana, Patrick se reunió con Steve fuera del hospital mental UPMC, que estaba sobre la calle de Soto. La intención de Patrick era hablar con Susan Sullivan, acusada del homicidio de su esposo Peter. Steve se encontraba en la entrada del edificio hablando por teléfono. Patrick se estacionó en frente y fue hacia la entrada. Tras reunirse, los dos entraron y subieron en el ascensor hasta el noveno piso, giraron a la derecha y caminaron por el pasillo hasta llegar a la habitación cuarenta y ocho. La puerta se encontraba a la derecha. Allí esperaron de pie unos minutos hasta que una mujer con bata azul apareció, los saludó y sacó unas llaves de su bolsillo para abrir la puerta. La habitación era pequeña, y sobre la cama estaba Susan recostada bajo la sábana. Parecía estar dormida. A la izquierda de la cama, un pequeño escritorio, sobre el cual había un par de lápices pequeños y un cuaderno. En frente, una silla de plástico; a la izquierda de la puerta de la entrada estaba el baño, dentro del cual había un inodoro y un lavamanos de acero inoxidable, y a un metro, sobre la base de la cama, estaba la ventana con barrotes, por donde entraba la luz del sol, que bañaba la habitación con un colorido y alegre amarillo claro. Patrick miró a Steve y le dijo:

—Se hará como acordamos, ¿verdad?

—Tienes quince minutos, Patrick —dijo Steve en voz baja—. Fue todo el tiempo que pude conseguir.

—Serán suficientes —murmuró Patrick, y se adentró en la habitación.

La mujer cerró la puerta, se retiró y dijo que volvería en diez minutos. Steve se alejó de la puerta, caminó por el pasillo y se sentó en una de las sillas que estaban frente al elevador, luego sacó su celular del bolsillo e hizo una llamada.

Patrick tomó la silla que estaba en frente del escritorio, la acercó a la cama y se sentó mirando hacia Susan.

—Buenos días, Susan. Espero no molestarte. ¿Cómo te encuentras?

—Buenos días —respondió ella sin levantarse—. ¿Quién es usted? ¿Otro que ha venido a acusarme de estar loca?

—No —negó Patrick con una sonrisa—. He venido a hacerte unas preguntas. Sé que nadie te ha escuchado hasta ahora, pero yo lo haré.

—No lo creo. Nadie me cree, pero yo sé lo que vi. No estoy loca. Mejor váyase. No le haré perder su tiempo.

—Sé que estás sufriendo, Susan. Te quitaron a una persona muy querida. No estás loca, solo necesito que me cuentes lo que recuerdes.

—Lo recuerdo todo —dijo ella sin salir de las sábanas—. Los gritos, el olor, las lágrimas, la desesperación. Me acusan de loca. Creen que yo maté a mi esposo, pero yo lo amaba. ¿Cómo podría hacerle algo tan cruel?

—La viste, ¿verdad? ¿Cómo era?

—Alta, delgada, horrorosa. Ojos negros. Tenía un corte en la garganta y otro en el pecho. —Susan comenzó a llorar—. Se lo he dicho a todos varias veces. ¿Por qué no me creen?

—Yo te creo, Susan —le aseguró Patrick—. No estoy aquí solo por mí mismo. Alguien que conocía a Elizabeth quiere saber la verdad. Ella fue una persona muy querida para ese alguien. Ahora está sufriendo mucho, al igual que tú, mientras los responsables están libres allá afuera. No soy un policía, aunque una vez lo fui. Solo les estoy ayudando. Sé que tú no mataste a Peter. Para mí no eres una sospechosa. Quiero que me cuentes lo que pasó.

Susan se quitó la cobija. Estaba vestida con una sudadera azul claro y un pantalón blanco. Luego se sentó al lado de la cama y con sus ojos llorosos miró a Patrick.

—¿Cómo se llama la persona que está sufriendo por Elizabeth?

—Raúl. Es de México. La noche que ella murió tuvieron una discusión y no la volvió a ver. Es un buen muchacho, un poco más joven que tú. Así como yo, él quiere saber la verdad.

—¿Por qué esa perra está matando a la gente? Peter y yo no le hicimos nada —reprochó Susan llorando.

—Es lo que tratamos de averiguar —dijo Patrick con seriedad—. Una vez que se resuelva esto, podrás irte. No mereces estar aquí. Te pido que dejes esto entre nosotros y que no le comentes a nadie lo que hablamos. Si te sientes acusada o te tratan mal, pide que te dejen hablar con el detective Steve Anderson. Él te ayudara.

Susan suspiró. Se puso de pie, caminó de un lado a otro, luego se volvió a sentar y le contó todo a Patrick. Casi al terminar soltó un llanto desgarrador. Patrick miró hacia la puerta para asegurarse de que no hubiera nadie afuera y después se acercó a Susan para darle un abrazo. Le prometió que encontraría a los responsables de todo y le dijo que buscaría la manera de terminar con lo que fuera que había matado a su esposo. Esto último tal vez era imposible. Antes él no creía mucho en fantasmas, pero desde ese día en adelante tuvo que hacerlo. Patrick se apartó de ella cuando escuchó algunos pasos en el pasillo.

—Agradezco tu tiempo, Susan. Cualquier cosa, pide hablar con Steve. —Regresó la silla a donde estaba.

—Aún queda algo dentro de Elizabeth —dijo Susan mientras se limpiaba las lágrimas—. Fue capaz de perdonarme la vida a cambio de tomar la de Peter. No le he dicho esto a nadie. Por favor, guarde el secreto.

—Lo haré, tienes mi palabra —aseguró Patrick mientras llamaba con su celular.

Un par de minutos después llegaron Steve y la mujer. Patrick salió de la habitación, agradeció a la mujer y se dirigió al elevador junto con Steve. En el camino este le dijo:

—¿Y bien? ¿Algo que no sepamos?

—Me dijo lo mismo que a ustedes.

—Solo me hiciste perder el tiempo, Patrick —renegó Steve.

—Tal vez —dijo Patrick mientras llamaba al elevador—. Necesito hablar con la otra testigo.

—Eso no será posible.

—¿Por qué no?

—Primero que nada, no hablaba inglés. Usamos un traductor para interrogarla. Y segundo, está muerta. Se suicidó esta mañana en su celda.

—¿Qué? ¡Se suponía que la tenían bajo vigilancia! ¡No es posible!

—Se ahorcó dentro de su celda. No sé más detalles —dijo Steve mientras entraba en el elevador.

Los dos bajaron en silencio hasta el primer piso. Steve se quedó dentro del edificio junto a la recepción. Patrick salió mientras pensaba que pasaba algo extraño. Los testigos siempre están bajo vigilancia, no era posible que la mujer se hubiera suicidado en una celda hecha especialmente para evitar eso. Entonces pensó que esta gente tenía a alguien dentro de la policía, no había otra explicación para eso, y lo único que se le ocurrió fue moverse rápido y entrevistar a su próximo testigo, un pandillero llamado Jasón Jones. No había duda de que él encajaba a la perfección con la descripción que le había dado Raúl. Patrick fue hacia su auto, lo abrió y sacó cigarrillos de la guantera, encendió uno y comenzó a fumar. Pensaba en una manera de llegar hasta Jason y en cómo sacarle la verdad. Estaba considerando la tortura de ser necesario. Lo había hecho en el pasado cuando era policía, pero esos tiempos se habían terminado, aunque con suerte, solo temporalmente. Después de unos minutos, lo decidió: para llevar su plan a cabo tendría que infringir la ley que él mismo había protegido por varios años. Al carajo, ya no podía confiar en la policía, no importaba el rango del infiltrado. Se dijo a sí mismo que, para atrapar a los malos, tenía que ser uno, o al menos fingir serlo. Patrick subió a su todoterreno, lo encendió y se fue a su departamento. El resto del día lo utilizó para planear su movimiento y averiguar dónde podría estar Jason. A las nueve de la noche se vistió con un pantalón negro, camisa del mismo color y una sudadera azul oscuro. Se colocó una boina en la cabeza que en realidad era un pasamontañas, tomó su arma, se la guardó en la cintura, se preparó y salió de su departamento con una mochila en su hombro. Luego apagó su teléfono, le quitó la tarjeta y lo escondió en su buzón de correo. Encendió otro que recién había comprado y se dirigió a su auto, le puso unas matrículas falsas que había conservado sin un aparente propósito y condujo hasta Homewood.

Patrick había pasado algunos años recorriendo las calles de Homewood en los tiempos que solía ser un policía uniformado. Recorrer de nuevo esas calles lo llenaba de nostalgia, aunque ya no fuera policía, sino un simple civil conduciendo un todoterreno en un lugar peligroso. ¿Cuántas noches había pasado allí en aquellos tiempos? Ni el mismo Patrick lo recordaba. Fueron muchas. En esas calles estuvo a punto de perder la vida en al menos una ocasión. A veces no creía el poco respeto que le tenían los civiles y criminales a la policía. Una noche atendió una llamada de violencia doméstica; una mujer negra y gorda lo apuñaló en el hombro derecho. En otra ocasión, un joven negro lo golpeó con un bate de béisbol en el brazo; en otra, una mujer blanca se fue contra él con un cuchillo en la mano, por lo que tuvo que usar su pistola eléctrica para someterla. En otra ocasión simplemente le dispararon mientras conducía su patrulla y en otra le dispararon en su hombro izquierdo. La bala le había dañado una arteria importante y por fortuna recibió atención médica pronto, tras lo cual los médicos le dijeron que se había salvado de milagro.

Después de conducir un rato, sintió que pertenecía a ese lugar. Las luces lo llamaban, las puertas de las casas parecían decir su nombre, los árboles se mecían con gracia al compás del viento provocando una melodía nostálgica que no era percibida por Patrick mientras conducía. Pero era escuchada por algo en el interior de su ser y su yo del pasado, el cual se había obsesionado tanto con ese lugar que llegó a pensar muchas veces que se terminaría casando y se mudaría a vivir allí con el propósito de salir a vigilar las calles todas las noches y escuchar el familiar sonido de las sirenas de la policía. "¿Me gustará este lugar?, ¿perteneceré aquí?", se preguntaba mientras giraba el volante después de hacer un alto.

Patrick recorría la avenida Braddock. Al cruzar la avenida Frankstown vio un parque que estaba a su izquierda. Debajo de un árbol estaban un par de sombras. La luz del alumbrado público no los alcanzaba a iluminar bien. Patrick bajó un poco la velocidad y miró con atención. Parecían ser dos hombres. Uno estaba fumando y parecía ser su objetivo. Patrick giró a la derecha en la siguiente cuadra, le dio la vuelta a la manzana y se estacionó al lado de un terreno baldío en frente del parque. Tomó unos binoculares y observó a los hombres. No había duda de que era Jason. Llevaba puesta una sudadera roja, pantalones negros y una gorra de los Cubs de Chicago. El otro era un joven negro de unos veinte años que llevaba un paño azul cielo en la cabeza, pantalones gris oscuro y una chamarra gruesa de color negro. Por la manera de actuar de ambos, parecía que estaban discutiendo. De pronto Jason se llevó la mano a la bolsa del pantalón, sacó un revólver y le apuntó al muchacho en la cabeza. Patrick tomó su arma y vio lo que sucedía. El joven levantó las manos, luego las bajó y se las comenzó a mover como si retara a Jason. Este le acercó el cañón del arma a la cabeza. El joven seguía levantando los brazos en señal de desafío. Patrick se dispuso a salir del auto cuando vio que el joven se llevó una mano al bolsillo y sacó una navaja. Jason retrocedió, pero no le disparó. El joven arrojó la navaja al suelo y se dio media vuelta para irse mientras Jason seguía apuntándole con el arma y le gritaba cosas que Patrick no alcanzaba a escuchar. El joven salió del pequeño parque, cruzó la calle y siguió por la avenida Frankstown. Jasón caminaba de un lado a otro bajo el árbol, aún tenía el revólver en la mano. Después de unos minutos, se lo guardó en el bolsillo, se llevó la mano hasta detrás del oído, donde tenía un cigarrillo, lo encendió y comenzó a fumar apresuradamente. El cigarrillo estaba a la mitad cuando Jason lo arrojó al suelo, y caminó hacia la avenida Frankstown, en dirección hacia donde había ido el joven. Una vez se perdió de vista, Patrick arrancó el auto y le dio la vuelta a la cuadra para ir a la avenida Frankstown. En la esquina se detuvo. Revisó los alrededores: las calles estaban vacías. Una cuadra a la izquierda, vio una figura caminando deprisa por la acera. Patrick esperó unos segundos y luego giró a la izquierda y condujo despacio. Jason seguía caminando apresurado por la acera, por lo que Patrick aceleró un poco. Jason cruzó la calle Formosa. Había un estacionamiento pequeño a lado derecho de la acera. Patrick supo que había llegado el momento. Jason estaba solo, no transitaban autos por la calle, caminaba deprisa y distraído sin darse cuenta de nada. Patrick pisó el acelerador y se subió a la acera. En el momento que Jason se giró, ya era demasiado tarde. El auto lo golpeó en la cadera y lo arrojó un par de metros de distancia. Jason maldijo y se llevó la mano al bolsillo. Patrick se bajó de inmediato con el arma lista y corrió hacia Jason, que estaba desorientado en el suelo con el revólver en la mano. Patrick le dio una patada en el rostro. El revólver cayó al suelo mientras Jason se llevaba las manos al rostro y se quejaba de dolor. Patrick sacó una pistola eléctrica y le disparó. Jason se retorció mientras la electricidad corría por su cuerpo y luego quedó inconsciente. Entonces Patrick lo subió al portaequipaje del todoterreno, cerró la puerta, recogió el revólver y miró a su alrededor. Se subió al auto y fue de prisa hacia el terreno baldío que estaba en frente de donde había estado estacionado espiando a Jason. Al llegar, se bajó y fue hacia la parte trasera del vehículo. Jason estaba recobrando la conciencia. Patrick le ató los pies, las manos, y le colocó un trozo de tela en la boca y una bolsa de tela de color negro en la cabeza. Se aseguró de que estuviera bien atado. Cerró el portaequipajes y condujo una hora y media hasta llegar a una cabaña que estaba al noroeste, cerca de un pueblo llamado Harshaville.

Jason Jones se despertó atado a una silla. El lugar se encontraba casi a oscuras. Le dolía la quijada y un costado, y además tenía frío y olía un poco a humedad y a madera. A su derecha había una ventana pequeña cerca del techo, por donde entraba un poco de luz. Se dio cuenta de que estaba en un sótano. En frente a la derecha había unas escaleras que luego giraban a la izquierda, y se preguntó qué hacía en ese lugar y quién lo había llevado allí. Lo último que recordaba era haber sido atropellado y luego golpeado con fuerza en la mejilla. Para calmarse un poco, comenzó a analizar su pasado, algo que no resultaría ser buena idea, pues tal vez estaba allí por ser culpable de algo que no recordaba.

Jason había crecido cerca de Green Tree, un barrio pobre de la ciudad de Pittsburgh. Tenía dos hermanos menores. Sus padres peleaban casi todos los días, debido al dinero. Jason se crio comiendo pan tostado con mermelada, salchichas, macarrones desabridos y de vez en cuando comida rápida de alguna cadena barata de restaurantes. Durante el verano sus vecinos del lado derecho hacían parrilladas, pero Jason nunca tuvo una de esas en su jardín. Sin embargo, lo que más le dolía era que sus padres apenas pasaban tiempo con él y nunca se acercaron a hablarle de la vida o a darle consejos. Su padre un día lo abofeteó porque Jason rompió una de sus bocinas favoritas. Esta en realidad ya no funcionaba y el niño de nueve años trataba de repararla, quería ayudar en algo y su premio fue una mejilla enrojecida y adolorida. Su madre también seguido lo golpeaba. Un día su hermano menor de un año se cayó de una silla, y aunque no se lastimó de gravedad, Jason y su hermano dos años menor pagaron las consecuencias, y aparte de la golpiza que le dio su madre, los dejó encerrados en una habitación todo un día sin comida ni agua.

A los doce años, Jason comenzó a salir a las calles, donde encontró con quién hablar. Era un excelente escape del hogar, al que a veces solía llamar infierno. En la calle conoció amigos pero allí también perdió a muchos de ellos. La primera vez que participó en una pelea tenía solo catorce años. Jason le quebró una botella de vidrio en la cabeza a un hombre mayor que él. Este no cayó y le dio una golpiza que casi lo manda al hospital. Jason encontró que la adrenalina de la pelea lo hacía sentir fuerte, importante, y con ello desquitaba su frustración. Una vez mataron a uno de sus amigos en una riña dentro de un antro. Jason no estuvo presente, ya que no podía entrar a esos lugares; sin embargo, sus amigos y él fueron a vengarse y asesinaron a golpes a dos de los responsables. Jason recibió un disparo en un brazo, no sintió nada hasta después de que todo pasó. Para su suerte, solo fue un rozón y sus amigos le pusieron una camisa alrededor de la herida. Durante semanas presumió su herida de batalla. Los mayores decían que tenía valor y eso lo llevó a seguir metiéndose en problemas.

A los diecisiete, Jason asesinó a un joven blanco que caminaba por la calle. El tipo se negó a darle su dinero, por lo que Jason y su amigo lo golpearon hasta el cansancio. Pero Jason no quedó conforme con eso, así que le pateó la cabeza hasta que se cansó. Su amigo lo detuvo y los dos corrieron. Luego se enteraron de que la policía estaba buscando a los sospechosos, entonces Jason escapó a la ciudad de Nueva York. Allí conoció gente y un año después comenzó en el negocio de la venta de drogas. El trabajo era bueno, había muchos clientes, pero era muy arriesgado. Una vez lo golpearon sus mismos compañeros y le quitaron todo lo que llevaba, pero en vez de vengarse, Jason recurrió a un cambio de trabajo, que consistía en ser un proxeneta. En realidad era arriesgado, pero no tenía que estar en las calles tanto tiempo; solo tenía que recoger a las mujeres, cuidarlas, cobrar, hablar con los clientes y llevarlas a donde se lo pidieran. Tenía dos categorías de mujeres: las más bonitas eran para sus clientes de dinero y las otras eran para los clientes habituales, en su mayoría latinos. Pero tenía de todo. Una vez llevó a dos de sus mujeres a una casa donde se celebraba una fiesta y había más de veinte latinos, y entre las dos se encargaron de todos. Otra vez llevó a dos de las mejores a una fiesta privada en el centro de la ciudad. El tipo que contrató los servicios era un millonario de quien Jason recibió tres mil dólares por dejarlas toda la noche con él, y a la mañana siguiente las recogió afuera de un hotel de lujo. Su día a día era conducir y llevar a las chicas de un lado a otro. Rara vez tuvo problemas para cobrar dinero. Sus clientes siempre le pagaban antes y a veces hasta dejaban propina, aunque no para Jason, sino para la mujeres. Jason, sin embargo, nunca les entregó ese dinero, siempre se lo quedó para sí mismo.

Un día decidió que era hora de hacer su propio negocio, así que reclutó a tres mujeres y comenzó. El negocio era bueno, pero las mujeres no le duraban; alegaban que terminaban con la vagina adormecida de tantas vergas que les entraban. En una ocasión una de sus mejores trabajadoras estuvo con quince hombres en un mismo lugar. Uno entraba, terminaba y salía; la mujer se lavaba la vagina y seguía con el otro. Al terminar, a la pobre mujer le temblaban las piernas. Ella alegó que uno de los tipos tenía una verga descomunal y que trató de penetrarla por el ano, además de que fue muy bruto con ella. Jason le aseguró que no la dejaría estar de vuelta con ese hombre, pero en realidad a él no le importaba, no tenía conciencia alguna, no le importaba la vida de los demás, tampoco la de sus trabajadoras ni las condiciones en las que trabajaran. Para él lo único importante era el dinero y su propio beneficio. En otra ocasión una de sus trabajadoras le exigió más dinero y Jason decidió despedirla en vez de pagarle más. Llegó a tal punto de necesitar mujeres que trabajaran para él que recogió prostitutas de la calle y las obligó a trabajar para él. Estas mujeres se drogaban demasiado y no tenían ningún aprecio por la higiene. Eran delgadas, arrugadas, viejas, pálidas, y a algunas les faltaban dientes o los tenían podridos. Al ver a esas mujeres, la mayoría de sus clientes dejaron de llamarlo. Un día Jason cometió un error: contratar prostitutas de donde solía trabajar y luego amenazarlas y obligarlas a trabajar para él. Estas mujeres estaban protegidas por gente peligrosa. Una de ellas no se quedó callada y lo delató con la clase de gente que Jason ya conocía de antes. Sabía de buena manera que no era una gran idea meterse con ellos, pero con tal de ganar dinero fácil, no le importó.

Una tarde Jason recibió una llamada de un cliente nuevo que le pagaría doscientos cincuenta dólares por cada hora que pasara con una de sus mujeres. Jason solo tenía dos, una mujer blanca de cincuenta y dos años, y otra negra de treinta y cinco, así que decidió llevar a las dos para que el cliente escogiera la que más le agradara. En realidad las dos eran bonitas, pero se descuidaban un poco debido a sus adicciones. Al llegar a una casa pequeña en Queens, se dio cuenta de que había cometido un error: su cliente resultó ser un hombre bien vestido, moreno y de origen latino. Dos hombres entraron por la puerta detrás de él y supo que estaba en problemas. Intentó sacar su revólver, pero un hombre le colocó el cañón de una metralleta corta en la nuca y lo obligó a tirar el arma. Luego entraron más hombres, se llevaron a sus trabajadoras y golpearon a Jason hasta tirarle dos dientes; después lo llevaron al sótano y lo mantuvieron atado, desnudo y sin comer ni beber nada durante dos días, hasta que el hombre moreno de origen latino bajó al sótano. Ya no vestía ropa elegante, sino pantalones desgastados y una camisa naranja. El hombre le propuso un trato: perdonarle la vida si trabajaba para él. Sin más opciones, Jason aceptó. Después de un rato lo desataron, le dieron agua y comida, también ochocientos dólares, y lo dejaron ir. Su nuevo trabajo no sería como vendedor de drogas o proxeneta, sino como asesino de personas.

A las dos semanas cobró su primer pago: cuatrocientos dólares por matar a un latino de mediana edad mientras este salía hacia la parte trasera de un restaurante a tirar la basura. Un mes después mató a una mujer blanca que supuestamente había robado dinero del negocio y luego mató a un afroamericano que había robado y disparado a un vendedor asociado. También asesinó a otro que había sido arrestado y puesto en libertad; el motivo fue que había hablado demasiado con la policía. Jason se convirtió en un asesino, no sentía arrepentimiento ni le importaba a quién matara. En otra ocasión mató a un adolescente de quince años solo porque este se acostó con la hija de un hombre importante. Aquel día sintió un poco de lástima por el joven, no solo porque era afroamericano, sino porque, al verlo, se miró a sí mismo y se dio cuenta de la suerte que había tenido de salir con vida de la adolescencia. Sin embargo, después de recibir novecientos dólares se olvidó del asunto.

En junio del 2016, su jefe le ordenó regresar a su natal Pittsburgh. Le dijo que allí las cosas estarían más tranquilas con los asesinatos. Jason se tenía que encargar de proteger a los vendedores, y al conocer la ciudad debía alertar si los policías husmeaban por allí. Pero solo dos meses más tarde fue arrestado por posesión ilegal de armas. Cinco meses después de que lo dejaran en libertad, fue arrestado por golpear brutalmente a un hombre que debía mucho dinero a los traficantes. Tres meses después de salir apenas librado por haber golpeado al pobre sujeto, el detective Patrick Summers lo arrestó por posesión de sustancias ilegales y lo metió a la prisión por un año. Unos días después de que lo dejaran en libertad, su jefe lo llamó y le preguntó qué tanto había hablado. Jason era muy bueno para inventar historias y el jefe lo sabía, así que le creyó y lo dejó seguir trabajando para él. Entonces se ofreció a darle algo de dinero al mes y un bono por cada tarea que completara. Jason hizo de todo: traficó armas y drogas, mató a una que otra persona, recogía y llevaba prostitutas de un lado a otro. Después de un tiempo, se confió tanto que, sin darse cuenta, terminó arrestado de nuevo por el detective Patrick y fue a parar a la cárcel. Misteriosamente, después de un mes de encarcelamiento quedó en libertad. Su jefe lo llamó de nuevo y le dijo que tuviera cuidado. Era un buen elemento, pero no indispensable, y la próxima vez que lo arrestaran no lo volvería a ayudar. Jason se dio cuenta de por qué había salido de prisión tan pronto.

Jason tenía treinta y seis años. Aún no se casaba. A veces deseaba formar una familia, tener hijos y criarlos mejor de lo que lo criaron a él, pero como era un delincuente después de todo, y como no sabía hacer otra cosa, de ninguna manera sería un buen padre. Eso pensaba. Hasta que conoció a Betty, una mujer negra de treinta años, la mujer de sus sueños: voluptuosa, alta, bonita y que, además, no usaba mucho maquillaje. A Jason no le gustaban las mujeres que usaban mucho maquillaje, creía que eran como payasas. Recordaba una frase que tenían sus amigos cuando era joven: "¡A la menor oportunidad, lleva a tu cita a nadar, o a un balneario. Así verás lo que hay detrás de tantas capas de maquillaje!". Jason nunca olvidó eso y lo aplicó cada vez que pudo, y eso lo llevó a darse cuenta de que muchas mujeres en realidad no eran tan bonitas como aparentaban.

Después de conocer a Betty en un bar, Jason la invitó a salir. Ella aceptó y con el tiempo se enamoraron. Betty no sabía mucho de él, más allá de que había crecido y nacido en Pittsburgh y que había vivido en Nueva York. Betty vivía en Miami, pero al momento de conocer a Jason tenía un año viviendo en Pittsburgh. Aún no conocía toda la ciudad, y en la mayoría de sus citas Jason la llevaba a pasear en su viejo Lincoln por lugares que ella no conocía. El domingo dieciséis de octubre a las nueve de la noche, Jason estaba en el acto de amor con Betty. Ella era un poco conservadora y pocas veces habían estado juntos en la cama. Para ella, esos eran momentos muy especiales. Betty estaba de frente y encima de Jason, sus grandes pechos se movían despacio de arriba abajo en un sensual y provocador ritmo que se sincronizaba con el movimiento de sus caderas, las cuales acariciaba Jason para luego bajar hasta sus piernas y frotar con sus manos la tibia piel de su compañera. Mientras lo hacían, el teléfono de Jason timbró, pero él no se molestó en responder y siguió en lo suyo. El celular volvió a timbrar. Jason apartó una mano del cuerpo de Betty para contestar, pero ella se la atrapó y la regresó a donde estaba. El celular volvió a timbrar, y de mala gana Betty se detuvo y le dijo que contestara. Jason contestó, luego miró a Betty con prisa y le dijo que tenía que irse. Sin decir nada, ella se bajó de la cama y salió de la habitación, y luego se escuchó que la puerta del baño se cerró con fuerza. Jason se apresuró a vestirse. Al pasar por un lado de la puerta del baño, se disculpó con Betty, pero ella lo maldijo y le dijo que se largara de una vez.

Jason regresó a las tres de la mañana. Betty se había ido. Después de eso trató de contactarla. Aquello no había sido gran cosa, al menos no para Jason, pero Betty no le contestaba las llamadas. Lo bloqueó de sus redes sociales y lo evitaba, y también le mandaba decir con su hermano menor, Timothy, que no quería saber nada de él. Jason se molestaba y no entendía por qué se fijó en una mujer tan caprichosa, pero la amaba y quería estar con ella. Sentía que, si no sentaba cabeza con Betty, no tendría oportunidad de hacerlo con nadie más.

El domingo once de noviembre a las nueve y media de la noche, Jason llegó a un pequeño parque al lado de la avenida Braddock y la Frankstown para esperar a Betty. El tiempo pasaba muy lento y ella no llegaba. Y no lo haría. En su lugar, a las once de la noche acudió al parque su hermano Timothy. Este le dijo a Jason que su hermana no quería saber nada de él, y en realidad así era. Betty había escuchado rumores del pasado de Jason. Al igual que él, ella también había crecido en la pobreza. A muy temprana edad perdió a su padre, que por causalidad también era un pandillero, y pasados unos años a su hermano mayor. Lo que más quería Betty era alejarse de esa vida y de las personas que estuvieran asociadas con eso. Después de escuchar eso, Jason se molestó y amenazó a Timothy. Este no se dejó intimidar y los dos se dijeron de todo. Al final, el joven se alejó y dejó a Jason hablando solo, así que este se enfureció y mandó todo al carajo. Tenía orgullo y pensó en buscar a otra mujer; después de todo, el mundo estaba lleno de mujeres. Pero en verdad amaba a Betty. Su orgullo se doblegó y decidió ir a seguir a Timothy para disculparse con él por haberlo amenazado, y poder hablar con Betty. Pero Jason fue arrollado en el camino y lo secuestraron, y ahora se encontraba en un sótano semioscuro y desconocido. Tal vez era hora de que pagara por todo lo que había hecho. Desde octubre no había matado a nadie. Después de eso las cosas para él siguieron tranquilas, salvo por los problemas con su novia. Descartaba estar atado en esa silla dentro de aquel sótano por culpa de esa simple puta que vivía en el hotel Red Moon.

Jason escuchó pasos en el techo del sótano. Se abrió una puerta y al cabo de unos segundos se encendió un generador de electricidad a gasolina. Dos luces dentro del sótano parpadearon un par de veces y luego se quedaron encendidas. Jason observó el sótano. En frente había una silla. A su izquierda estaba una mesa con diferentes herramientas; entre ellas, una sierra, pinzas, un martillo, alambre de acero, clavos y una pistola de pintura. A un lado estaba una toalla doblada de color blanco; a la derecha había una mesa vacía y, a un lado, una cubeta de color blanco de diecinueve litros. Jason trató de estirarse un poco para mirar lo que había dentro y se dio cuenta de que la silla estaba asegurada al suelo. La cubeta estaba rellena un poco más arriba de la mitad con agua y hielo. Sobre el techo del sótano se escuchó que una puerta se cerró y luego se oyeron pasos. Entonces se abrió otra puerta y se escuchó que alguien bajaba por los escalones. Jason se preocupó a la vez que se alarmó al ver que se trataba del detective Patrick Summers. Llevaba un fólder amarillo en la mano, guantes de color negro, y estaba vestido con un pantalón negro, una sudadera azul oscuro y una boina en la cabeza. Entonces recordó los rumores que corrían por las calles, de que el detective era cruel y que tenía un lugar privado para torturar a los negros hasta la muerte. Ahora Jason estaba seguro de que era verdad. Cuando Patrick bajó las escaleras, Jason le dijo, tratando de ocultar sus nervios:

—Hola, detective Summers. Me alegra verlo de nuevo. Me he portado muy bien. Veo que los rumores de que tortura negros son ciertos.

Patrick le sonrió. Apartó un poco la silla, colocó el fólder sobre la mesa y la arrastró hasta dejarla en frente de Jason. Se le acercó, al tiempo que sacaba una navaja de su bolsillo, y cortó la soga que ataba sus manos. Entonces empujó el fólder hasta él. Acercó la silla a la mesa, tomó asiento y lo miró por unos segundos.

—Me alegra verte, Jason. No seas cruel conmigo, tú eres el primer negro que traigo a este lugar. Te has portado mal y por eso estás aquí. Revisa ese fólder, por favor. Dime qué opinas.

Jasón tomó el fólder y lo abrió. Un escalofrío recorrió su cuerpo cuando vio las fotos de Elizabeth muerta dentro del baño de la habitación en el hotel Red Moon. Entonces supo por qué estaba allí. Patrick lo miraba. Su intuición como policía le dijo que Jason sabía algo, así que colocó los codos en la mesa y dijo:

—Y bien, Jason, ¿algo que quieras decirme?

—No sé nada de esto, detective —respondió, a la vez que cerraba el fólder y lo ponía sobre la mesa—. Escuché que lo suspendieron. ¿Por qué hace esto?

—La policía no tortura a la gente. En el pasado hice una que otra cosa ilegal para obtener respuestas. Se podría decir que fue tortura, pero no tan cruel. En cambio los criminales sí torturan de manera cruel. Ahora soy uno de los tuyos, Jason. Cuéntame lo que sabes.

—Ya le dije que no sé nada.

—Sé que eres muy bueno mintiendo —insistió Patrick—. Te he arrestado dos veces y saliste bien librado. Mira a tu izquierda. En esa mesa hay herramientas que tendré que usar para sacarte la verdad. Dime lo que sabes, o comenzaremos con la fiesta.

—¡Maldito racista! —le gritó Jason—. ¡Le encanta torturar negros, ¿verdad?! Adelante, hágalo. No se saldrá con la suya.

—Sí soy un racista, y no lo niego. Pero ya te dije que eres el primer negro que se sienta en esa silla. Todos ustedes hablan bastante rápido, no les importa otra cosa que salvar sus asquerosos traseros. Sin embargo, los latinos o los blancos son más duros. A veces tienes que ablandarlos un poco, pero no es necesario hacerlos sangrar para que hablen, basta con un poco de agua en sus gargantas, o rociarlos con gasolina mientras se sostiene un encendedor. Pero tú pareces no estar dispuesto a cooperar, así que empezaré por sacarte esos dientes de oro falsos.

Patrick movió la mesa de un tirón. Jason gritó y estiró las manos para tratar de agarrarlo. Patrick se le acercó de frente y le dio un puñetazo en la mandíbula. Jason gritó, Patrick le dio otro y otro hasta dejarlo casi inconsciente. Luego le volvió a atar las manos a la silla, fue por la cubeta que tenía agua con hielo y vació la mitad sobre Jason, que reaccionó de inmediato con un suspiro al sentir el helado líquido sobre su cuerpo. Comenzó Jason a temblar y a maldecir. Patrick fue a la mesa que tenía herramientas, tomó unas pinzas y dijo mientras se le acercaba:

—Última oportunidad. No me hagas hacer esto.

—¡Púdrete, hijo de perra! —gritó Jason mientras temblaba—. Asqueroso racista, lo haces solo porque soy negro, ¿verdad? ¿Tanto nos odias, maldito?

Patrick se puso de pie frente a Jason y lo miró fijamente.

—Estás en lo correcto. ¿Pero sabes una cosa? Odio más a los criminales, sin importar el color. ¡Habla!

—¡Púdrete, racista de mierda!

Patrick sonrió. Con una mano abrió la boca de Jason y con las pinzas le sacó uno de sus dientes de oro. Un chorro de sangre brotó de la boca de Jason, que pegó un grito. Patrick tiró el diente al suelo y le sacó el otro, y más sangre salió de la boca de Jason. Patrick regresó a la mesa, dejó las pinzas en una esquina, tomó un martillo y se acercó a Jason para darle en la rodilla izquierda un ligero golpe que hizo que se exaltara.

—Te aplastaré los dedos con esto, Jason. Dime lo que sabes y todo terminará rápido.

Jason solo gritaba, maldecía y se retorcía. Patrick levantó el martillo y lo descargó con fuerza sobre el dedo gordo del pie izquierdo. Jason dejó salir un horrible alarido al sentir que su dedo era aplastado por el martillo, luego respiró profundamente varias veces y comenzó a perder la conciencia. Patrick dejó el martillo en el suelo para ir a tomar la cubeta con agua y vació otro chorro sobre Jason, que suspiró de nuevo y siguió gritando. Patrick dejó la cubeta en el suelo y dijo:

—Sabes, una vez en la ducha yo mismo me saqué una uña para ver qué tan doloroso era. Fue horrible y casi me desmayo, pero preparé un recipiente con hielo y agua, y me lo eché en la espalda. Las ganas de desmayarme desaparecieron y el dolor siguió hasta que me puse anestesia. Ahora estoy aplicando eso contigo. Siéntete orgulloso, eres el primero aparte de mí. ¿Qué tan efectivo es para ti?

—Hugo —dijo Jason agitado.

—¿Hugo qué?

—Cervantes, Nueva York —Jason comenzó a reír entre suspiros, escupía sangre y tosía, se quejaba de dolor y volvía a reír—. Está muerto, detective Summers. No sabe con quién se está metiendo. Esa gente está en todos lados, en la política, los negocios, la policía. Pregúntele a su capitán.

—Ya suponía que mi capitán estaba vendido. ¿Desde cuándo? Anda, confírmalo.

—Su hija. Ellos la secuestraron para ver si podían comprarlo. Funcionó.

—Lo sospechaba —añadió Patrick un poco decepcionado—. Ahora dime, ¿quién mató a Elizabeth? ¿Fuiste tú?

—¿Qué más da? Solo era una puta que nadie extrañará —dijo Jason apresurado. Sentía que se volvería a quedar inconsciente.

—No te pregunté eso, Jason.

—Yo. Ese estúpido de Yared. ¿En qué mierda nos metió? Se suponía que sería fácil.

—¿Solo tú y ese tal Yared la mataron?

—Un sujeto de Venezuela llamado Ryan —confesó Jason con voz débil—. Ray, el exnovio de la puta, nos dio detalles para llegar hasta ella. Ya te dije todo. Déjeme ir.

—¿La secta y el tráfico de mujeres están relacionados con esto? ¿Conoces a una tal María? ¿Por qué mataron a Elizabeth? Responde si quieres que esto termine.

—La puta sabía de ellos. María es la proxeneta a cargo de la ciudad. Ella no sabe de la secta, creo que solo sigue órdenes. Algunos más arriba de ella sí lo saben. El tráfico de drogas, armas, prostitución, asesinatos, corrupción. Todo está relacionado con la secta. A veces necesitan sacrificios u órganos para algún tipo rico. No solo los obtienen secuestrando personas o niños de los barrios pobres, también de la red de prostitución. Ellos están en todos lados. Les compran personas a traficantes mexicanos y de otros países. Niños, adolescentes, de todo. Estás muerto si te metes con ellos. Un tipo millonario acusado de pedofilia se suicidó en una cárcel hecha para evitar eso. Las cámaras fallaron, los guardias se durmieron, la electricidad de la celda se fue. —Jason comenzó a reír—. ¿Qué crees que te harán a ti, detective? Eres un simple detective. Será muy fácil desaparecerte.

—Ya te dije que no soy un detective —dijo Patrick con frialdad—. Soy un delincuente. Pero no como tú. Jamás seré una basura como tú, Jason.

—Ya dije todo —dijo Jason con voz cansada—. Déjeme ir.

—En ningún momento dije que te dejaría ir.

En el momento que escuchó eso, Jason supo que iba a morir. Algo en su interior le pidió que suplicara, así que lo hizo. Patrick recogió el martillo del suelo y se dirigió a la mesa donde estaban las herramientas, lo dejó sobre ella y tomó una pistola que estaba oculta debajo de la toalla. La miró, le quitó el seguro y caminó hacia Jason, que seguía suplicando por su vida. Mientras Patrick se le acercaba, pensó en Betty, a quien no volvería a ver. Pensó en toda la gente que había estafado y matado sin remordimiento, en lo mal que había tratado a sus empleadas mientras era proxeneta, en todo el sexo que había tenido. Nunca se enamoró de ninguna mujer aparte de Betty. En ese momento deseaba estar en una casa jugando con sus hijos, criándolos de la manera que no lo habían criado a él. Se imaginaba haciendo el amor con Betty, para después dormir y soñar a su lado. Pero eso nunca sucedería, de nada servía rogar. Muchas de las personas que mató le suplicaron por su vida, pero Jason nunca mostró compasión alguna y los mató a sangre fría, sin conocerlos ni mirarlos siquiera a los ojos. Ahora sabía qué se sentía, estar a punto de perder la vida sin importar lo demás. Su verdugo no le mostraría compasión al igual que él no se la mostró a nadie. En esos últimos momentos estuvo seguro de que estaba pagando por todo lo que había hecho.

Patrick se puso de pie frente a Jason, que tenía los ojos llorosos. Levantó el arma y se la puso en la frente.

—Era mentira cuando dijiste que Elizabeth solo era una puta y que no valía nada. En realidad era una persona muy importante para alguien. Preferiría que ese hombre te pusiera esta bala en la cabeza, pero no quiero que se manche las manos con una basura como tú. Eso es lo que eres, Jason. Siempre lo fuiste. Y si te dejo ir, nada cambiará.

—Ya hágalo, detective —dijo Jason llorando mientras lo miraba a los ojos.

—Ya te lo dije. Soy un criminal. —Disparó.

Patrick escuchó el retumbar del disparo en el sótano. Jamás había matado a nadie de esa manera, siempre lo había hecho para defender su vida. Ahora acababa de matar a sangre fría, igual que los delincuentes. En ese momento Patrick se sintió como uno y se odiaba tanto como los odiaba a ellos. Se preguntaba por qué lo había hecho. Era preferible dejar ir a la basura que yacía sentado con un agujero en la cabeza y de quien emanaba un chorro de sangre. Aunque si lo hacía nunca viviría tranquilo, moriría tarde o temprano a manos de algún sicario barato, sin mencionar que Raúl no tendría ninguna oportunidad de escapar. Sabía que debía hacerlo, pero darle sentido a lo que acababa de hacer no evitó que en su pecho se formará un doloroso nudo, uno que no sentía desde que había matado por primera vez. No era arrepentimiento, sino tristeza, pena por un criminal. Eso era algo raro en él, pero real, tanto que las lágrimas comenzaron a salir de sus ojos sin que él se diera cuenta, y el arma se le cayó al suelo. Patrick bajó la mirada al suelo y notó que las lágrimas caían. Luego vio el cuerpo de Jason. Sentía que el nudo en su pecho le impedía respirar, a tal punto que tuvo que subir por las escaleras, salir de la cabaña para sentarse en los escalones que estaban afuera de la entrada y comenzar a deshacer el nudo en su garganta a base de llanto.

Steve Anderson se sentía demasiado cansado como para ir a trabajar. Desde que le dieron el caso del hotel Red Moon había estado demasiado ocupado y su capacidad de fingir estaba llegando a su límite. Al principio no creía que Patrick fuera a meterse tanto en el caso y mucho menos que conocería de cerca al desafortunado que tendría que pagar los platos rotos. Steve Anderson era un policía corrupto. Desde que tenía uso de razón, su deseo fue servir a la ley, pero no se esperaba recibir tan poca recompensa por atrapar a los criminales. De niño pensaba que al atrapar a un ladrón de bancos le darían una pequeña cantidad del botín a cambio de sus servicios, pero a medida que crecía se dio cuenta de que eso no era verdad. En las películas y los documentales le habían enseñado que, en su mayoría, los buenos eran pobres, y eso no le agradó para nada.

Steve creció en la pobreza siendo el primero de seis hijos. Desde pequeño deseó muchas cosas que sus padres jamás le dieron. En realidad, su padre podía darle alguno que otro lujo, pero nunca lo hizo y le decía que cuando creciera y trabajara se podía dar el lujo que él quisiera. Pero eso no era lo que más le molestaba a Steve, sino el hecho de que a sus dos últimos hermanos les dieron de todo, en especial al más pequeño; vio cómo toda la atención, lujos, regalos y demás cosas que a él le negaban se los daban a sus hermanos menores. De niño Steve deseaba un cochecito de policía, pero nunca lo tuvo y cuando creció ya no lo deseaba, sino que quería un guante de béisbol de los Piratas de Pittsburgh. Una vez creció, su afición por el béisbol se acabó y deseaba una bicicleta. De adolescente estuvo a punto de comprar una pero se dio cuenta de que en las calles había muchos conductores irresponsables, por lo que decidió no comprarla. Steve deseó muchas cosas, pero no obtuvo nada. Al crecer, todos esos deseos desaparecieron, pero ese hueco dentro sí nunca se llenó, ni cuando se compró una consola de videojuegos a los dieciocho, o esos tenis de trescientos dólares, o cuando se endeudó con una Ford f150 de cincuenta mil dólares, la cual tuvo que devolver por no poder pagarla. Aun así, deseó ser policía. Tenía la esperanza de que los buenos lo recompensarían por su trabajo, pero cuando se dio cuenta de que eso nunca pasaría, decidió cooperar con los malos. Estos a veces ni siquiera le pedían nada, solo le decían que los dejara trabajar, o simplemente que girara la mirada hacia otro lado. A veces le entregaban criminales que ya no querían, tontos que llamaban la atención metiéndose en muchos problemas o que consumían las drogas que deberían vender. Así fue como Steve fue creciendo como policía, ayudado por criminales y a su vez motivado por la codicia.

Steve conducía un Mercedes Benz, vestía ropa y zapatos caros, y compró una casa nueva con piscina por cuatrocientos mil dólares. Con el sueldo honesto de un policía nunca se hubiera podido dar todos esos lujos, no en una economía donde el salario está estancado, pero las cosas básicas para vivir suben año tras año. A veces creía que el sueño americano se iba terminado con el paso del tiempo, y que en la actualidad solo eran un pequeño reflejo de lo que habían sido en los tiempos de sus padres y abuelos. Así que Steve no podía ser honesto. Quería tener lujos, pasarla bien en un bar en sus días de descanso y tener bonitas mujeres cuando lo necesitara. En esto último sus amigos del crimen lo tenían muy consentido: le llevaban las mejores y más bonitas mujeres que tenían disponibles y además le cobraban muy poco, aunque Steve era generoso y les daba buena propina a sus acompañantes. El sexo es necesario para todos, y además de llevarse el estrés, lo hacía sentirse hombre. No había mejor recompensa que poseer una hermosa mujer después de trabajar durante muchas horas casi todos los días de la semana.

Steve estaba cansado del caso del hotel Red Moon, el cual se suponía que estaba todo arreglado. No se esperaban más muertes. Los que cometieron el crimen le avisaron incluso que ya había pedido la ayuda de Patrick. Steve se arrepintió de hacerlo, pero eso ya era tarde. Sin embargo, aún tenía una ventaja: Patrick no sabía que era corrupto, así que si este averiguaba algo, Steve podría informar a sus socios del crimen organizado. El jueves quince de noviembre, Patrick lo llamó para decirle algo muy importante que Steve no se esperaba: mencionó los nombres de los posibles asesinos y le habló también de Raúl. Entonces supo que Patrick había ido demasiado lejos. Lo de la secta siempre fueron rumores entre la policía. Se sospechaba que existían pero no había pruebas de ello, además de que esas personas no eran nada tontas, no dejaban cabos sueltos y se sabían ocultar muy bien entre lo más bajo y alto de la sociedad. Steve sí sabía de ellos, ya que estaba en la nómina, pero no conocía a ningún líder, ni a alguien importante aparte de pandilleros y asesinos que trabajaban para ellos, así que mientras todo fuera bien, no había nada de qué preocuparse. Pero los cabos sueltos como Raúl tenían que atarse de inmediato. Steve llamó a unos matones, les dio la información que necesitaban y esperó paciente las buenas noticias. Sabía que Patrick sospecharía, pero ya tendría algo para él. Podía acusarlo de ser cómplice de asesinato, además de la desaparición de un pandillero llamado Jason. Obviamente, meterse con Patrick no sería fácil, pero Steve tenía algo a su favor: la influencia del capitán y de otras personas que le ayudarían a falsificar evidencia. Lo más impórtate era silenciar a Raúl, así que el domingo dieciocho en la madrugada se llevó a cabo el plan. Steve estaba sentado en el sillón de la sala de su casa, atento al teléfono, esperando escuchar una buena noticia. Sin embargo, en vez de eso escuchó que la radio de la policía reportaba un tiroteo en Upper Yard, cerca de Mount Lebanon. En ese momento Steve presintió que algo andaba mal. Llamó a los encargados de realizar el trabajo y no le contestaron, volvió a llamar y nada. Se levantó del sillón, maldijo, apagó el teléfono con el que se comunicaba con ellos, le quitó la batería, rompió la tarjeta y tiró todo a la basura. Luego fue al refrigerador para sacar una botella de whisky Macallan, regresó al sillón, se sentó y comenzó a beber. Todo había salido mal. ¿Pero cómo? ¿Acaso alguien le había avisado a la víctima, o estaba preparado desde un principio? Pensó en Patrick. Ese maldito era muy listo. Tal vez lo vio venir y de alguna manera ayudó a Raúl, o tal vez estaba vigilando afuera de la casa. Pero independientemente del motivo, la cosa estaba jodida. Steve sentía tanta frustración que gritó con todas sus fuerzas y luego se comenzó a beber la botella de whisky hasta que se la terminó. Después se quedó dormido.

Se despertó a las diez de la mañana. Aún se sentía un poco mareado y con algunas punzadas en la cabeza. Fue al baño y cuando regresó al sillón revisó su teléfono personal. Tenía tres llamadas perdidas. Una decía desconocido, otra era de Patrick y la última, del capitán Peter Douglas.

Ryan Márquez recibió una llamada de parte del detective Steve. Un trabajo fácil, le dijo. "Uno más", se dijo a sí mismo, nada que el gran Ryan no pudiera manejar.

Tenía veinticinco años y era originario de Venezuela. Había llegado a los Estados Unidos en septiembre del 2014 y se estableció en la ciudad de Nueva York. Su país estaba en la ruina, y lo sigue estando. Ryan creció en una ciudad llamada Ciudad Guayana, y tuvo que hacer de todo para sobrevivir: recolectar basura y comer de ella, robar, asaltar... Todo era necesario para seguir existiendo. El lugar donde creció estaba plagado de violencia, crimen y miseria. Desde muy joven tuvo que ver por sí mismo. Sus padres eran un par de ignorantes que a pesar de las dificultades que vivían engendraron seis hijos, a los cuales no podían mantener. Descuido o capricho, solo ellos saben los motivos que los llevaron a traer al mundo a tantos niños para que pasaran hambre. Desde niño Ryan soñó con salir de su país sin importar lo difícil que fuera, soñaba con comenzar el largo recorrido y abandonar esa tierra maldita donde los ricos y el gobierno son los únicos que tenían derecho a vivir bien.

A los diecinueve años dijo ya basta y junto a tres amigos se marchó. El camino no fue nada fácil, ¡pero cómo tenía ganas de subirse a la bestia! Hacía tiempo se imaginaba haciéndolo. Ese maldito tren endemoniado que partió a una chica en dos mientras trataba de subirse. Ryan vio todo y hasta el día de hoy sigue teniendo pesadillas. Recuerda con toda claridad los gritos de la muchacha y sus vísceras destrozadas sobre los rieles. Pero eso no era todo. En México los carteles los golpearon en más de una ocasión. Para ese entonces viajaba en un grupo de doce y ni así se salvó de las agresiones. La gente de México tampoco lo toleraba, sobre todo porque Ryan y sus amigos solían robar para obtener dinero. La gente de México no tenía ganas de lidiar con más criminales y odiaban a los inmigrantes que hacían esas cosas. Nadie los culpa, pero él lo hacía por necesidad, y siempre fue así. Hasta que llegó al país de las maravillas. Ryan tardó cinco meses en llegar a su destino. A los pocos días fue su cumpleaños número veinte y no hubo ninguna fiesta o pastel. Nada raro para él, en Venezuela comprar un simple pastel era cosa de ricos. Pero en el país de las maravillas encontró algo que su país no le dio: trabajo. Había mucho y era constante. Cuando Ryan comenzó a trabajar, se dio cuenta de que no era lo que pensaba. Los trabajos eran duros, nada comparados con robar o recolectar basura. Su primer trabajo fue en un restaurante mexicano; la joda que sufrió lo obligó a renunciar a los tres días. Luego trabajó en la construcción y le fue peor, y después intentó trabajar en la jardinería. Mierda, qué pesado era todo. Intentó recolectar basura y no le dio resultado, tal vez porque el país de las maravillas no estaba tan sucio como el suyo. Ryan decidió entonces que seguiría por el mal camino, pero de ninguna manera volvería a Venezuela, no porque no quisiera ver a su desdichada familia, sino porque allá no había ni para comer, y sobre todo porque no había futuro para la mayoría de la gente. Ryan comenzó a robar lo que podía. A veces solo eran paquetes de entrega; otras veces se aprovechaba de que mucha gente dejaba sus vehículos abiertos mientras estaban en las gasolineras. Con el tiempo se unió a una pandilla de venezolanos llamada Los trenes. Allí comenzó a conocer más gente y un día llegó la oportunidad de su vida. Yared García se presentó y le dijo que conocía personas con las cuales ganaría dinero. Ryan pidió detalles, pero se echó para atrás cuando supo que se trataba de matar y traficar drogas. A pesar de que peleaba mucho, él nunca había matado a nadie en su vida, pero sintió curiosidad y eso lo llevó a decir que sí. Al poco tiempo le llegó su primer encargo: un chico latino de diecinueve años que vendía droga y no había pagado a la mafia desde hacía tiempo. Ryan lo mató usando un cuchillo, dentro del baño de un centro nocturno. La policía no lo atrapó por algún motivo. Esa noche no durmió ni un minuto. Se sentía culpable de lo que había hecho, pero lo olvidó cuando recibió su pago de ochocientos dólares. Ya que lo único que él quería era dinero fácil, continuó con su empleo. Ryan volvió a dudar una noche que le pidieron matar a una prostituta y sacara el corazón mientras grababa con una cámara. Las personas para las que trabajaba querían ver si tenía valor y lo hizo. Fue horrible ver tanta sangre, pero se olvidó del asunto al recibir mil trescientos dólares.

Ryan continuó con su vida de sicario. Ni siquiera conocía a sus jefes. A veces sentía que solo era un instrumento para ellos. Pero así es la vida, injusta y llena de dolor, incluso desde el primer día cuando se tiene abandonar el cálido vientre de la madre para llegar a este mundo. Ryan solía pensar en lo que había hecho, algunas atrocidades que cometió no lo dejaban dormir. A veces tenía que comer partes de órganos de los cadáveres que mataba, supuestamente para un ritual. Él pensaba que los jefes solo se burlaban de ellos y los miraban como animales que se mataban unos a otros por dinero mientras ellos estaban cómodos en sus mansiones rodeados de mujeres que no dudaban en complacerlos por algo de dinero. Todo gira en torno a esos malditos pedazos de papel que valen poco y que van perdiendo más valor con el tiempo. Todo lo que pasa en el mundo gira alrededor del dinero. Ryan no es estúpido para no darse cuenta, pero ¿qué puede hacer?, solo seguir adelante mientras unos pocos están arriba arrojando migajas a los demás y viendo cómo se matan por miserias. A las once con treinta, Ryan viajaba en su Ford Blazer y recogió a dos tipos con los que llevaría a cabo el trabajo. No hizo preguntas. Supuso que el trabajo no era tan fácil o que debía ser muy importante. Esa noche le tocaría estar en el volante y solo salir en caso de emergencia. ¿Qué podía salir mal? Solo se trataba de un tipo que tenía que morir, inocente, por cierto, pero los inocentes mueren todos los días. Qué importa uno más. El mundo seguirá rodando. Mientras se dirigía a Upper Yard por la avenida Liberty, Ryan contemplaba las luces de las calles. Hacía rato que no prestaba tanta atención a esos detalles. Tal vez su mente se estaba desmoronando después de tantas atrocidades en las que había participado. La última fue violar y matar a la puta que vivía en el hotel Red Moon. Esa zorra no le agradaba para nada. ¿Cómo se llamaba? Qué más da. Está muerta y el trabajo había sido completado, aunque a medias, porque el hijo de puta de Yared, que supuestamente tenía las bolas como las de un toro, se había acobardado. Después de eso se suscitaron muchas cosas que ni él mismo comprendía. Ryan no cree mucho en fantasmas, pero antes de dejar la habitación de la puta experimentó algo que jamás había sentido en su vida, un terror que casi lo hizo orinarse en los pantalones. Después de abandonar el lugar, todo regresó a la normalidad y siguió con su vida. Otra cosa que lo incomodaba era la muerte de Jared y la desaparición de Jason. Ese maldito negro era cruel como el mismo demonio, sabrá Dios quién tendría las bolas para secuestrarlo. Además, era muy querido por los jefes y estaba protegido, o eso se pensaba.

Ryan y sus dos acompañantes llegaron a la casa donde vivía la víctima, a las doce con diez. No había luces en las calles y todo estaba oscuro, excepto por las luces de la entrada de algunas casas que se encontraban más adelante. Según el detective Steve, el futuro difunto habría llegado desde las once. Algunas luces de las habitaciones en la casa estaban encendidas, por lo que había que esperar un poco más. La víctima se hospedaba en la parte de abajo, por lo que sería más fácil acabar con ella. Uno de los tipos que llevaría a cabo el trabajo era un latino llamado Kevin, maestro en abrir cerraduras; el otro era un afroamericano que llevaba el cabello largo a quien le decían Junior. Se trataba de un nuevo miembro que estaba aprendiendo del oficio, aunque ya llevaba un par de encargos. A las doce con veintiocho, las luces de la casa se apagaron. Junior dijo que era hora. Ryan lo detuvo diciéndole que esperara un rato más. Al parecer, el tipo nuevo estaba desesperado, o tal vez le gustaba matar. Ryan no disfrutaba mucho de eso, pero se había acostumbrado tanto que ya no le importaba. Kevin estaba quieto, era paciente y no llevaba ninguna prisa. Un ladrón con paciencia es difícil de detener, calcula sus movimientos y prepara su estrategia, pero esa madrugada no cometerían un robo sino un asesinato, aunque eso sería lo que ellos querían que todos pensaran. Kevin estaba tan callado que tal vez lo tomaba como un robo. Ryan se giró para verlo y se dio cuenta de que estaba acariciando una pistola. Se giró rápido y pensó que no era un simple ladrón. El tiempo pasaba, en una de las habitaciones se veía que la cortina brillaba de un azul ligero. Ryan sospechó que uno de los habitantes estaba viendo la televisión y supuso que tenía que seguir esperando. A la una con diecisiete se apagó la luz azul de la habitación. A la una con treinta y seis se llegó la hora. Junior fue el primero en bajarse de la Blazer y le siguió Kevin. Ambos intercambiaron unas palabras con Ryan y entre la oscuridad fueron a cumplir con el trabajo. Ryan encendió un cigarrillo y le dio unas caladas largas y placenteras. Estaba muy tranquilo a pesar de la situación, nada que no hubiera hecho antes, nada que el gran Ryan no pudiera hacer o controlar. Lo que no sabía era que todo saldría mal y que no viviría para ver la luz del día siguiente, pues iba a morir en una ambulancia de camino al hospital.

El domingo dieciocho de diciembre, Raúl Hernández se encontraba en la cabaña con Patrick. Los dos se hallaban sentados en los escalones frente a la entrada fumándose un cigarrillo. Las cosas se habían torcido por completo, ninguno de los dos se esperaba del todo lo que había pasado la noche anterior. Raúl llegó a la once de la noche a casa después de trabajar, se bañó, se cepilló los dientes y se dispuso a dormir. Por algún motivo no conciliaba el sueño. No era un mal presentimiento, solo se sentía un poco inquieto. Miraba por la ventana hacia el patio trasero. La luz de un foco que mantenían encendido los vecinos entraba por un lado de la cortina. A las doce y media tomó su celular y se dispuso a ver algo de pornografía, a ver si después de masturbarse lograba conciliar el sueño. Buscó el nombre de su actriz porno favorita, Daniela Daniels, y puso a reproducir uno de los videos que más le gustaba. Quince minutos después Raúl había terminado. Se levantó para ir al baño a lavarse, orinó y regresó a tratar de dormir. Pero pasó el tiempo y el sueño no llegó.

Raúl compartía una casa con tres asiáticos. Estos tenían sus habitaciones en el primer piso, que quedaba a la altura de la carretera. La parte de abajo donde estaba el calentador había sido remodelada para que una persona viviera allí. Había un baño, una habitación, una cocina y un comedor pequeño. En frente de este estaba la puerta que daba al patio trasero. Al lado derecho de la casa estaba un camino cubierto con grava por el cual podía entrar un vehículo y llegar al patio trasero. A la una con cuarenta de la mañana, Raúl escuchó gente hablando en voz baja; luego escuchó pasos. Parecía que alguien caminaba muy despacio por el camino de grava que llegaba al patio trasero. Quien fuera trataba de no hacer ruido, pero las piedras de grava traicionaban. En silencio, Raúl se bajó de la cama y encendió la pantalla de su celular para abrir la caja fuerte. Mientras lo hacía, comenzó a sentirse nervioso. Al abrirla, tomó el arma que le había dado Patrick, el celular y un fajo de billetes. Ni él mismo creía lo que estaba haciendo, se sentía como un paranoico. Pero vale más prevenir, se dijo, luego se puso unos tenis, una camisa, y abrió la puerta de la habitación. Dentro de la parte baja de la casa todo estaba oscuro. En silencio, Raúl salió de la habitación y se dirigió hacia la entrada sin puerta que daba a la cocina, y luego miró a la izquierda, donde estaba la puerta que daba al patio trasero. Afuera había dos sombras iluminadas levemente por la luz de los vecinos. Una se agachó y metió algo en la cerradura. Raúl comenzó a temblar debido a los nervios mientras escuchaba cómo se producía un ruido en la cerradura que estaba siendo abierta. Quitó el seguro de la pistola lo más silencioso que pudo y jaló la corredera. No estaba listo para lo que venía, pero se tuvo que mentalizar y aceptó que su vida estaba en peligro. "Solo utilízala en caso de ser necesario". Las palabras de Patrick se repetían en su mente mientras la puerta se abría. Con los ojos adaptados a la oscuridad, Raúl vio que algo en la mano del hombre que entraba brilló un poco. Era lo que temía. Con la mano temblorosa y sin creer lo que estaba pasando, Raúl apuntó al hombre y comprendió que era él o eran ellos, así que disparó. Tres disparos retumbaron en la parte de abajo de la casa y el hombre cayó al suelo. El otro se puso al cubierto y disparó varias veces hacia adentro. Raúl escuchó silbidos y comprendió que el arma del sujeto tenía puesto un silenciador. Al contrario de asustarlo, eso lo hizo comprender que en realidad lo habían mandado asesinar y una oleada de furia se apoderó de él. Raúl se puso de pie casi al mismo tiempo que el hombre salía de cobertura para disparar. Este último fue más lento y recibió dos disparos en el estómago. El hombre cayó al suelo y se levantó de inmediato para correr hacia la carretera. Raúl no lo pensó y fue tras él.

Ryan estaba disfrutando de las últimas caladas de su cigarrillo cuando escuchó los disparos. Al principio se quedó pensativo. ¿Acaso la víctima tenía un arma? Se suponía que Junior se encargaría de matarlo y que Kevin buscaría en la habitación y tomaría lo que pudiera. Entonces escuchó más disparos. Las cosas habían salido mal, porque la pistola de Junior tenía silenciador. Ryan vio cómo desde el lado derecho de la casa se asomó alguien corriendo. Reconoció que era Junior, y detrás de él venía alguien. Ryan maldijo y supo que la víctima estaba prevenida y que el maldito detective Steve la había cagado. Más disparos, al tiempo que se bajaba del auto y veía cómo Junior se desplomaba sobre el césped. Ryan se posicionó delante del cofre del automóvil y disparó al agresor, para su mala suerte este se arrojó al suelo y lo hizo fallar. Ryan volvió a disparar sin éxito, y tres segundos más tarde se hallaba herido en el suelo por haber recibido dos disparos. Raúl fue tras el hombre que corría hacia una camioneta que estaba estacionada en frente de la casa con las luces encendidas. En cuanto llegó al jardín delantero de la casa, Raúl volvió a apuntar y disparó. El hombre que escapaba cayó al suelo a unos dos metros de la camioneta. Raúl apenas tuvo tiempo de ver que otro hombre se posicionaba delante del cofre del conductor con un arma en la mano. Por reflejo se tiró al suelo y se escucharon más disparos, y luego otros más. Raúl escuchó cómo las balas le pasaron chillando cerca de la cabeza, pero su instinto de supervivencia era quien tenía el control y no se acobardó, así que apuntó y disparó, y acertó dos veces en el pecho del que era el conductor, quien cayó al suelo y se quejó. Raúl se levantó sin dejar de apuntar. La adrenalina corría por todo su cuerpo y lo impulsaba a seguir disparando. Sentía que sus piernas ardían, quería correr a toda prisa, su respiración estaba agitada y los nervios se habían ido para ser reemplazados por su instinto de supervivencia. Los hombres aún se movían, sobre todo el conductor. Raúl pensó en dispararles a los dos. Las sirenas comenzaron a escucharse. Raúl miró hacia la casa y vio las luces de las habitaciones encendidas. En la puerta de entrada estaba un asiático asustado mirándolo. Raúl supo que era hora de irse. Giró a la derecha por la calle y comenzó a correr. Las sirenas se acercaban. Cruzó una calle y siguió derecho. Cuando vio al frente, las luces de una patrulla iluminaban lo alto de las casas. Se ocultó detrás de una cerca de arbusto que estaba a la derecha de la calle y esperó a que pasara. Continuó corriendo, y media cuadra más adelante vio otra patrulla de la policía y se volvió a ocultar. Esperó que pasara y salió de su escondite para seguir corriendo. En la siguiente cuadra giró a la izquierda y siguió corriendo por la parte derecha de la calle hasta llegar a una pequeña ladera que estaba sobre una carretera que conducía a la avenida Washington. Entre los arbustos se ocultó y sacó el celular que le había dado Patrick para llamarlo. Este le contestó a los pocos timbres y por fortuna se encontraba saliendo de un bar a quince minutos de allí, así que le pidió a Raúl que permaneciera escondido o que, si podía, se alejara más del lugar entre la oscuridad. Raúl subió unos metros por la ladera hasta llegar a un estacionamiento. En frente se veía un edificio con unas cuantas luces encendidas en la parte de afuera. Se trataba de una iglesia. Luego miró alrededor, y detrás de la iglesia, sobre otra ladera, se veían algunas casas. A la derecha, la calle Highland. Las sirenas de la policía se escuchaban con claridad. La adrenalina se alejaba de su cuerpo y comenzaba a sentir frío. Raúl se dio cuenta de que no había forma de salir de allí sin que lo vieran, así que le dio instrucciones a Patrick de cómo llegar allí. Raúl se encontraba al teléfono cuando vio que el todoterreno de Patrick entró en el estacionamiento y aparcó a unos metros de la ladera. Raúl subió al vehículo y Patrick lo puso en marcha hacia la avenida Washington. Después condujo a su departamento para tomar un poco de ropa, algunas cobijas y agua. Luego llevó a Raúl hasta la cabaña. El camino lo hicieron en silencio. Las manos de Raúl no dejaban de temblar. Era verdad lo que le había dicho Patrick: la culpa que sentía por matar a una persona era mil veces peor que la que sintió cuando mató aquellas lagartijas. Llegaron a la cabaña a las tres con veinte de la mañana, entraron y Raúl se puso algo de ropa que le había llevado Patrick, aunque le quedó grande. Mientras tanto, Patrick encendió el generador de electricidad. Dentro de la cabaña, en la entrada, había un patio donde había una mesa y dos sillas. Al otro lado, una habitación; otra más pequeña a la derecha, y una puerta a la izquierda de la entrada que conducía al sótano. No había baño ni cocina. Los dos se sentaron en frente de la mesa y se cobijaron. Una vez Raúl se calmó, comenzaron a conversar sobre lo que había ocurrido. Ninguno de los dos durmió esa noche.

A las doce de la tarde del domingo, Patrick y Raúl se entontaban sentados fumando en los escalones de la entrada de la cabaña. Era un día soleado y hacía algo de frío. Algunos rayos de luz se colaban entre las ramas de los árboles, las cuales se movían lenta y coordinadamente con el ligero viento invernal de diciembre. Patrick y Raúl estaban esperando al capitán de la policía, Peter Douglas. El silencio se hizo un poco incómodo para Patrick; no estaba del todo seguro de si Peter iba a ir solo. Para apartar su incomodidad, dijo después de apagar su cigarrillo:

—Lamento de nuevo que hayas usado el arma.

—Acabo de matar a un hombre —dijo Raúl con seriedad—. Me siento terrible y a la vez feliz de estar con vida. No creí que lo lograría, y no dejo de pensar en qué fue de los dos que quedaron heridos.

—Solo le hablé de ti a una sola persona —mencionó Patrick decepcionado—. Ese maldito de Steve está metido en esto. Solo él sabía de ti. Lo siento, Raúl, por mi culpa casi te matan. No debí contarle a nadie.

—Descuida. Estoy vivo y en libertad gracias a ti. Te arriesgas demasiado por alguien que no conoces.

—Lo he hecho toda la vida. Como policía sueles arriesgarte por personas que no conoces. No sabes si son buenas o malas, tampoco sabes lo que han hecho y si ellas harían lo mismo por ti, o si algún día esas mismas personas simplemente te van a disparar. Aun así, te arriesgas. Así era el trabajo. Tú no eres mala persona, sé que harías lo mismo por mí si lo necesitara.

—¿Cómo sabes eso?

—Lo sé —dijo Patrick mirándolo a los ojos—. Lo supe desde que te conocí. Tienes mucho valor. Si no lo tuvieras, estarías muerto. Te ganaste todo mi respeto.

Raúl lo miró fijamente, tenía ganas de darle un abrazo, pero su orgullo no lo dejó. Patrick no era tan orgulloso y lo abrazó sin preguntarle. El abrazo se sintió tan bien que a Raúl se le salieron las lágrimas. Desde hacía años no abrazaba a nadie más que a su novia Elizabeth.

Después del abrazo, Patrick le confesó lo que le había hecho a Jason y le dijo dónde lo había enterrado. Raúl sintió ira al saber que ese tal Jason había sido uno de los responsables de matar a Elizabeth. Tuvo ganas de ir a desenterrarlo y meterle varios tiros al cadáver, pero se dedicó a calmar a Patrick, quien rompió en llanto tras confesar lo que había hecho. Raúl le agradeció lo que hizo, le dijo que habría estado encantado de hacerlo él mismo y que no se pusiera tan mal por limpiar la basura del mundo. Patrick se tranquilizó un poco y le contó a Raúl que se había encontrado con Sasha, la hija del capitán. Le dijo lo que ella le había contado y le habló sobre el plan que había ideado para cuando el capitán llegara. Raúl se ofreció a ayudar sin condiciones y después mencionó que le metería un tiro al capitán si este se atrevía a dispararle. Patrick se negó y le dijo que si eso pasaba se escondiera. Raúl le contestó que ya no tenía nada que perder, que todo había quedado atrás y que lo encerrarían de todos modos sin importar lo que pasara. Patrick no tuvo más que estar de acuerdo con Raúl.

A la una con diez de la tarde, Patrick se encontraba solo sentado en frente de la cabaña. Su todoterreno estaba estacionada a su derecha. Cerca de la esquina de la cabaña, detrás, se encontraba Raúl escondido, esperando que la cita no saliera tan mal como para dispararle a otra persona. De pronto se escuchó el motor de un vehículo y el sonido que hacían las ruedas al pasar sobre hojas y tierra. Unos segundos después asomó de entre los árboles la Ford Raptor del capitán. Al verla, Patrick se preguntó si valía la pena tener un vehículo tan pesado y grande circulando por la ciudad, ocupaba demasiado espacio y gastaba una gran cantidad de combustible. La Raptor sería de gran ayuda en lugares montañosos donde las grandes ruedas y los motores poderosos pudieran hacer frente a las subidas y el lodo, y pudieran cruzar los ríos sin atascarse gracias a la tracción cuatro por cuatro. En ese momento Patrick reflexionó y llegó a la conclusión de que tener un vehículo de esos circulando por la ciudad por mero capricho y no por necesidad era un desperdicio de espacio y una carga extra para el asfalto de las carreteras que se dañaban debido al peso, sin mencionar las emisiones de humo. Mientras la Raptor se acercaba, vio su todoterreno estacionada y también se criticó a sí mismo: aunque el todoterreno se veía grande, su motor era de seis cilindros, y si la comparaba con una Raptor, no había comparación de tamaño ni peso.

La enorme camioneta se detuvo a diez metros de los escalones. Peter se bajó con el arma en su mano y cerró la puerta dejando el motor encendido, luego apuntó a Patrick mientras caminaba. Este le sonrió, al tiempo que lo saludó con la mano.

—Gusto en verte, Peter. No la necesitarás.

—¿Cómo puedo saber eso? —gritó Peter—. Levántate despacio y date vuelta, Patrick.

—¿Me vas a arrastrar? —le preguntó Patrick al fruncir el ceño—. ¿Ya no confías en mí, Peter?

—No te lo voy a repetir. ¿Dónde está Raúl?

—¿Y yo qué voy a saber? —dijo Patrick mientras se levantaba y se daba media vuelta—. ¿Bajo qué cargos me vas a arrestar?

—Eres sospechoso de ayudar a un asesino —sentenció Peter mientras revisaba a Patrick. Al terminar, le dijo que se diera media vuelta y continuó—: Tengo tres cadáveres en la morgue por culpa de Raúl Hernández, así que dime dónde está.

—¿Y tú cómo sabes que fue Raúl?

—Porque hay testigos, y algunas cámaras de seguridad en el vecindario lo vieron huyendo de la escena con un arma en la mano.

—Fue en defensa propia.

—¡No me importa! —dijo Peter molesto—. Mató a tres personas y hay un video que grabó la cámara de seguridad de una iglesia cerca de la escena donde se ve tu vehículo recogiendo a alguien que se escondía entre unos arbustos. ¿Qué me dices de eso, Patrick? No he puesto una orden de arresto en tu contra porque espero que me entregues al sospechoso, así que dime dónde está.

—Agradezco que sea considerado conmigo, capitán —dijo Patrick con una sonrisa—. Pero estaba tan ebrio que no recuerdo haber ido a ese lugar.

—No te hagas el gracioso.

—Te diría dónde está, pero... —se interrumpió Patrick pensativo, luego gritó—: ¡También planeas inculparlo del asesinato de Elizabeth, ¿verdad?!

—¡No es tu asunto! Ese idiota de Steve en qué problemas nos ha metido por involucrarte.

—¿Por eso me suspendiste, Peter? ¿Para que no estuviera en tu camino a la hora de encubrir crímenes que cometen esos malnacidos?

—Te suspendí porque eres un maldito racista.

—No mientas —gritó Patrick—. Te has vendido, sucio cerdo de porquería.

—¡Tú no sabes nada!

—Lo sé todo, capitán. Eres un maldito corrupto. Confié en ti, te ayudé, y sin embargo me echaste como si fuera nada.

—No tuve opción —gritó Peter—. Era eso o arriesgarme a que te metieran en la cárcel por racismo o te mataran.

—¿Lo dices en serio? El que no quería arriesgarse eras tú, cobarde. Yo seré una maldita basura que odia a los negros, pero tú eres un maldito cerdo corrupto. El mundo está así por culpa de gente como tú.

—Tú no lo entenderías, Patrick —alegó Peter mientras levantaba el arma—. Mi familia es más importante para mí que cualquier otra cosa.

—¿Sabes lo que le hicieron a Sasha? ¿Alguna vez tuviste el valor de preguntarle? Ella no es la misma desde que regresó, y tú ni siquiera te molestaste en buscar a esos malditos. Es más, los ayudas. Pudimos atraparlos si hubieras querido, pero solo eres un cobarde, Peter. Tu hija murió desde que se la llevaron. Si no me crees, ve y mira a Sasha a los ojos y pregúntale.

Peter bajó el arma y se dio media vuelta, pero luego se giró de vuelta hacia Patrick y volvió a levantar el arma.

—Lo siento, Patrick. Por mi familia y su bienestar tendré que matarte, no importa que vaya a la cárcel.

—¡Baje el arma! —gritó Raúl desde el lado izquierdo de la casa, se acercó hasta estar a unos tres metros de ellos y repitió—: Baje el arma.

—Así que eres su cómplice, después de todo —dijo Peter riendo sin dejar de apuntar a Patrick—. ¿Caíste tan bajo como yo?

—No como tú, Peter. Preferiría estar muerto a caer tan bajo como tú. Baja el arma. El chico tiene buena puntería. Pregúntales a los tres cadáveres que están en la morgue.

Peter bajó el arma y la dejó caer al suelo. Luego levantó las manos y retrocedió unos pasos. Patrick se agachó para recoger el arma, jaló la corredera, quitó el cargador y se la entregó a Peter. Raúl se acercó a Patrick y bajó el arma, pero la mantuvo agarrada y lista.

—Peter, yo ayudé a Raúl —confesó Patrick—. Huyó de la escena por su cuenta, pero yo fui a recogerlo y lo traje hasta aquí. Gracias a mí mató a esos tipos porque yo le di esa arma y le mostré cómo usarla. Tú has hecho cosas peores, has cerrado los ojos para que el crimen crezca, has encubierto homicidios y desapariciones. No mereces ser el capitán de la policía.

—Mi familia es más importante que todo eso.

—¿Más importante que una ciudad y la gente que la habita?

—Mucho más —confirmó Peter.

—Deberías renunciar, Peter. Ya no mereces ser capitán.

—Te daré veinticuatro horas para que entregues a este joven, o pondré una orden de arresto en tu contra.

—Fue un honor servirte, capitán —pronunció Patrick con algo de tristeza—. Para mí el capitán Peter Douglas con el que una vez trabajé está muerto.

—Veinticuatro horas —repitió Peter, antes de darse media vuelta y comenzar a caminar hacia su camioneta.

Patrick y Raúl vieron cómo Peter le daba la vuelta a la Raptor y se iba por el sendero. Luego se volvieron a sentar en los escalones frente a la entrada. Patrick encendió un cigarrillo y le ofreció otro a Raúl, este lo aceptó y los dos comenzaron a fumar. Raúl miró hacia el cielo, las copas de los árboles se mecían lentamente y un rayo de sol casi le tocaba la pierna, luego bajó la mirada, y dijo con seriedad:

—Así que maté a los tres, después de todo. No me siento orgulloso de eso, Patrick.

—Tranquilo. Tú no los viste morir, ¿o sí?

—Les disparé a dos de cerca en el pecho. Sospeché que tal vez habían muerto, pero esperaba que no fuera así.

—No dejes que te afecte —lo tranquilizó Patrick mientras le ponía una mano en el hombro—. Estabas defendiendo tu vida. Tú mismo lo mencionaste: eras tú o eran ellos.

—Gracias, Patrick. ¿Y ahora qué haremos?

—Tenemos un día para planear algo.

—¿Crees que tu capitán cumplirá con lo que dijo?

—Lo hará —aseguró Patrick—. Tal vez sea corrupto, pero sigue siendo un hombre de palabra.

—He estado pensando en algo —sugirió Raúl antes de darle una calada a su cigarrillo—. Y debo hacerlo yo solo.

—Por favor, dime que no es lo que yo estoy pensando.

—No sé qué estes pensando.

—Quieres ir al hotel Red Moon, ¿verdad?

—Claro que no —aseguró Raúl—. Pensaba en que fueras a comprar un montón de cervezas y trajeras un par de mujeres bonitas para pasarla bien en mi último día de libertad

—¿Desde cuándo eres un idiota? —dijo Patrick riendo.

—Dicen que el humor es bueno en los malos momentos —dijo Raúl con una sonrisa, luego dejó de reír—. Patrick, debo hacer esto solo, ya te has arriesgado demasiado por mí. Te considero un amigo y no quiero llevarte a un lugar donde posiblemente te maten.

—Gracias por eso. Prefiero entregarte a la policía antes de llevarte a ese lugar.

—Es mi decisión —expresó Raúl con seriedad.

—Entonces iremos los dos —sugirió Patrick con voz algo triste—. Los amigos se cuidan las espaldas el uno al otro, así que no puedo dejarte ir solo.

—Mi espalda no podrá cargar el peso de tu muerte, Patrick —dijo Raúl con seriedad—. Además, yo soy un criminal; si muero, no pasará nada.

—Idiota —lo regañó Patrick con tristeza—. ¿Y tú crees que yo sí podría cargar el peso de tu muerte? Estamos juntos en esto. Si terminara de esa manera, que así sea.

—Patrick, yo...

—¿A qué hora nos vamos?

Los dos se abrazaron mientras las lágrimas caían por sus mejillas. Siguieron fumando y conversaron hasta que cayó la noche. A las ocho y media partieron. En una gasolinera compraron cuatro cervezas modelo de veinticuatro onzas. Durante parte del camino bebieron en silencio, luego conversaron acerca de un plan, si es que las cosas salían bien después la tontería que iban a hacer. Al llegar al hotel Red Moon se estacionaron en frente de la habitación doscientos seis. Allí siguieron bebiendo mientras contemplaban nerviosos el edificio vacío, que parecía retarlos. Podían escuchar dos voces en su interior: una les decía que se fueran de allí cuanto antes y la otra les decía que entraran y se enfrentaran a algo desconocido que ningún arma mortal podía detener. A su vez, Raúl sentía tristeza y nostalgia. Recordaba cómo había caminado por el pasillo del segundo piso agarrado de la mano con Elizabeth. Las lágrimas salieron de sus ojos al recordar lo último que le dijo la última vez que habló con ella la noche del dieciséis de octubre. Patrick vio llorar a Raúl y guardó silencio, luego miró hacia la habitación. Percibía algo que jamás había sentido, algo que no sentía antes de entrar en el estacionamiento, y un grave presentimiento lo invadió cuando vio que la luz de la habitación se encendió y el rostro de una mujer se asomó por la ventana. De inmediato Patrick miró a Raúl y vio que este seguía llorando con la mirada agachada. Patrick volvió a mirar hacia la habitación y no había nada. Una vez Raúl se calmó, le mencionó lo que vio. Este tragó saliva y le dijo que con eso se encontrarían al entrar en la habitación. Luego le dijo que no era necesario que fuera con él. Patrick le dio el último trago a la lata de cerveza y salió decidido del todoterreno, se puso de pie a un lado de la puerta y dejó el arma debajo del asiento. Sabía que no le serviría de nada una vez dentro de la habitación. Raúl también se bebió el resto de su cerveza y salió del auto, fue hacia Patrick, lo abrazó y le volvió a agradecer por todo. Nerviosos, con algo de adrenalina recorriendo sus cuerpos y con un mal presentimiento, ambos se dirigieron hacia el pasillo del segundo piso.

PARTE 7
JUSTICIA

Todos pagan por sus crímenes y maldades tarde o temprano. A veces en vida; otras, después de la muerte. Nadie se va al cielo o al infierno sin antes ser juzgado. La salvación no se le puede dar a cualquiera. Muchos de los monstruos que hay en el mundo nunca se arrepienten de nada, incluso después de la muerte. Su conciencia y su razonamiento son tan oscuros y casi inexistentes como negras y podridas son sus almas. Pero la justicia existe, que lo sepan todos aquellos que quieren hacer el mal. Un día les llegará la hora de pagar las consecuencias de sus actos. Si es después de la muerte, la pena será una larga eternidad de sufrimiento y tortura en las profundidades del infierno. No hay segundas oportunidades para un humano que es igual o más malvado que los seres infernales que por toda la eternidad serán sus verdugos.

Después de encontrarse con Patrick y Raúl, Peter Douglas no regresó a su oficina. Se dirigió a casa para tratar de hablar con su hija Sasha. Al llegar, fue directamente hacia su habitación. Su esposa no estaba. Los domingos solía visitar a Amanda, una amiga de la familia. Al llegar a la habitación de Sasha. Peter tocó la puerta un par de veces, pero ella no respondió. Volvió a tocar. Escuchó su voz desde el otro lado:

—¿Sí?

—Hija, soy yo. ¿Cómo estás?

—Bien —dijo ella—. ¿Qué necesitas, papá?

—Solo quiero hablar contigo.

—No tengo ganas de hablar con nadie —respondió ella.

—¿Has visto a Patrick en estos días?

—El jueves fui a caminar al centro y me lo encontré.

—¿Y de qué hablaron?

—No es tu asunto, ya soy una adulta.

—Hija, es que yo... Dime qué pasó mientras te tuvieron secuestrada. Quiero saberlo, por favor.

—No soportarás saberlo, papá. En vez intentar atraparlos los dejaste ir y los ayudaste. No te culpo por querer protegerme. Desde que me raptaron no soy la misma, no podré serlo jamás. Viviré por ti y por mamá, pero dudo que me case y les dé nietos. No puedo ver el cuerpo desnudo de un hombre sin sentir horror y asco. Nunca podré tener un esposo o un novio. Lo siento, papá, ya te dije demasiado.

—Perdóname, Sasha —dijo Peter a punto de llorar—. Te fallé, le fallé a todo el mundo. Espero que algún día me perdones.

—Tú me salvaste. No tengo nada que perdonarte. Tienes que perdonarte a ti mismo.

—Hasta pronto, hija. Te veré luego.

—Adiós.

Peter regresó a su camioneta. Lloró un rato, y luego secó sus lágrimas y fue un rato a su oficina. A las diez de la noche fue al mirador de la ciudad, tomó asiento y contempló las luces de la noche. Los edificios se alzaban en las alturas dando a la vista rectángulos enormes con luces alrededor. Las calles estaban adornadas por las luces que desfilaban en varios sentidos. El cielo se veía un poco oscuro y el humo de la contaminación apenas dejaba que se vieran las estrellas. Peter miraba la ciudad con nostalgia como hacía tiempo no lo hacía. Allí había visto a su esposa por primera vez y allí le propuso matrimonio. A pesar de las dificultades, había logrado procrear a una hermosa niña, que ahora estaba encerrada la mayor parte del tiempo en su habitación viviendo una vida miserable por culpa de las personas que Peter había estado protegiendo tanto tiempo. Por lo menos estaba viva, pero esa no es una vida que se disfrute. Peter deseaba tener nietos, quería jugar con esos chiquillos endiablados a los cuales nunca se les acababa la batería y no dejaban de hacer travesuras. Hubiera querido llevar a su hija al altar y verla bailar en la noche de bodas con su vestido blanco. Tal vez era muy egoísta de su parte creer que eso pasaría; solo pensaba en lo que él deseaba. Desde el principio fue así. Su esposa no se podía embarazar y él insistía tanto que hacían el amor solo con ese propósito, olvidándose de la satisfacción mutua y los sentimientos de su esposa, que varias veces ni lo miraba a los ojos durante el acto. Peter fue policía porque sentía un gran aprecio por el orden y la justicia, y dio todo de sí por un tiempo haciendo valer sus creencias. Pero de nuevo lo hizo por sí mismo. La sed de admiración por parte de los demás lo cegaba, a tal punto que llegó a poner su trabajo por encima de su propia familia y eso en parte provocó que Sasha cayera en manos de personas malas a las cuales él tenía que sacar de las calles. Al final Peter no logró mucho en la vida. Le dio demasiado a su hija y eso fue lo que la llevó a muchas cosas que él no deseaba para ella pero que él había provocado. Peter llegó a ser el capitán, pero dejó todo eso por la hija que tanto quería y que una vez deseó con todas sus fuerzas. Tal vez sus mayores logros fueron cuando era un simple joven policía uniformado que se preocupaba por los demás. Peter no supo en qué momento se volvió tan egoísta. Pero ya era tarde para él, los errores del pasado ya no se podían remediar así nada más, y él lo sabía. A las once de la noche sacó su arma reglamentaria. La contempló de un lado a otro, sacó el cargador vacío, jaló la corredera y colocó una bala en la recámara. Respiró hondo y miró hacia la ciudad que por un tiempo tanto protegió. Qué hermosa se veía desde allí, única y diferente a todas las demás. Peter se puso el cañón en la sien y apretó el gatillo. El cuerpo sin vida del capitán Peter Douglas fue encontrado veinte minutos después por un matrimonio joven que solía ir al mirador a contemplar la ciudad los domingos por la noche.

Patrick y Raúl llegaron a la puerta de la habitación doscientos seis y se quedaron de pie para verse el uno al otro. Luego Patrick dijo con voz nerviosa:

—Sabes abrir cerraduras, ¿verdad?

—¿insinúas que por ser latino soy un ladrón que sabe abrir puertas?

—Allí vas de nuevo —dijo Patrick riendo con los nervios de punta. Al mirar a Raúl, se dio cuenta de que estaba igual—. Ya no odio a los latinos, amigo. Deja eso.

—Muy en el fondo lo haces —bromeó Raúl.

Patrick se llevó una mano a la frente al tiempo que ahogó la risa y negó con la cabeza. Luego se puso de pie frente a la puerta, se recargó un poco en el barandal y le dio una fuerte patada frontal. Raúl lo miró impresionado. Patrick también lo miró y asintió con la cabeza, luego le dio otra patada a la puerta y esta se abrió de golpe. Encendió la luz y los dos entraron en la habitación doscientos seis. Estaba limpia. La pintura azul claro de las paredes tenía marcas blancas donde el personal de limpieza trató de remover las manchas de sangre. El piso de color café claro tenía un tono oscuro en algunas partes. Se habían llevado todos los muebles. Patrick caminó hacia el baño, que no tenía puerta y que había sido limpiado por completo. No había espejo sobre el lavamanos. Raúl observó con detalle la habitación donde había estado con Elizabeth. No era la misma, parecía ser otra. La pintura, el olor, la sensación, las cosas sobre la cama, el mueble de la ropa, y Max, el amigable pero intimidante Pitbull. La habitación para él había dejado de existir, la esencia de Elizabeth ya no estaba y sintió ira al pensar en ella. Patrick estaba de pie cerca del baño, vio a Raúl y negó con la cabeza.

—Elizabeth, sé que estás aquí. Muéstrate. He venido a hablar contigo —dijo Raúl en voz alta.

Patrick suspiró de miedo. Sintió que un escalofrío le recorría la espalda y miró hacia atrás para cerciorarse de que no hubiera nada. Entonces la habitación comenzó a sentirse fría. A los pocos segundos parecía un congelador y al respirar podía ver el vapor salir de su boca. De pronto, la voz de Raúl lo sobresaltó.

—Elizabeth, he venido a verte. Por favor, muéstrate, tengo que hablar contigo.

De pronto, la puerta se cerró, las luces parpadearon y un olor a quemado impregnó la habitación. Luego llegó un olor a carne podrida y una ráfaga de viento comenzó a salir del baño. Patrick y Raúl se miraron. Algo se aproximaba, lo podían sentir. Algo estaba a punto de pasar y no era bueno. La negatividad dentro de la habitación casi los hacía vomitar, les presionaba el pecho, les impedía respirar. Los huesos les dolían. Raúl fue hacia la puerta y trató de abrirla. Patrick agachó la mirada y apoyó las manos sobre sus rodillas. Sentía ganas de vomitar. Las luces seguían parpadeando mientras Raúl comenzaba a golpear la puerta. Patrick levantó la mirada y vio lo que había venido a buscar: Elizabeth se encontraba de pie mirándolo, dándole la espalda Raúl, que ya sentía la presencia pero el miedo le impedía darse la vuelta. Elizabeth llevaba un short negro, chaleco blanco con un cierre en medio que estaba desabrochado y que tenía manchas de sangre. Llevaba un sostén negro y sobre su pecho izquierdo tenía una cortada, y otra más en su cuello. De las cortadas escurría sangre que pasaba por su vientre hasta llegar a sus piernas. Sus ojos eran negros, su sonrisa malvada, su pelo con mechones rubios se movía con el viento. Finalmente Patrick creyó en los fantasmas, estaba viendo uno con sus propios ojos. Creyó en las palabras de Susan y la testigo que había muerto de manera misteriosa mientras estaba detenida. De repente Elizabeth levantó la mano y la movió en señal de saludo. Sus uñas comenzaron a crecer hasta ser largas y afiladas. Patrick gritó con todas sus fuerzas:

—¡Raúl, detrás de ti!

Elizabeth se dio media vuelta tan rápido que apenas se apreció el movimiento. Sujetó a Raúl y le dio la vuelta, lo tomó del cuello con una mano y lo levantó en el aire, y luego le clavó las uñas en el costado. Patrick gritó, se apresuró hacia ellos. Sujetó a Elizabeth del cuello desde atrás con la intención de someterla. Su cuerpo se sentía duro y frío, casi parecía como si estuviera abrazando a un trozo de hielo con forma humana. Con el brazo, Patrick apretó con todas sus fuerzas el cuello de Elizabeth, pero esta solo comenzó a reír.

—Te crees muy fuerte, ¿verdad, Patrick? No lo eres. Si lo fueras, habrías atrapado a los malos antes de que me hicieran esto.

Elizabeth soltó a Raúl, se elevó en el aire, se giró un poco a la derecha y se estrelló de espaldas contra el muro. Patrick la soltó de inmediato al sentir que el aire se le salía de los pulmones. Luego cayó al suelo y miró hacia Raúl, que se quejaba de dolor mientras se agarraba el costado izquierdo. Elizabeth agarró a Patrick de la camisa con las dos manos y lo lanzó hacia el otro lado de la habitación. Patrick chocó de frente contra el muro de tablaroca y cayó al suelo, dejando un agujero en la pared. Elizabeth iba caminando hacia él y se detuvo cuando alguien tocó la puerta, una voz se escuchó desde afuera.

—Soy el detective Steve Anderson, de la policía de Pittsburgh. Patrick, sé que estás allí. Sal con las manos en alto.

Raúl y Patrick se miraron el uno al otro, Elizabeth se burló y dijo en voz baja:

—Miren quién se ha unido a la fiesta. ¿Lo dejamos entrar?

Patrick y Raúl se volvieron a ver el uno al otro. Elizabeth se llevó un dedo a los labios en señal de silencio, luego fue hacia Raúl, lo apartó de la puerta y lo llevó arrastrando hasta dejarlo a un lado de Patrick. Se dirigió hacia el baño y en cuanto entró, la puerta de la entrada se abrió. El detective Steve entró apuntando con el arma, los vio a los dos en el suelo y gritó:

—¡Raúl Hernández López, estás arrestado por el asesinato de tres hombres! Y tú, Patrick, estás arrestado por ser su cómplice. Pónganse de pie despacio y levanten las manos.

—Estamos heridos, Steve —dijo Patrick—. No podemos levantarnos.

—Levántense despacio y pongan las manos en alto. No volveré a repetirlo.

Steve fue hacia ellos con el arma levantada. De pronto, la puerta se cerró a sus espaldas. Steve se asustó y dio media vuelta, luego volvió a mirar hacia Patrick y Raúl, caminó unos pasos y escuchó que una voz de mujer lo llamó desde el lavamanos. Giró la mirada para ver a Elizabeth de pie, que lo observaba fijamente. Steve se sintió como un ratón al ver una serpiente a los ojos. Sus piernas comenzaron a temblar, al igual que sus manos, y dijo con voz entrecortada:

—No puede ser. Tu cadáver está en la morgue.

—Querido Steve, salí a dar un paseo —dijo Elizabeth con voz coqueta—. Me sentía muy sola allá adentro, y además estaba más frío que afuera, así que después de salir vine a ponerme algo de ropa. ¿Te gusta lo que llevo puesto?

—No puede ser —repitió Steve.

—Ya somos cuatro —continuó Elizabeth con voz coqueta—. Podemos hacer una orgía. A Raúl no le importará, ya que desde el principio estuvo de acuerdo en compartirme con otros hombres, así que les diré lo que haremos: Steve se la chupará a Patrick, mientras Patrick se la chupa a Raúl, y este me chupa a mí. Luego se penetrarán entre ustedes mientras yo veo y por último me lo harán a mí. Me encantaría que me penetraran los tres agujeros al mismo tiempo. ¿Qué les parece, caballeros? Nos divertiremos mucho, y lo mejor de todo es que será gratis.

Con las manos temblorosas, Steve le apuntó a Elizabeth y le disparó dos veces. Sobre su pecho izquierdo quedaron dos agujeros a un lado de la herida. Elizabeth se burló. Steve le disparó cuatro veces más. La última bala, en la cabeza. Elizabeth dejó de reír, se llevó la mano al agujero en su frente y metió un poco su dedo índice. Entonces continuó riendo.

—Estoy decepcionada, Steve. Creí que te gustaban las prostitutas. Escuché rumores de que te gusta chupar y coger incluso a los homosexuales.

—¡Cállate, puta! —gritó Steve y le disparó las balas que le quedaban. En su mente se preguntaba cómo es que ella sabía eso. Sí lo había hecho, pero solo fue un par de veces y fue hace mucho tiempo.

Elizabeth siguió riendo. Luego se abalanzó contra Steve y lo arrojó contra la puerta. Steve cayó sentado y gritó adolorido. Elizabeth se le acercó para mirarlo de cerca con sus ojos negros, le sonrió y dijo fingiendo tristeza:

—Hubieras elegido la orgía, Steve. Ahora muere.

Elizabeth lo apartó de la puerta y le golpeó la cabeza contra el suelo varias veces hasta que no quedaron más que trozos de carne, cerebro y huesos. Después se giró hacia Patrick y Raúl. Este sentía que le faltaba el aire y le costaba cada vez más trabajo respirar. Patrick se puso de rodillas a su lado y le comenzó a hacer presión en las heridas. De pronto Elizabeth se puso de pie y dio un pisotón sobre lo que una vez fue la cabeza de Steve. Los dos la miraron casi al mismo tiempo. Ella sonrió y les mostró las manos llenas de sangre. Entonces comenzó a caminar hacia ellos. Patrick levantó las manos por reflejo. Sabía que no podía hacer nada contra eso. Deseaba al menos haber traído su arma para dispararse a sí mismo antes de terminar igual o peor que Steve. Mientras se acercaba, Elizabeth clavó su mirada en él.

—Es tu turno, Patrick. Te complaceré. ¿Rápido o lento? Como prefieras.

—Elizabeth, por favor, espera —rogó Raúl con dificultad.

—¡Tu cállate! —le gritó Elizabeth—. Tú serás el último, Raúl. Querías demasiado a esta puta. Te enviaré con ella muy pronto, pero antes debes ver morir a tu querido amigo.

Elizabeth tomó a Patrick de los hombros y lo arrojó hacia el otro lado de la habitación. Luego lo tomó del cuello con una mano, lo recargó contra la pared y lo levantó rápidamente. Raúl miraba con impotencia cómo el rostro de Patrick cambiaba de color y comenzaba a luchar por respirar. Elizabeth giró la cabeza y lo miró, luego gritó y abrió la boca de manera anormal. Raúl se puso de pie con dificultad y dijo con la respiración agitada:

—Elizabeth, sé que estás allí. Déjalo ir. Este no es su asunto. Yo soy el que vino a verte, y si la muerte es el precio que debo pagar, que así sea. Pero deja ir a Patrick. Es mi amigo. Sé que estás allí adentro, por favor respóndeme. —Raúl hizo una pausa, tomó aire y gritó—: ¡Te amo! ¿Me escuchaste? Te amo, Elizabeth López García.

Elizabeth lo miró por unos segundos y luego soltó a Patrick, quien cayó al suelo y comenzó a toser repetidas veces. Elizabeth se dió vuelta y comenzó a caminar hacia Raúl, al estar a un metro de él se detuvo, lo miró de arriba abajo y dijo:

—¿Qué estás dispuesto a ofrecer por ella?

—Todo lo que me queda.

—Tonto. Tú ya estás muerto. ¿Qué te hace creer que le perdonaré la vida a Patrick?

—Él es mi amigo, me ayudó a encontrar a los responsables de tu muerte. Por favor, déjalo. Perdonaste a Susan a cambio de matar a Peter. Haz lo mismo conmigo.

La puerta se abrió de repente y movió el cadáver de Steve a un lado como si fuera un trapo.

—Largo —ordenó Elizabeth a Patrick.

—Raúl, no lo hagas.

—Gracias por todo, amigo. Te veré luego —dijo Raúl con voz débil.

—Largo repitió Elizabeth furiosa.

Patrick comenzó a caminar hacia la puerta mientras miraba a Raúl de pie recargado en la pared. Este asintió con la cabeza y de sus mejillas cayeron lágrimas. Patrick levantó la mano en señal de saludo; Raúl hizo lo mismo. De repente, Elizabeth giró y arrojó a Patrick con fuerza fuera de la habitación. Este se estrelló contra el barandal y luego cayó sobre el pasillo. El dolor le hizo pensar que tal vez se le había roto una costilla. La puerta se cerró, Patrick se apoyó contra el barandal y se puso de pie. La luz de la habitación se apagó. Patrick se recargó en la puerta y comenzó a llorar. Adentro no se escuchaba nada. Pasaron unos minutos y entre el llanto se resignó a que Raúl estaba muerto. Luego se giró hacia el estacionamiento. El Mercedes de Steve estaba estacionado casi a un lado del todoterreno. Patrick secó sus lágrimas y fue hacia su auto. Cuando llegó, sacó los cigarrillos de la guantera, encendió uno, le dio unas cuantas caladas, lo arrojó y se subió al auto. De repente, la puerta de la habitación doscientos seis se abrió de golpe. Raúl salió caminando y giró a la derecha para tomar las escaleras. Más que sorprendido, Patrick se bajó del todoterreno y esperó a que Raúl llegara.

Una vez Patrick salió de la habitación, Raúl se quedó a solas con Elizabeth, quien se adentró en el baño. Raúl dio unos pasos al frente para ir tras ella. De repente, la luz se apagó, luego parpadeó muchas veces y todo se quedó a oscuras. La luz se volvió a encender y Raúl se asustó al ver que la habitación estaba manchada de sangre. Los muebles habían regresado, había ropa de mujer tirada en el suelo, una maleta abierta a la derecha de la cama. El televisor estaba encendido, pero la pantalla estaba estrellada y reproducía líneas negras y blancas en forma horizontal. Raúl se giró hacia el baño y se dio cuenta de que las heridas en el costado ya no le dolían tanto. Miró el lavamanos manchado de sangre y el espejo roto. Con lentitud se comenzó a acercar. Creía que dentro del baño encontraría el cuerpo de Elizabeth, pero al ver dentro solo vio sangre en el suelo y en las paredes. La cortina de la ducha también estaba manchada. En el suelo había cuatro veladoras negras encendidas. Entonces escuchó pasos a sus espaldas, respiró hondo y se dio media vuelta para ver a Elizabeth a menos de un metro. Raúl retrocedió un paso y la miró de arriba abajo. Llevaba un vestido azul con flores y mallas blancas en las piernas. Su cabello brillaba y su piel radiante y suave parecía la de un ángel, sus labios estaban pintados con un rojo ligero pero ardiente y su maquillaje era tan natural que solo exaltaba más su belleza. En su cuello llevaba un collar plateado y brillante con una cruz. Raúl lo recordó: así fue vestida en su primera cita. Ese vestido, el color del labial, el maquillaje y hasta el perfume. Las lágrimas salieron de sus ojos al recordar de nuevo aquellos momentos. Sin embargo, Raúl sabía que lo que tenía en frente no era Elizabeth, sino el demonio disfrazado de ella. Raúl la miró a los ojos y le dijo con voz molesta y triste:

—Termina conmigo de una vez.

—¿Creíste que sería tan fácil, querido? —dijo ella mientras sonreía—. A tu novia no la mataron por saber demasiado. Es cierto que sabía cosas, pero la realidad es que solo lo hicieron para hacer un sacrificio, que salió mal, y todo terminó así. Ella no podrá descansar en paz y yo no podré irme de aquí. Me apresaron en este lugar y quiero cobrar venganza. Al principio estaba confundido y me dejé llevar por la ira vengativa de esta mujer. No la culpes, yo tomo las decisiones aquí, pero ella no se opuso y dejó que matara a todas esas personas, a excepción de ti, Patrick y Susan.

—¿Qué quieres entonces?

—Muy simple: déjame entrar en tu cuerpo. Así podré salir de este lugar y vengarme. Una vez que esté todo terminado, dejaré ir a tu querida Elizabeth, pero me quedaré con tu alma.

—No —objetó Raúl—. No te llevarás mi alma.

—Entonces te mataré y los dejaré a los dos aquí atrapados conmigo. En este lugar nos divertiremos matando a mucha gente para siempre.

Raúl no sabía qué decisión tomar. Desde niño le enseñaron que el alma de una persona era muy importante, y no la iba a entregar así nada más. ¿Pero qué otras opciones tenía? Era eso o morir por nada. Los asesinos de Elizabeth ya estaban muertos de todas maneras. Raúl mató a uno de ellos sin darse cuenta. Así que propuso algo con la seguridad de que lo que tenía en frente aceptaría:

—Los tres que te trajeron aquí ya están muertos. Te dejaré entrar en mi cuerpo. Una vez termines, te daré mi vida, luego me dejarás libre y también a Elizabeth.

—Tú no pones las reglas aquí, mocoso —gritó Elizabeth molesta.

—Tómalo o déjalo. Por lo regular en un trato las dos partes ganan. Tú obtendrás tu venganza y serás libre, al igual que Elizabeth y yo.

—Eres muy inferior para tratar de chantajear a un demonio, maldito niño.

—No tendrás otra oportunidad así. Todos ganamos, todos seremos libres.

—Está bien —aceptó—. No te dejaré ver a tu querida novia hasta que se llegue tu hora.

—Hecho —acepto Raúl—. Nada de engaños. Dicen que a los demonios les gustan esas cosas.

—Tú no sabes nada de nosotros. Sé cumplir con un trato mejor de lo que tú piensas. Ahora déjame entrar.

—Diviértete —dijo Raúl mientras cerraba los ojos.

Una vez los abrió, Elizabeth ya no estaba y todo había regresado a la normalidad. El cadáver de Steve se encontraba tirado en el suelo. Raúl sabía que algo había cambiado. Podía escuchar con claridad a su alrededor. Se sentía fuerte, ágil, y a pesar de que estaba consciente de sí mismo, su cuerpo ya no le pertenecía, solo sus pensamientos. Se quedó de pie por unos segundos y después salió de la habitación y levantó la mirada. El viento comenzó a soplar, los árboles se movieron y algunas de sus hojas cayeron en el estacionamiento, provocando un sonido melancólico. La noche se sentía fresca. En el aire se respiraba la libertad. Raúl bajó la mirada y vio hacia el frente. El todoterreno de Patrick aún se encontraba estacionada, y este yacía de pie al lado de la puerta del piloto mirándolo. Raúl caminó por el pasillo, bajó los escalones y se dirigió hacia donde estaba Patrick. Al estar cerca, este dijo sorprendido.

—Lo lograste, Raúl. Me alegra que estés bien.

Raúl se detuvo y lo miró. Sus ojos brillaron de color amarillo por un segundo y dijo con una voz diferente:

—Raúl se ha ido, Patrick. Ya no está entre ustedes. Déjame advertirte algo: no te metas en mi camino, o vendré por ti.

Patrick guardó silencio y observó cómo Raúl caminaba apresurado hacia la carretera. Se preguntó qué haría a pie con la policía buscándolo. Y por fin comprendió que ya no era él. La cosa que mataba en el hotel había salido en el cuerpo de Raúl. Patrick buscó el arma debajo del asiento, la tomó y le quitó el seguro. Miró hacia la carretera y se dio cuenta de que Raúl ya no estaba. Se recargó en el todoterreno y pensó en el plan que habían ideado antes de partir desde la cabaña hacia el hotel. Después de todo, las cosas habían salido bien. Desde el principio, Raúl estaba dispuesto a morir en esa habitación o ser arrestado. En aquel momento Patrick se preguntó si valía la pena morir por el amor hacia una persona. Entonces comprendió que tal vez Raúl era un poco obsesivo, o que en realidad había encontrado su alma gemela y no se quería separar de ella. De pronto, un dolor punzante lo golpeó en la costilla. Respiró hondo, guardó el arma de vuelta bajo el asiento, se subió al jeep y condujo hasta el hospital.

El lunes diecinueve de diciembre a las diez de la noche, Ray Johnson regresaba al apartamento donde vivía con su nueva novia. Era un hombre negro de treinta y dos años, medía uno setenta y se dejaba el bigote, además de una pequeña barba de chivo. Aquella noche, Ray vestía una chamarra negra que le llegaba más abajo de la cintura, gorra blanca con estrellas doradas, tenis de color rojo con blanco y pantalón de mezclilla azul marino que llevaba bajo la cintura, y por debajo de la chamarra se le podían ver sus bóxeres de color vino. A Ray le encantaba la música de hip hop, sobre todo la más ofensiva, y le gustaba vestir y usar gorras y tenis caros, aunque no pudiera comprárselos. Ray se ganaba la vida robando. Caminaba o conducía por los vecindarios en busca de paquetes que los repartidores dejaban en las puertas de las casas o departamentos. Tenía un viejo Lincoln negro que había llevado al mecánico por un problema en el motor. A Ray nunca le gustó trabajar. Desde muy joven le gustó salir a la calle y ganarse la vida robando o asaltando. En realidad no era violento y cada vez que asaltaba a alguien dejaba ir a la persona si esta se negaba a entregar sus pertenencias, razón por la cual la policía nunca lo encerró más de dos meses cuando lo atrapaba debido a sus asaltos. Ray siempre soñó con ser un rapero, le apasionaba maldecir y hacer rimas en todo momento, pero le faltaba imaginación para componer canciones y lo echaron de todas las competencias a las que asistió. Además de eso, no intentó hacer otra cosa, prefería robar y a veces montar choques para obtener algo de dinero. Llegó a dormir en su auto varias veces por no tener dinero para pagar un apartamento. Eso lo llevó a ser listo y buscar mujeres e inventarles mentiras para irse a vivir con ellas. Su estrategia funcionaba muy bien. No era bueno para componer canciones ni para trabajar, pero era muy bueno para mentir y hacerse la víctima cuando lo necesitara. A veces lloraba a propósito para que sus novias se compadecieran de él y no lo echaran cuando se daban cuenta de que en verdad era un bueno para nada. Aunque así como hay mujeres tontas, hay otras que no lo son, y Ray terminaba en la calle sin importar qué tanto fingiera ser una víctima. Elizabeth Pérez era una mujer muy astuta, pero se creyó y tragó las mentiras de Ray, que vivió con ella durante cinco meses. Al principio de la relación, y para su suerte, los robos y alguna que otra estafa por teléfono le salieron bien, y llegaba con dinero al lugar donde vivía con Elizabeth, pero una vez se le acabó la suerte, intentó hacerse la víctima. Ella, a pesar de ser astuta, le creyó todo y lo mantuvo durante casi dos meses, hasta que se hartó de él y finalmente lo echó, y le dijo que no se le volviera a acercar. Ray siguió con su vida y no tardó ni un mes en conseguir otra víctima, una mujer blanca un poco gordita y solitaria llamada Alison Willis, una veterinaria de treinta y cinco que a veces sentía que se había quedado sola en la vida. Cuando Ray la conoció, la pudo cortejar con facilidad y le prometió bajarle las estrellas. Alison cayó rendida ante sus mentiras, mientras el mentiroso se aprovechaba de ella todo lo que podía. Alison tenía un apartamento en el segundo piso del hotel Wood Town, ubicado entre la calle Wood y la avenida South. En realidad ella se podía dar un mejor lugar, pero estaba ahorrando para comprar una casa, además de que estaba invirtiendo un poco de su dinero en los bonos del gobierno y certificados de depósitos bancarios, los cuales comenzaban a dar atractivos intereses. A pesar de su habilidosa lengua, Ray no tuvo tanta suerte con su nueva víctima. Esta se comenzó a dar cuenta demasiado pronto de sus mentiras, además de que notó que le faltaba efectivo que solía guardar en una pequeña caja que estaba dentro de la mesita de noche, a un lado de la cama. Alison era una mujer que le daba valor a su dinero, se lo ganaba con honestidad, y para ella ese era su mayor orgullo. Nunca le regalaron un centavo en su trabajo y también apreciaba a las personas que salían a trabajar todos los días como ella. Ray no conseguía trabajo y no la ayudaba con nada en la casa, así que los problemas comenzaron para Ray. Este se hacía la víctima y le llegó a decir a Alison que no lo contrataban en ningún lado por ser negro. Al principio ella se tragó todas sus mentiras y se compadeció de él, pero todo llega a su límite, y la mujer comenzó a luchar contra su bondad para dejar de creerse sus mentiras. El quince de diciembre por la tarde amenazó con echarlo si no conseguía un trabajo. Obviamente, Ray no iba a hacer tal cosa, pero el invierno ya había llegado y sabía que era la peor temporada para dormir afuera, así que el lunes diecinueve de diciembre por la mañana decidió salir del apartamento con la intención de conseguir un trabajo como cajero en un Aldis. Al final lo aceptaron y regresaría con buenas noticias, pero, dentro del apartamento, Alison no era quien lo esperaba.

Alison Willis llegó a su apartamento a las cinco y media de la tarde del diecinueve de diciembre. Estaba estresada, pero no era por su trabajo, que en realidad le gustaba mucho. El problema era el tráfico y su novio, sobre todo este último. Alison se sentía como una tonta por haberlo dejado entrar a su hogar cuando no llevaba ni un mes de haberlo conocido, pero ella se sentía muy sola y no quería pasar otro frío invierno sin el abrigo y las caricias de un hombre.

En realidad Ray era amable, cariñoso, bueno en la cama, además de que a veces cocinaba, pero era un mantenido, no trabajaba ni hacía la lucha por conseguir un trabajo. También era bueno mintiendo y cuando discutían fingía llorar para que Alison se compadeciera de él. Funcionaba bastante bien, pero el problema era que el hombre dejaba de llorar muy rápido y luego estaba como si nada. Así fue como ella se dio cuenta de que era un mentiroso. Sin embargo, su bondad y compasión la hicieron tropezar varias veces con la misma piedra. Una vez comenzó a notar que le faltaba efectivo, su compasión y su bondad comenzaron a desaparecer y finalmente abrió los ojos y se dio cuenta de la mentira que siempre había tenido frente a ella. A veces Alison se arrepentía de haberle dicho que se fuera si no conseguía un trabajo; la realidad era que ella quería un hombre que se dedicara a algo en la vida, no importaba si fuera un albañil o un cajero, o si trabajaba en un restaurante de comida rápida. Ella quería alguien que fuera responsable y pusiera su parte para los gastos del hogar, así que al final prefirió enfrentarse a la desoladora y cruel soledad y sentirse deprimida de vez en cuando por vivir con un hombre perezoso, abusivo y mentiroso como Ray, que era el tipo de hombre que no quería en su vida.

A las siete con treinta de la noche, Alison había terminado de cenar unos macarrones con queso con un trozo de bistec y pan tostado y mayonesa. Ese platillo muy sencillo sabía bien y fue una idea de Ray. Una vez lavó los trastes, dejó un plato con comida cubierto con papel aluminio sobre la mesa para Ray y se metió a la ducha, y luego se preparó para dormir. A las nueve con diez, Alison se encontraba acostada sobre la cama viendo la pantalla de su celular cuando escuchó que alguien tocó la puerta. Le pareció extraño, ya que nadie tocaba a esas horas y Ray tenía una llave. Alison acudió a la puerta, encendió las luces y miró por la mirilla. Afuera estaba de pie un joven latino con barba apenas visible que vestía con un pantalón azul oscuro y una sudadera blanca, y tenía el cabello corto peinado de punta. Alison se emocionó un poco: el hombre era guapo y tenía un mirada amable. Aun así, pensó un poco antes de abrir la puerta. Tal vez el hombre era un ladrón o algo así. Se decía que los latinos no eran muy santos que digamos, pero el hombre se veía muy honesto y no parecía ese tipo de personas. Alison abrió la puerta. El hombre le regaló una gentil sonrisa y con un tono bien educado le dijo:

—Buenas noches, ¿es usted Alison Willis?

—Buenas noches —saludó ella con una sonrisa—. Soy yo. ¿Qué se te ofrece?

—Me preguntaba si aquí vive un tal Ray Johnson

La sonrisa de Alison se borró de su rostro.

—Por desgracia, sí. ¿Qué hizo?

—Algo muy malo.

—Ya me lo esperaba. ¿Eres policía o algo así?

—No —admitió el hombre con sinceridad—. Me llamo Raúl y estoy buscando a Ray para saldar una cuenta que tenemos pendiente. ¿Puedo entrar y esperar hasta que llegue?

—Si no eres policía, no puedes entrar a mi apartamento. No sé qué haya hecho Ray, pero vete ahora o llamaré a la policía.

Alison trató de cerrar la puerta, pero Raúl la agarró con la mano y la miró fijamente. Luego se metió al apartamento. Alison intentó gritar. Raúl le puso una mano en la boca y se llevó una dolorosa mordida, luego la sometió y le apretó en cuello con el antebrazo hasta que perdió la conciencia. Cerró la puerta y la llevó a la habitación para ponerla sobre la cama y atarla con ropa de las manos y los pies. Le cubrió la boca, y después fue al comedor, vio el plato que estaba sobre la mesa, y sin pensarlo demasiado se comió la comida. Al terminar, lavó el plato, lo secó con un trapo y lo dejó sobre la mesa. Después apagó las luces y se sentó a esperar.

Ray Jonhson llegó a la puerta del apartamento y se detuvo antes de siquiera sacar la llave, debido a un mal y raro presentimiento parecido al que sentía un poco antes de cometer algún robo. A los pocos segundos sacó la llave de su bolsillo mientras su mano temblaba. Parecía como si se estuviera metiendo a robar; de hecho, durante el día solo había merodeado un poco por allí, pero no había robado nada ni asaltado a nadie. Con la otra mano agarró el frío pomo de la puerta e incrustó la llave. Al mirar dentro del apartamento, sintió que la oscuridad lo devoraba. Quería alejarse de allí lo más pronto posible. Buscó el apagador que estaba a la derecha de la puerta y encendió la luz. Ray dio un brinco al ver a un hombre sentado en el comedor y pensó que era un ladrón, pero si ese fuera el caso, ya hubiera huido antes de que él llegara. Los ladrones en su mayoría son cobardes y quieren evitar problemas, lo único que quieren son las pertenencias de las personas. Eso Ray lo sabía muy bien. Ningún ladrón robaría una casa o lo que fuera y se quedaría a esperar a los dueños o a la policía. Ray se llevó la mano al bolsillo y sacó una navaja plegable, la abrió, levantó la mano apuntando hacia el hombre y dijo con voz grave:

—Sea quien seas, más vale que te largues o usaré esto.

Raúl lo miró fijamente.

—No te precipites, Ray. Me llamo Raúl y no vine a robarte nada, además de que nada de lo que hay aquí es tuyo. Se me hace difícil creer que un miserable y bueno para nada como tú tenga un techo sobre su cabeza.

—¿Qué quieres? —preguntó Ray nervioso y con voz grave.

—Solo vine a arreglar un asunto contigo. —Raúl sonrió—. Espero que no te importe que me haya tomado la libertad de hacerlo con tu novia. Cielos, la mujer tenía un apetito sexual voraz. Me fue difícil lidiar con ella, pero al final terminó satisfecha y profundamente dormida sobre la cama. Creí que al menos servías para satisfacer a una mujer, pero me acabo de dar cuenta de que ni para eso sirves, Ray. ¿No te cansas de ser un completo inútil?

—¡Escúchame, infeliz! —gritó Ray—. ¡Yo hago lo que quiera! ¡Nadie me dice qué hacer! ¡Sal de mi apartamento o te voy a coger! ¡Conmigo no vas a joder!

Raúl soltó una carcajada. Ray sintió un pulso de ira y se dispuso a ir hacia él, pero en cuanto dio unos pasos hacia delante la puerta se cerró de golpe, lo que hizo que se detuviera y diera un salto. Ray se giró hacia la puerta y no vio a nadie, así que respiró hondo para calmar sus nervios y siguió caminando hacia Raúl. De pronto, este dejó de reír y le clavó la mirada. Ray se detuvo de golpe, como si una fuerza invisible lo sujetara, pero en realidad era miedo lo que sentía al ver los ojos de Raúl. Su mano temblaba mientras estaba paralizado, pero aún tenía ganas de clavar la navaja en Raúl.

—Deberías intentar escribir algunas letras —sugirió Raúl con una sonrisa sin dejar de mirarlo—. Las payasadas que dices son escuchadas por muchos allá afuera. O tal vez lo hiciste y te diste cuenta de que no servías ni para eso.

—¡Sal de aquí, hijo de puta! —gritó Ray furioso sin poder moverse.

—Este no es tu departamento. ¿Qué derecho tienes a sacarme de aquí? —se burló.

—¡Es el apartamento de mi novia! —volvió a gritar Ray.

—¿La blanquita? Son las más fáciles, ¿verdad? Un amigo me lo dijo. Por cierto, ¿es verdad que son tan estúpidas para dejar que inútiles como tú se metan en sus vidas? No las culparía si no hubiera más hombres, pero los hay, muchos y mejores. Respóndeme esto, Ray: ¿qué te dieron a cambio de Elizabeth?

—¡¿Cuál Elizabeth?! —gritó Ray—. Mi enorme verga ha entrado en muchas llamadas así.

—Hijo de puta, deja de usar ese maldito acento o te arrancaré la lengua —advirtió Raúl—. Puede que eso sea verdad. A mí solo me interesa que me hables de la Elizabeth con la que viviste un tiempo en el hotel Red Moon.

Ray guardó silencio y con su mano temblorosa bajó la navaja. Ahora recordaba a Raúl. Lo vio un par de veces mientras merodeaba por las afueras del hotel Red Moon. Conocía perfectamente a esa Elizabeth de pies a cabeza. A Ray nunca le importó que fuera una prostituta, era mejor para él. La mujer tenía mucho apetito sexual y lo dejaba muy cansado cuando tenía sexo. A Ray no le gustaba estar cansado. Raúl se puso de pie mientras lo miraba, Ray volvió a levantar la navaja contra él y dijo con más calma:

—No tuve opción. Me amenazaron. No conoces a esa gente, amigo.

—Los conozco muy bien. —Raúl se le comenzó a acercar.

—¡Quédate donde estás, o te voy a matar! —advirtió Ray, que ya podía moverse.

Las luces parpadearon y el apartamento se quedó a oscuras. Ray escuchó que la puerta corrediza que daba al balcón se abría. Las luces volvieron a encenderse. Raúl no estaba. De pronto, Ray sintió un golpe sobre su espalda y cayó al suelo. Raúl lo sujetó de la chamarra y lo arrastró hasta el balcón, luego lo levantó y se dispuso a arrojarlo. Los reflejos y el instinto de supervivencia de Ray lo llevaron a clavar la navaja en el pecho de Raúl. Este se miró la herida un segundo, dejó de sujetar a Ray con una mano y se sacó la navaja como si nada. Luego levantó la mirada. Ray vio cómo sus ojos brillaron de color amarillo por un segundo, luego le sonrió y lo arrojó por el balcón. Ray cayó de pie al lado de un árbol y se rompió la pierna derecha. Mientras gritaba por ayuda, vio hacia arriba. En el balcón ya no estaba Raúl.

En cuanto arrojó a Ray por el balcón, Raúl fue hacia la habitación de Alison, que yacía atada e inconsciente sobre la cama. Raúl se le subió encima y levantó la navaja para descargarla contra la indefensa mujer. Entonces se detuvo y comenzó a temblar. El demonio lo quería obligar a matarla a ella también y Raúl no lo iba a permitir.

—A ella no —dijo con voz forzada y molesta.

—Vamos, Raúl, sé que puedes —dijo una voz masculina y gruesa—. No te resistas y mátala.

—Te dije que no —repitió Raúl mientras luchaba por tomar el control de su mano.

Ray gritaba de dolor y pedía auxilio mientras estaba tirado cerca de la banqueta afuera del hotel. Una mujer negra se acercó para ayudarlo y Ray le pidió que llamara a la policía. De pronto, la puerta de la entrada al edificio se abrió. En cuanto vio a Raúl acercarse, Ray pegó un grito de miedo y le rogó a la mujer que se apresurara a llamar a la policía. Esta lo miró desconcertada y le pidió que se calmara. Raúl se les acercó, y apartó a la mujer con violencia y la tumbó al suelo. Al caer de lado, ella maldijo. Raúl agarró a Ray del cuello y lo recargó contra el árbol. La mujer estaba furiosa y se levantó del suelo para lanzarse contra Raúl, a quien le golpeó la cabeza con los puños. Le arañó el rostro y el cuello mientras maldecía y le ordenaba que lo soltara. Raúl dejó a Ray y se giró hacia la mujer para darle una bofetada en el rostro. La mujer sintió que se le entumecieron la quijada y las piernas, al momento que se desvanecía, y volvía a caer al suelo. Un automóvil SUV de color azul iba pasando por la calle en el carril del otro lado. Raúl agarró a Ray de la chamarra y lo arrojó con fuerza contra el auto. Ray se impactó contra la salpicadera izquierda del SUV. La fuerza del impacto lo hizo pasar por encima del cofre mientras daba volteretas en el aire y terminó chocando de lado contra la ventana de otro automóvil que estaba estacionado, para después caer al pavimento. Le dolía todo el cuerpo y tenía problemas para respirar. Algunas personas ya se acercaban al accidente. El conductor del SUV se bajó y fue hacia Ray para ver si estaba bien. Raúl llegó para apartarlo y lo arrojó contra el pavimento. Después sujetó a Ray del cuello, lo tomó de la nuca y estrelló su rostro contra el vidrio de la ventana trasera del vehículo. Entonces lo miró con odio y dijo:

—Ray, enviaré a todos los responsables de su muerte al infierno. Algunos ya están allá. Salúdalos de mi parte, ¿quieres?

Una sirena de policía se acercaba. Raúl sonrió y clavó la navaja a Ray varias veces en su abdomen y el pecho hasta matarlo. Luego lo dejó caer al suelo y miró a su alrededor. Había al menos cuatro personas aparte del conductor mirando todo. Entonces vio hacia el segundo piso del edificio de apartamentos. Allí estaba Alison mirando por el balcón con las manos en la boca mientras lloraba. Raúl la miró por unos segundos y huyó del lugar. A pesar de los testigos y de que muchas cámaras de seguridad vieron a Raúl antes y después del asesinato, no pudieron capturarlo.

Cuando la policía entrevistó a Patrick el miércoles veinte de diciembre, este alegó que Raúl había matado a Steve. Eso era parte del plan que los dos habían pensado: atraer a Steve al hotel y que Elizabeth lo matara por ellos, para que después Raúl fuera culpado sin importar si moría o no. Incluso acordaron dejar una nota en la guantera del todoterreno en caso de que ninguno de los dos saliera con vida. Lo que no le pareció a Patrick fue que le iban a adjuntar a Raúl más asesinatos, además de los pistoleros que mató, incluyendo los que ocurrieron en el hotel Red Moon, y así cerrarían el caso. De mala gana Patrick tuvo que aceptar y el caso finalmente se cerró, lo que llevó a que dejaran libre a Susan Sullivan, aunque esta siguió en tratamiento psiquiátrico durante un año más. Al final, todo salió bien: Patrick salió librado de todo eso y se arrepintió un poco de testificar contra su amigo Raúl Hernández, que era buscado por la policía y fue acusado del homicidio de Steve Anderson, Peter Sullivan, Yared García, Jason Jones, Ezequiel Robles, alias el chacal, Stan Winchester, Ryan Márquez, Ángel Castañeda, Fil Jordán —estos tres fueron los que lo habían tratado de matar—, y por último, Ray Johnson. Además de todo eso, Patrick también tuvo que soportar la muerte del capitán Peter Douglas. Su funeral fue el viernes veinte de diciembre y fue sepultado con honores, a pesar de que no se los merecía. El funeral de Steve Anderson fue al día siguiente, pero Patrick no acudió, prefirió beber unas latas de Modelo en su departamento mientras lidiaba con la pérdida de su único amigo y con el dolor de que la amistad había durado muy poco, aunque fue tan fuerte que le provocó un dolor en el pecho que ninguna medicina en este mundo podía calmar.

Dos meses después, Patrick recuperó su puesto como detective. Volver a su trabajo le cayó de maravilla, aunque en varias ocasiones se encontraba a sí mismo pensando en Raúl y en su paradero. Hasta que el doce de marzo de 2023 asesinaron a un pastor muy conocido en la ciudad. En la escena se encontraron huellas de Raúl Hernández. Patrick supuso que el que fue una vez su mejor amigo ahora era un asesino y que era su responsabilidad capturarlo, aunque sabía que en realidad no era él. En cuanto a la secta, Patrick no tardó mucho en demostrar que era verdad que existían, pero se le pidió a la policía que no informara mucho de ellos a los medios de comunicación para no generar pánico o disgusto, ya que gente importante se encontraba metida en eso. Un año después, Patrick y otros cuarenta y nueve de los mejores detectives de cada estado del país se reunieron en Nueva York para discutir un asunto muy serio. Agentes de FBI, Interpol y Migración estuvieron presentes. Patrick sería testigo del nacimiento de uno de los más crueles y prolíferos asesinos en serie de la historia.

El lunes cinco de junio del 2023 a las dos de la tarde, Raúl Hernández se encontraba caminando por las calles del norte de Queens, Nueva York. Iba vestido con un short azul cielo, camisa blanca, gorra azul oscuro de los Yankees y tenis de color blanco. El sol brillaba en lo más alto. El calor era sofocante y abrasador, pero a su vez agradable para un día en la piscina. La brisa marina le golpeaba la cara y daba lugar a una sensación cálida y agradable. Raúl se encontró frente a una enorme casa. El río Este quedaba detrás, el jardín estaba rodeado por un muro de arbustos verdes de dos metros y medio de alto, y en la entrada había una reja de metal con adornos de ciervos entre los barrotes. En frente de la casa, había dos hombres. Uno de ellos cortaba el césped, y llevaba un short de color negro, una camisa verde claro y un sombrero de paja; el otro, que vestía un pantalón de mezclilla azul claro, una camisa naranja y una gorra roja, tenía una pinzas en la mano y miraba unos arbustos que se encontraban frente a la terraza de la casa. A simple vista parecían trabajadores, pero no lo eran. Raúl se acercó y tocó los barrotes de la reja, y luego levantó la mano, pero ninguno de los hombres le prestaba atención.

Entonces gritó "¡hola!". El hombre que miraba los arbustos se dio la vuelta y se comenzó a acercar a la reja. Una vez llegó, dijo con voz tensa:

—¿Qué quieres?

—Busco al señor Hugo —dijo Raúl con una sonrisa.

—Aquí no vive ningún Hugo. Vete.

—Traigo esto —insistió Raúl mientras sacaba un sobre del bolsillo de su short lleno de billetes de a cien.

El hombre lo tomó, lo abrió y miró los billetes.

—¿Quién quieres?

—Me llamo Raúl. Allí hay diez mil dólares. Solo quiero hablar unos minutos con el señor Hugo.

El otro hombre se acercó a la entrada y comenzó a hablar con su compañero. El hombre del sombrero se apartó y llamó por su celular; unos segundos después se lo guardó y le hizo una señal al otro para que abriera la reja. Este obedeció y le pidió a Raúl que pasara. El hombre de gorra escoltó a Raúl dentro de la casa mientras que el del sombrero cerraba la reja y se quedaba para contar el dinero del sobre. Una vez entró, Raúl quedó maravillado con el interior de la casa. La sala era enorme. A la izquierda de la puerta había un bar con una barra de granito gris muy claro, en medio había una gran y lujosa sala de color caoba. Las escaleras para subir al segundo piso estaban a la derecha de le entrada. El barandal era de vidrio, e iban en línea recta hasta un pasillo del segundo piso. En frente de la sala había una mesita de vidrio; frente a esta, una chimenea falsa que se hallaba debajo de las escaleras y estaba rodeada por adornos de granito café claro. El piso era de un mármol color amarillo Triana que brillaba con la luz que entraba por la puerta corrediza que estaba del otro lado de la sala. Esta puerta corrediza tenía una cortina de color amarillo claro con un extraño aparato en la parte izquierda de arriba. Afuera, en el patio trasero, se podía ver una piscina de unos cinco metros de largo rodeada por algunas sillas para tomar sol. A la izquierda de la sala estaba un lujoso comedor color caoba con tres sillas de madera brillante a cada lado, y más allá del comedor, la cocina bien adornada con dos refrigeradores y otra barra de granito en frente. El hombre llevó a Raúl a la parte trasera de la sala, acercó una silla de madera y le ordenó que se sentara. Raúl obedeció y agradeció que lo dejara mirando hacia el patio trasero. Otro hombre apareció bajando las escaleras con una escopeta de bombeo en la mano. Iba vestido con ropa negra formal y llevaba un mandil en el pecho, por lo que Raúl supuso que se trataba de un cocinero o ayudante. El hombre con la escopeta se le acercó, tomó una silla y la puso a la izquierda, luego tomó asiento sin dejar de verlo.

—Vaya casa tan bonita. Ni en sueños me vería viviendo en un lugar así.

—Guarda silencio —ordenó el hombre—. Hablarás hasta que te lo digamos.

Raúl se llevó el dedo a la boca y lo pasó sobre sus labios en respuesta a la orden del hombre. Las siguientes horas pasaron bastante lentas. Raúl admiraba la casa de un lado a otro. Pidió usar el baño, pero el hombre se lo negó con la cabeza. Raúl insistió y el hombre le dio un golpe en la frente con la escopeta. Dolió, pero no tanto. Luego le ordenó que se pusiera de pie y lo llevó al patio trasero. A la derecha de la piscina, había un par de baños con teja de color café oscuro en el techo. Uno era para mujeres y el otro para hombres. Raúl entró en este último e hizo sus necesidades, luego salió un poco decepcionado por saber que los baños eran normales. En realidad él quería entrar en los del interior de la casa para ver qué tan lujosos eran. Mientras caminaba de vuelta a la sala, se le pasó por la cabeza que tal vez los baños dentro de la casa tenían inodoros eléctricos como los que salen en la televisión, o al menos de esos que arrojan un chorrito de agua en el trasero para limpiarse sin necesidad de usar papel higiénico. En fin, Raúl regresó a su asiento con el hombre malhumorado de la escopeta y siguió contemplando la casa.

El atardecer llegó y trajo consigo unos maravillosos rayos de luz color amarillo naranja que se colaban entre el vidrio de la puerta corrediza y que resplandecían con el mármol amarillo Triana claro y brillante que deleitaba los ojos de cualquiera. Hasta parecía que la casa había sido construida de esa manera para apreciar desde adentro tan bonitos atardeceres. Cuando el sol se ocultó, el hombre se puso de pie y fue hacia la sala. De la parte de abajo de la mesita de enfrente tomó un control y presionó un botón. Las cortinas de la puerta corrediza comenzaron a cerrarse por sí solas. Raúl sonrió y dijo: "Lo sabía". Desde un principio sospechó que el aparato en la parte de arriba era para que las cortinas se cerraran solas. El hombre no le dijo nada y regresó a tomar asiento. Unos minutos después, las luces de la casa se encendieron solas y el mármol destellaba un poco con la luz artificial. Era agradable estar allí dentro, incluso de noche.

Por dentro, Raúl experimentaba una creciente ira. Quería golpear al hombre con la escopeta y quitársela para volarle la cabeza, pero se calmaba y se distraía observando todo a su alrededor, aunque sabía que si el tal Hugo tardaba demasiado, no podría seguir controlándose. Ni siquiera tenía un plan de acción aunque, la verdad, eso no importaba. Los meses después de que huyera de Pittsburgh habían sido extraños y confusos: no tenía dinero, pero a veces en la mañana se despertaba y al lado de la cama encontraba montones de billetes de diversas cantidades. Siempre se preguntó cómo llegaban allí. Al final, sin embargo, no importaba; el demonio era quien tenía el control y Raúl, consciente, solo iba a donde este se lo ordenara. Solo durante el día, y a la hora de las necesidades como comer, ir al baño, dormir o ducharse, Raúl era quien tenía el control. Algunas noches tenía pesadillas. Una noche soñó que caminaba por la calle y un pandillero intentó asaltarlo, Raúl simplemente le clavó los dedos en los ojos y lo dejó allí tirado. Otro día soñó que estaba teniendo sexo con una prostituta en un callejón, luego soñó que entraba en un edificio de apartamentos de lujo y le cortaba la cabeza con un cuchillo a un tipo que jamás había visto. Una mañana se despertó y había doce mil dólares en billetes de a cien a un lado de su cama. Esa noche había soñado que estaba de pie frente a un cajero automático y que de repente comenzaron a salir los billetes por sí solos. Esa mañana comprendió que no eran sueños y que el demonio la mayoría de las veces tomaba su cuerpo de noche, aprovechando que era más fuerte, para a su vez ayudar a Raúl a seguir adelante, aunque a veces sentía mucho cansancio y tenía que comer demasiado para recuperarse. Lo raro era que no engordaba y su cuerpo tomaba la energía muy rápido de los alimentos una vez consumidos.

A las diez de la noche, Raúl se encontraba en completo aburrimiento, hasta las ganas de matar se habían ido. A veces trataba de conversar con el hombre, pero este solo lo callaba y lo amenazaba con la escopeta. De pronto se encontró pensando en cómo los iba a matar, pero hasta eso le aburrió y apartó esa idea de su cabeza.

Unos minutos después, la puerta de la entrada se abrió y entraron cuatro hombres latinos. Uno de ellos llevaba un bonito traje de color púrpura. Este tomó asiento en el sillón de la sala frente a la mesita. Otros dos hombres llevaban pantalones de mezclilla negros; uno vestía camisa roja, botas y sombrero negro, y el otro zapatos de trabajo, camisa verde oscuro y una gorra blanca. Estos dos se pusieron de pie detrás de Raúl. El último de ellos era un hombre mayor de unos cincuenta años o más. Era moreno, tenía un lunar sobre la ceja derecha, barba de chivo recortada, bigote corto pero bien marcado, y pelo negro y un poco canoso que estaba peinado hacia un lado, lo que lo hacía ver entre elegante y raro. Llevaba puesta un camisa blanca de botones y cuello con líneas negras que iban en forma vertical, y un pantalón azul claro. Esa forma de vestir a Raúl le recordó a su abuelo, salvo por el extraño peinado. El hombre de la escopeta se levantó de la silla y la colocó a unos dos metros frente a Raúl. Luego regresó y se puso de pie a su izquierda. El hombre mayor tomó asiento y miró a Raúl por unos segundos, cruzó los brazos, puso una cara de duda y dijo con tono educado:

—Buenas noches, joven. Soy Hugo Cervantes. ¿En qué le puedo ayudar?

—Soy Raúl. Tenía muchas ganas de conocerlo, señor Cervantes. Vine a hablar con usted acerca de cierto suceso en la ciudad de Pittsburgh.

—Dime de qué se trata.

—Yo tenía una novia y usted mandó asesinarla. Ella vivía en el hotel Red Moon, al este de la ciudad. ¿Lo recuerda?

—No recuerdo un carajo —dijo Hugo ahogando una risa—. Muchacho, si recordara los nombres de la gente que he mandado asesinar me volvería loco. Es más, ayer ordené un asesinato, y no me acuerdo ni del nombre del que ahora es un cadáver.

—Se llamaba Elizabeth —dijo Raúl serio—. Me agradaba mucho. Era una prostituta.

Hugo soltó una carcajada mientras miraba el rostro serio de Raúl.

—Hombre, nunca te enamores de una puta. No son más que mercancía. No tienes idea de cuántos hombres se han echado a perder por eso. Deberías ser un hombre recto o no contratar esos servicios.

—Era muy bonita —dijo Raúl con una sonrisa fingida—. Fue mi culpa el haber caído ante su belleza, y como hombres nos pasa todo el tiempo.

Hugo siguió riendo.

—Que te sirva de experiencia. No deberías caer con esas mujeres. No puedo creer que me trajeras tanto dinero solo para venir a hablar de eso. A nadie le importan las putas, muchacho. Ahora tendré que decidir entre matarte o dejarte ir. Creo que te mataré.

—No —negó Raúl con la cabeza, y luego señaló a Hugo con el dedo índice—. Yo voy a matarlo a usted y, de paso, a todos los que están aquí. —Los señaló a todos.

Hugo soltó una carcajada y señaló a Raúl con la mano en señal de burla mientras miraba a los demás. Los tres hombres que estaban en silencio también comenzaron a reír, menos el que estaba sentado en el sillón de la sala. Este tenía unos auriculares inalámbricos puestos y estaba entretenido con la pantalla de su celular. Raúl también comenzó a reír y se dio varios golpecitos en las piernas. La risa del viejo resultó ser contagiosa y ahora no podía parar.

—¿Pueden creerlo? Este mocoso nos va a matar —dijo Hugo mientras trataba de ahogar la risa.

Todos reían sin parar. El hombre con la escopeta dijo entre risas:

—Ni siquiera está armado. Tal vez la puta le enseñó cómo chuparla y nos quiere ordeñar hasta la muerte.

Todos volvieron a soltar otra carcajada. Raúl también lo hizo. Ya tenía lágrimas en los ojos y le dolía el pecho de tanto reír. Con esfuerzo dijo mientras trataba de controlarse:

—Primero los mataré y luego se las voy a chupar para que se vayan felices al infierno.

Todos siguieron riendo. Hugo dijo, tratando de dejar de reír:

—Será una pena desaparecerte, amigo, me caes bien. Eres de México, ¿no?

—Sí —asintió Raúl mientras reía.

—Será muy fácil desaparecerte. Nadie busca a los mexicanos desaparecidos —dijo Hugo mientras se limpiaba las lágrimas.

—¿No me ofrecía trabajo, señor Hugo? Después de todo, me gustan las putas. Sería un trabajador suyo además de su cliente.

Todos volvieron a soltar otra carcajada, y Raúl también. La sala de la casa era como una presentación a la que acude un comediante famoso que tiene un chiste bueno tras otro. A su vez parecían un montón de amigos haciéndose bromas los unos a los otros.

—¿Cómo se llamaba la puta? —añadió Hugo entre risas.

—Elizabeth —dijo Raúl aún riendo.

—¿Cómo te llamas tú?

—Raúl —seguía rindo.

—¿Ves? Ya ni siquiera me acordaba de tu nombre, mucho menos del de una puta que mandé matar hace meses. Raúl, cuando estés muerto salúdame a la puta llamada Elizabeth. Dile que fue un placer trabajar con ella.

—Usted se lo dirá, señor Hugo. —Raúl seguía riendo.

Todos siguieron riendo. Hugo ordenó, tratando de calmar la risa:

—Llévenlo fuera de la ciudad y péguenle un tiro en la cabeza. Luego se la cortan para guardarla como recuerdo. Me cayó bien este desgraciado.

Raúl continuaba riendo. El hombre con la escopeta, que ya dejaba de reír, se le acercó. Entonces las luces parpadearon. De repente Raúl dejó de reír y le dio un puñetazo en los testículos tan fuerte que el sonido de las risas fue opacado por un alarido que hizo eco dentro de la casa. En ese momento los que aún reían dejaron de hacerlo y hasta el hombre que estaba sentado en el sillón se quitó los auriçulares para ver qué sucedía. Raúl se levantó de la silla mientras los hombres, desprevenidos, sacaban sus armas. Raúl le arrojó la silla al hombre con camisa verde y gorra que estaba a sus espaldas, y lo derribó. El hombre de la camisa roja y sombrero se apartó un poco. Raúl vio que el hombre que llevaba la escopeta gritaba y se retorcía en el suelo. Entonces, para acabar con su sufrimiento, le aplastó la cabeza de un pisotón. El cráneo estalló y los pedazos de carne y huesos se regaron por todos lados. Hugo se levantó de la silla sin creer lo que veía y sacó su arma. Raúl agarró del pecho al hombre de la camisa roja y lo arrojó hacia detrás de la barra del bar. El hombre de la camisa verde se incorporó y trató de dispararle, pero Raúl lo sujetó del cuello y le rompió la quijada de un puñetazo. El hombre cayó al suelo casi inconsciente y se comenzó a tocar el rostro, incapaz de pronunciar palabra alguna. El hombre de traje que estaba sentado en el sofá disparó, y también lo hizo Hugo. Unas cuantas balas impactaron en el cuerpo de Raúl, que cayó al suelo. El hombre que durante el día llevaba sombrero de paja entró a la casa desconcertado por los disparos y vio cómo Raúl se levantaba del suelo con la camisa manchada de sangre, como si nada hubiera pasado. En ese momento sus ojos brillaron de color amarillo. Hugo sintió un mal presentimiento y escapó hacia el patio trasero. Luego rodeó la casa hasta llegar al frente, donde estaban estacionados un Audi plateado y una Chevrolet Suburban negra. Hugo trató de encender el Audi, pero este no arrancó. Se escuchaban disparos desde dentro de la casa. Salió del Audi y fue por la Suburban, pero esta tampoco arrancó. Entonces decidió ir a encerrarse en los baños del patio trasero y dejar todo a la suerte. Mientras Hugo trataba de escapar, Raúl se quedó con los otros dos hombres dentro. Los miraba a los dos con odio y desprecio. El hombre que yacía en el suelo con la quijada rota comenzó a emitir un sonido parecido al que hacen los mudos, luego manoteó un poco y se agarró el rostro. Raúl lo miró y levantó las manos, y después le dio un pisotón en un hombro. Los dos hombres pudieron escuchar el sonido de los huesos rompiéndose, y abrieron fuego. Raúl se arrojó hacia detrás de la barra y agarró al hombre de la camisa roja que yacía en el suelo adolorido y tratando de cubrirse. Lo levantó y lo utilizó como escudo humano. A los hombres eso no les importó y siguieron disparando mientras Raúl caminaba hacia el hombre que estaba cerca de la puerta de la entrada. Cuando el arma de este chasqueó, Raúl le arrojó el cuerpo sin vida del hombre que había utilizado como escudo humano, y lo derribó. Mientras tanto, el hombre del traje ya había colocado otro cargador en el arma y estaba listo para disparar. Con un rápido movimiento, Raúl llegó hasta él y el hombre le alcanzó a disparar en el pecho. Raúl le agarró el brazo y se lo levantó, luego se miró la herida y volvió a ver al hombre. Sonrió. Sus ojos brillaron de nuevo. El hombre trató de rezar al ver los ojos del demonio, pero Raúl lo interrumpió y lo agarró de la nuca para estrellar su cabeza contra la mesita de vidrio, que explotó, y los trozos de vidrio se dispersaron por todos lados. En el lujoso mármol quedó marcado el rostro del hombre. Su cráneo se rompió y parecía gelatina. Raúl lo levantó y se lo mostró al hombre al que le había arrojado el cadáver. Este estaba de pie apuntándole con el arma, pero no le disparó y, en vez de eso, pronunció el inicio del Ave María. Raúl dejó caer el cadáver y se le echó encima, lo agarró de la cintura y lo llevó hasta las escaleras para dejarlo caer con fuerza sobre el barandal de vidrio, que era de seguridad, y solo quedó marcado el lugar donde el hombre había caído. Su cuerpo no se partió en dos, pero sus intestinos quedaron esparcidos fuera de su abdomen. Para su infortunio, no murió, y comenzó a gritar y a pedir ayuda. Raúl lo miró con desprecio y lo dejó allí para que sufriera hasta que la muerte llegara por él. Luego fue hacia el hombre de la camisa verde que yacía en el suelo con la quijada y algunos huesos rotos en su hombro derecho. Al llegar hasta él, levantó el pie y, al igual que al hombre con la escopeta, le aplastó la cabeza de un pisotón. Luego contempló el interior de la bonita casa por última vez mientras las luces volvían a parpadear, y salió para terminar con Hugo.

Hugo Cervantes estaba dentro del baño con el arma preparada y apuntando hacia la puerta. Alrededor del espejo había un adorno de plástico de color rosa y, a pesar del miedo, su orgullo machista lo hizo sentirse apenado por haber entrado en el baño de las mujeres. Los disparos dentro de la casa habían terminado. La policía ya estaba al tanto del tiroteo y las sirenas se escuchaban a lo lejos, aproximándose cada vez más. Eso era lo que Hugo esperaba. Tenía gente dentro de la policía que lo ayudaría a salir del problema, si es que el muchacho del infierno no lo terminaba antes. Hugo creía que en unas semanas estaría viajando en su yate, rodeado de mujeres hermosas y de buen cuerpo que por lo general hacían todo lo que se les pedía. El dinero puede comprar cualquier cosa, desde personas hasta políticos; todo es posible con dinero. El rico vive bien y el pobre vive mal y en la miseria. Repentinamente tuvo la idea de ofrecerle dinero a Raúl; después de todo, Hugo tenía dinero de sobra y tal vez ni siquiera se lo terminaría en el tiempo que le quedaba de vida. Además, el negocio iba muy bien: cada vez había más drogadictos, cada vez más se vendía la basura llamada fentanilo, y el negocio de la prostitución y el tráfico de personas era más rentable que nunca. "Bendito gobierno estúpido y corrupto", pensó, por no legalizar algunas cosas que podían ser legales como la prostitución. Gracias a eso, Hugo era quien era. Mientras hubiera ganadores en la alta sociedad, los de la baja sociedad se podían ir a la mierda y morir por las adicciones que les destrozaban las neuronas y los empobrecían cada vez más.

De pronto, la puerta se abrió de golpe. Hugo se sobresaltó y dejó de pensar, a la vez que preparaba el arma, aunque sabía que de nada le serviría. Raúl apareció con algunas manchas de sangre en el rostro, la camisa y las manos. La luz del baño parpadeó mientras Hugo temblaba y le apuntaba con el arma. Sin decir nada, levantó las manos y se agachó despacio para dejar el arma en el piso. Las sirenas se escuchaban más cerca. Casi lo lograba, podía verse en ese yate rodeado de lindos y fáciles traseros. Hugo se levantó y siguió levantando las manos. Raúl lo miró fijamente y le sonrió. Hugo fingió una sonrisa y dijo con la voz un poco entrecortada:

—Veo que tienes un don, muchacho. ¿Sabes que soy muy rico? Podría darte millones de dólares si me lo pidieras. Solo déjame ir. Soy un hombre de palabra, te lo aseguro. Haré lo que me pidas.

Raúl seguía mirándolo. Dio un paso dentro del baño y dijo con voz divertida:

—Primero que nada, ¿por qué te metiste al baño de las mujeres? Creí que te hubiera gustado morir hombre.

—No me fijé a la hora de entrar —dijo Hugo nervioso. Las sirenas de la policía se escuchaban más cerca.

—Te dejaré ir si me das una sola cosa.

—Pídeme lo que queras —dijo Hugo con algo de alegría—. Mujeres, dinero, lo que sea. —Las sirenas de la policía estaban a unas tres cuadras.

—Regrésame a Elizabeth con vida.

La sonrisa en el rostro de Hugo se desvaneció. Ni con todo el dinero del mundo podía regresar a alguien a la vida. Con rapidez se agachó por el arma, pero Raúl ya estaba a su lado. Lo agarró de los hombros, lo levantó, lo miró con odio y rencor, y lo sujetó del cuello con una mano. La policía ya estaba en la calle frente a la casa.

—Espero que hayas aprendido la lección, Hugo. Eres un maldito desgraciado hijo de puta. No todo se puede comprar con dinero.

Raúl apretó el cuello de Hugo con su mano y le arrancó la tráquea de un tirón. Luego lo arrojó al suelo y le dio varios pisotones sobre la espalda hasta asegurarse de que estuviera muerto. Después arrastró el cadáver fuera del baño y lo arrojó dentro de la piscina. Los policías ya estaban dentro de la casa. Algunos vieron a Raúl escapando hacia el río y le dispararon, pero este huyó de todos modos, y a pesar de que lo buscaron de un lado a otro durante toda la noche, no pudieron atraparlo.

PARTE 8
TODO SE PAGA

Han pasado cinco años desde la muerte de Elizabeth Pérez García. Los responsables han pagado con sus vidas, pero ¿qué hay de las demás personas que mueren de manera injusta como ella? En el mundo los héroes no existen, no hay nadie que tenga superpoderes capaces de hacer frente al mal que lo aqueja. Sin embargo, los malos sí existen y, de hecho, tienen el mismo poder e influencia que en las películas. No hay persona común y corriente capaz de oponerse a ellos, ya sea pobre o rica. Los malos no solo operan bajos las sombras o son los que se dedican al crimen organizado, también están en el gobierno y en las grandes corporaciones, a la luz del día y a la vista de todos. No hay castigo para ellos, no hay un superhéroe que les pueda hacer frente; lo único que los puede detener son otros malos como ellos. ¿En realidad lo harán? ¿No se supone que el mal es el adversario del bien? Sería estúpido ver a los buenos luchando contra los buenos, y a los malos contra los malos. ¿Pero de qué otro modo se arreglaría la ecuación para que fuera una pelea justa? A veces los malos se traicionan y se dañan los unos a los otros. Un poderoso puede derrotar a otro, un rey puede conquistar a otro. Se cree que a veces los buenos ganan, pero en realidad no es así. ¿Qué pasaría si un hombre malo tan poderoso como ellos

los desafiara? Claro que los malos pelearían sin dudar. ¿Y qué tal si el hombre malo contara con la ayuda de un ser que no pertenece a este mundo? Con mucha probabilidad no cambiaría nada. Para los malos no hay nada más peligroso que un hombre valiente y decidido dispuesto a enfrentarlos. Al igual que los que se aprovechan de los pequeños por ser más débiles, temblarán cuando estos se les comiencen a oponer. ¿Si el hombre decidido y valiente obtiene ayuda de algo desconocido, las cosas dejarían de ser justas? Claro que no, sería lo mismo: poder contra poder, el mal contra el mal. Nada cambiaría, salvo los números de los involucrados en la pelea. En este caso, muchos en contra de uno solo. ¿Qué podrá hacer un solo hombre común y corriente contra los villanos? En realidad, no mucho. Pero el hombre no está solo: recibe ayuda de algo maligno y poderoso que no pertenece a este mundo, algo que le causará dolor y sufrimiento y no lo dejará morir hasta que cumpla con sus objetivos. Lo protegerá y ayudará, lo dejará usar su poder y sus habilidades, y una vez termine con lo que comenzó, lo dejará solo, para que el hombre muera y pague por lo que hizo. Al final, los malos se traicionan los unos a los otros, y los que se hacen llamar buenos acuden al terminar las batallas para reclamar al debilitado perdedor y presumir que fueron ellos los que en realidad ganaron.

El lunes ocho de noviembre del 2027 a las seis de la tarde, Patrick Summers se encontraba sentado en su oficina. Vestía un traje gris y una corbata verde oscuro. A las seis con cuarenta recibió una llamada de un número desconocido. La persona al teléfono le dijo que fuera a la habitación doscientos seis en el hotel Red Moon, porque le daría información de cómo capturar al fugitivo y responsable de decenas de homicidios, Raúl Hernández López. Patrick sintió un escalofrío al recordar aquella habitación y se quedó pensando en qué responder. No era la voz de Raúl, porque él la recordaba muy bien. Nunca olvidó su acento simpático pero entendible, a menos que hubiera aprendido más inglés. De todos modos, no era su voz. Al final, Patrick aceptó la propuesta y tomó las llaves de su todoterreno antes de dirigirse a la salida de su oficina y luego salir de la estación de policía, para llegar al estacionamiento. Al subirse a su vehículo, se preguntó si necesitaría refuerzos. Si en realidad se trataba de Raúl, era seguro que sí. Raúl había sido un verdadero fastidio para todas las agencias del orden porque siempre lograba huir de las escenas del crimen, y por más que usaron diferentes métodos para atraparlo, a tal punto de infringir aún más las leyes, nunca lo pudieron hacer. Patrick apostó a que no los necesitaría, y puso en marcha el todoterreno rumbo al hotel Red Moon. Durante el camino, se le vino a la mente que en realidad no quería ser él quien capturara a Raúl. Para Patrick eso sería como darle una puñalada en la espalda al que una vez fue su amigo. Además, había atestiguado contra él en el pasado y sabía que entre los cincuenta y tres homicidios que había llevado a cabo era muy improbable que hubiera inocentes, aunque todos los medios de comunicación dijeran lo contrario. Patrick sabía detrás de quiénes iba Raúl, y aunque nunca se lo dijo, algo dentro de sí mismo lo supo desde que lo vio por última vez.

Patrick llegó al hotel y aparcó en frente de la recepción. Había cinco vehículos estacionados. Luego miró hacia la habitación doscientos seis. Los recuerdos regresaron a él como si apenas hubieran ocurrido: el dolor de su costilla rota, los ojos llorosos de Raúl y la maldad que emanaba en el interior de la habitación. Claro que todo eso había terminado y el hotel había abierto de nuevo un mes después de que se dieran detalles del responsable y de los asesinatos. Aunque hubo una cosa que nunca llegaron a resolver. Patrick se bajó del todoterreno, miró la habitación de vuelta y se dirigió hacia las escaleras. Al dar vuelta en la esquina para llegar a la habitación, se detuvo unos segundos y contempló la posibilidad de que fuera una trampa. Después de todo, tenía muchos enemigos como detective. Sin embargo, siguió adelante, y al llegar tocó la puerta. Una voz desde adentro le dijo que entrara. Patrick giró el pomo y entró. No había nadie, pero la luz estaba encendida. De pronto, una persona apareció desde el interior del baño. Patrick estuvo a punto de desenfundar su arma, de no ser porque a los pocos segundos reconoció a la persona. Era Raúl. Llevaba ropa desgastada, parecía más un vagabundo. Su rostro era el de un hombre de cincuenta años, incluso tenía algunas canas en su barba larga y desordenada. Patrick se quedó sorprendido y sintió que una lágrima escapaba de uno de sus ojos. Nadie creería que un hombre en esas condiciones pudiera llevar a cabo cincuenta y tres homicidios y escapar como si nada. Raúl le sonrió y tomó asiento frente a la cama. Patrick cerró la puerta sin poder pronunciar palabras. Su pecho guardaba un nudo que no le permitía hablar.

—Ha pasado tiempo, querido amigo. Ese traje te queda muy bien. Te ves viejo. ¿Cómo has estado?

—Deberías verte en el espejo, Raúl —dijo Patrick casi llorando—. ¿Qué te ha pasado a ti? Tú eres el que te ves viejo.

—He estado muy ocupado —dijo Raúl tocándose la barba—. Todos están muertos. Cuéntame, ¿cómo te ha tratado la vida? ¿Te pudiste ligar a Hayley?

—¿Lo recuerdas?

—Cómo olvidarlo —dijo Raúl mientras las lágrimas salían de sus ojos.

—De hecho, sí. Me casé con ella. Se divorció hace tres años y llevamos un año y medio casados.

—Me da gusto saber eso, querido amigo —le dijo Raúl con la mirada triste, mientras se limpiaba las lágrimas con su desgastada camisa manga larga de color azul cielo.

—¿Por qué no me llamaste en todo este tiempo? Se suponía que éramos amigos. Yo no iba a ir detrás de ti y lo sabías.

—No podía dejar que nadie interviniera en esto. Ni siquiera mi único amigo.

—¿A qué has venido?

—Estoy en el lugar donde todo comenzó —dijo Raúl mirando alrededor—. He terminado y tengo que pagar por todo lo que hice, o al menos ser juzgado antes de que él venga por mí. No tengo escapatoria, Patrick. He decidido entregarme y quiero que seas tú quien me ponga tras las rejas.

—Sigues siendo un idiota, Raúl —dijo Patrick llorando—. ¿Cómo se te ocurre que yo voy a hacer tal cosa?

—No tengo a nadie más.

Patrick se acercó para abrazarlo. Los dos lloraron durante un rato. Raúl le pidió que lo arrestara y se lo llevara, Patrick se negó y dijo.

—No puedo hacer eso.

—Entonces llámalos y que ellos vengan por mí.

—Vete, Raúl —le rogó Patrick—. No quiero pasar por esto de nuevo.

—Eres el único que puede, amigo —lo animó Raúl—. Hazlo. Llámalos. Estoy cansado de todo esto. Lo único que quiero es descansar. No te preocupes, yo puedo entregarme si tu no quieres llevarme.

—Eres un idiota, Raúl.

—Yo también te aprecio mucho, querido amigo.

Patrick se apartó un poco de Raúl y sacó su celular. Calmó su llanto y llamó al 911. Les dijo que Raúl Hernández López estaba fuera del hotel Red Moon y que necesitaba refuerzos. Estos dijeron que llegarían en tres minutos y Patrick colgó. Luego vio a Raúl, que ya estaba de pie agarrando el pomo de la puerta, con una mirada triste pero de agradecimiento. Giró el pomo, abrió la puerta y dijo:

—Hasta siempre, querido amigo. Gracias por todo lo que hiciste por mí. —Bajó la mirada y cerró la puerta.

Patrick no pudo soportar y de nuevo comenzó a llorar.

Al salir de la habitación, Raúl giró a la izquierda por el pasillo del segundo piso, volvió a girar a la izquierda y siguió recto hasta llegar a las escaleras. Una vez abajo, se dirigió hacia el frente del hotel. Las sirenas de la policía se escuchaban en la avenida Lincoln y se acercaban. Al llegar hasta el frente de la habitación doscientos seis, dos patrullas ya estaban entrando en el estacionamiento. Raúl miró a su derecha, hacia el segundo piso del hotel. Patrick estaba en el barandal mirándolo. Los dos mantuvieron la mirada por unos segundos. Cuando los policías se bajaron de las patrullas y sacaron sus armas para arrestarlo, Patrick cerró los ojos, apoyó los codos en el barandal y se recargó sobre su frente. Raúl ahogó su llanto y levantó las manos. Dos policías se le acercaron y lo derribaron. Otras dos patrullas entraron al estacionamiento, mientras un policía lo esposaba y le decía sus derechos en inglés. Lo levantaron con un movimiento brusco y lo llevaron a una patrulla. Patrick seguía recargado en el barandal cubriéndose los ojos. Raúl se sintió mal por haberlo involucrado en esto, pero quería verlo una vez más y agradecerle por todo lo que hizo por él, y esa fue la única manera que se le ocurrió. Apenas lo metieron en la parte trasera de una patrulla, arrancaron para llevarlo a la cárcel. Supo que no volvería a ver a su amigo.

Al día siguiente de su detención, Raúl fue llevado a una prisión federal en Nueva York, donde un millonario y pedófilo se había suicidado de manera muy sospechosa. Allí estaría mientras se llevara a cabo su juicio. No le dejaron hacer ninguna llamada y solo Dios sabía cuántas cadenas perpetuas tendría que pagar por todas las personas que había matado. Pero ni modo, era hora de ajustar cuentas con los vivos antes de partir. Su primer juicio se llevó a cabo el viernes veintisiete de noviembre a las nueve de la mañana y el próximo estaba previsto para el diecinueve de diciembre. Para esa fecha Raúl ya no estaría en este mundo para ser juzgado.

El lunes nueve de diciembre a las diez de la noche, Raúl Hernández se encontraba acostado en la cama de su celda antisuicidios, esperando que le llegara la hora. Hacía rato que la temperatura había bajado demasiado y los guardias apenas se habían asomado a verlo. Las cámaras de seguridad en dos esquinas lo hacían sentirse incómodo. Odiaba que lo vigilaran día y noche, sobre todo mientras hacía sus necesidades. De todos modos, Raúl no pensaba suicidarse dentro de su celda, como lo había hecho una vez aquel pedófilo. A las once de la noche, las luces se apagaron por completo y las cámaras dejaron de grabar por sí solas. Entonces, los guardias de seguridad en el centro de control avisaron a los otros con urgencia para que fueran a la celda de Raúl. Estos acudieron lo más pronto posible y al llegar se encontraron con que la celda estaba completamente a oscuras. Pidieron por el radio que abrieran la puerta para poder entrar y revisar. En el centro de mando aprobaron el permiso y abrieron la puerta. Para sorpresa de los guardias, esta no se abrió. La golpearon repetidas veces y volvieron a pedir al centro de mando que la abriera, pero ellos respondían que estaba abierta. El tiempo pasaba y los guardias no podían entrar. Un equipo de emergencia arribó por el pasillo. Llevaban una cortadora de metal y un grueso y pesado cilindro hidráulico para golpear la puerta y derribarla. Cuando se disponían a comenzar a cortar la cerradura de la puerta, esta se abrió por sí sola y las luces se volvieron a encender. Los guardias miraron a Raúl Hernández López acostado en la cama con los puños bajo su pecho. Parecía estar dormido. Uno de los guardias se acercó para tomarle el pulso y se dio cuenta de que estaba muerto.

Cuando las luces se apagaron, Raúl sabía que le había llegado la hora. La habitación se llenó de un olor muy fuerte a azufre, y en la esquina, al lado derecho de la puerta, apareció una figura apenas visible en la oscuridad. Era alta, delgada, y de repente sus ojos brillaron de color amarillo. Raúl se levantó de su cama y se puso de pie frente al demonio. Este dijo con voz gruesa y masculina:

—¿Estás listo, Raúl?

—Sí —dijo después de respirar hondo—. Una última cosa, si me permites.

—Adelante.

—¿Cómo murió Elizabeth?

—¿Quieres saberlo? ¿Crees que podrás soportarlo?

—Solo quiero saber si todo lo que hice valió la pena.

—Por supuesto que valió la pena —aseguró el demonio, y mostró a Raúl lo que quería.

El dieciséis de noviembre a las diez de la noche, Elizabeth estaba recostada en la cama de la habitación doscientos seis. Llevaba puesto un short ajustado y corto de color negro, y un sostén del mismo color. Max, su pitbull, se encontraba a su lado. Elizabeth encontraba algo de consuelo acariciando el lomo y la cabeza del animal. Sentía mucho arrepentimiento por haber traicionado a Raúl, ¿pero cómo podía dejar ir quinientos dólares así de la nada? Lo único que hizo fue hacerle sexo oral al tipo y abrir las piernas para que él la penetrara. Ella era una servidora fría que no regalaba caricias ni halagaba a nadie. Se podía decir incluso que era una prostituta desconsiderada y que hacía mal su trabajo. A veces ni recordaba los nombres o el rostro de la mayoría de sus clientes, solo recordaba los que más le convenían. Pero de pronto llegó Raúl a su vida y todo cambió. Se le declaró, fue amable con ella y le ofreció una vida fuera de ese mundo sin que a él le importara su pasado. Elizabeth no podía estar más agradecida y a su vez sentía miedo de no poder hacer nada más en la vida. Sus trabajos siempre fueron demasiado fáciles, desde empaquetar droga, conducir, hacer acompañamiento de proxeneta, ser prostituta y ama de llaves... Esto último era lo más difícil que había hecho en toda su vida. ¿Pero qué tan difícil era limpiar una habitación desordenada? En realidad, no mucho. A veces le tomaba pocos minutos. No todos los clientes eran personas sucias que dejaban las habitaciones volteadas para arriba. El trabajo no era difícil. A veces el olor a sexo se quedaba penetrado en el lugar y había fluidos, condones usados, o incluso mierda sobre las sábanas, y en otras ocasiones las personas dejaban los inodoros salpicados de mierda. Pero aparte de esas cosas desagradables, no había dificultades en ese trabajo. Elizabeth no sabía hacer nada más. Siempre tuvo dinero fácil. Dejó de lado aprender una profesión. Creía que toda la vida sería una prostituta o una proxeneta, y a veces se decía a sí misma que eso no era nada malo. Conoció mujeres que llevaban décadas ejerciendo la labor de ser damas de compañía, mujeres que a simple vista se veían como si nada. Sin embargo, siempre se preguntó si eran felices, si muchas desearon tener una familia o hijos, o si desearon ser algo más que simples objetos sexuales de satisfacción para los hombres.

Elizabeth estaba decidida: viviría una vida normal con Raúl y este no le reprocharía de su pasado. Pensó que llevaba demasiado tiempo en esa habitación. Se sentía apresada a la cama, que la llamaba para que se acostara y les abriera las piernas a hombres, un acto por dinero que se había vuelto costumbre más que necesidad. Así que dejó de pensar, se puso de pie y preparó una maleta para comenzar a empacar sus cosas. Más tarde llamaría a Raúl para disculparse y decirle que planeaba dejar todo atrás para comenzar de nuevo a su lado. En cuanto dejó la maleta abierta al lado de la cama, sonó el celular. En la pantalla decía que era su primo Yared, un drogadicto, vicioso y perezoso que se dedicaba a vender drogas y que a veces era proxeneta. Al contestar, Yared le dijo que quería verla para hablarle de algo importante y le dijo que ya estaba entrando en el estacionamiento del hotel. Elizabeth renegó y colgó, y a continuación se puso un chaleco blanco de manga corta con cierre. A las diez con cincuenta, llamaron a la puerta. Elizabeth acudió y se encontró con Yared, que llevaba sudadera blanca, shorts largos, una gorra azul oscuro con una estrella dorada, una mochila negra a sus espaldas y un contenedor de poliestireno en la mano. Después de pasar, le dijo a Elizabeth que era un pedazo de bistec asado que había traído para Max. Los dos conversaron de asuntos que en realidad no importaban. Elizabeth renegó y le dijo necesitaba estar sola y hacer una maleta porque planeaba irse una semana de vacaciones a Nueva York. Yared aceptó dejarla en paz, pero le pidió que antes le permitiera usar su baño. Entró y cerró la puerta, y sacó un frasco con cloroformo del bolsillo de su sudadera y un paño azul del bolsillo de su short. Vació un poco de cloroformo en el paño y se lo guardó de nuevo en el bolsillo de la sudadera junto con el frasco. Jaló la palanca del inodoro a propósito y salió del baño. Para su suerte, Elizabeth se encontraba sentada en la cama dándole la espalda. Yared abrió la llave del lavamanos y dejó que el agua fluyera, se le acercó lentamente y en silencio, y con un rápido movimiento, la agarró del cuello y le colocó el paño con cloroformo en la boca. Max se levantó de la cama desconcertado, el pobre e inocente animal no entendía lo que pasaba. Elizabeth luchó durante unos veinte segundos, alcanzó a darle una patada al televisor, y aunque no lo derribó sí le estrelló la pantalla. Luego quedó inconsciente. Max le gruñó a Yared y fue a revisar a su dueña. El animal se tranquilizó al verla respirar. Yared se levantó de la cama, fue por el pedazo de bistec que contenía una gran cantidad de veneno para ratas y lo dejó en el suelo al lado de la cama, junto a la maleta. Max bajó de la cama y se lo empezó a comer. Mientras tanto, Yared se comenzó a quitar la ropa, luego le quitó el short y las pantaletas a Elizabeth y le bajó el sostén. Mientras la violaba, Max se cayó al suelo y comenzó a quejarse, y unos minutos después murió.

Elizabeth recobró la conciencia a las doce con veinte. Estaba desnuda y atada de manos y pies. Tenía un trapo en la boca. Yared estaba desnudo al lado de la cama fumando un cigarrillo. Elizabeth trató de hablarle. Yared se giró para mirarla, le dio una calada al cigarrillo y se le subió encima para echarle el humo en el rostro. Luego le tocó los pechos con suavidad y le dijo con malicia:

—Prima, no sabes cuántas ganas te tenía. Solo mira estas hermosas y grandes tetas. Siempre me pregunté cómo eran, siempre quise tocarlas y chuparlas. Padre mío, qué maravillosa es tu concha y tu culo. Me supieron delicioso. ¿Me dejarías volver a hacértelo, prima?

Elizabeth comenzó a luchar y trató de gritar. Yared le besaba el cuello y los pechos, se podía sentir que la erección del desgraciado volvía a crecer sobre su vientre. Al no poder tomar a la mujer en paz, Yared arrojó el cigarrillo hacia el lavamanos, golpeó tres veces el rostro de Elizabeth con sus puños y volvió a poner cloroformo al paño. La volvió a dejar inconsciente y procedió a violarla de nuevo hasta quedar satisfecho.

El celular de Yared timbró justo cuanto acababa con Elizabeth. Se trataba de Jason Jones, un negro y compañero de trabajo de Yared. Jason entró a la habitación a la una con diez de la mañana. Llevaba una sudadera azul marino, con las letras hp de color blanco en la espalda, un pantalón negro y una pañoleta en la cabeza. Yared aún estaba desnudo. Al ver el cuerpo inconsciente de Elizabeth, desnuda y atada sobre la cama, Jason no perdió el tiempo y se quitó la sudadera y los pantalones, y al igual que Yared la violó. A la una con treinta llegó Ryan Márquez, un joven latino de Venezuela, moreno, de veinticinco años, que llevaba el pelo largo y peinado hacia atrás. Al igual que Jason y Yared, era un servidor de la secta Los Servidores, y a veces mataba para ellos. Al entrar y ver a Jason sobre Elizabeth, se quitó la ropa, sacó del bolsillo de su pantalón una bolsa de cocaína, y formó tres líneas sobre el estante al lado del televisor y le ofreció a sus cómplices. Para ese momento Jason acababa de terminar. Los tres sorbieron por la nariz una línea de cocaína cada uno. Ryan subió a la cama y violó a Elizabeth. En solo siete minutos ya se había venido, así que Yared fue el siguiente. Esta vez fue muy cruel: la penetró por el ano y la golpeó varias veces en la cara. El dolor hizo que Elizabeth recobrara la conciencia y sufriera el maltrato de su propio primo durante minutos hasta que este terminó. Una vez terminaron, los tres se vistieron. Jared y Ryan la llevaron al baño. Elizabeth trató de luchar y dejó salir un grito, pero solo se ganó una bofetada de parte de Yared, que parecía odiarla cada vez más. Después de acostarla dentro de la ducha, Yared la sujetó de las piernas y Ryan, de los hombros. Jason sacó cuatro veladoras negras que estaban dentro de la mochila que llevaba Yared, las colocó en medio del baño y las encendió. Luego regresó para sacar tres copas de cobre con adornos raros parecidos a hojas y las colocó sobre la cama. Procedió a sacar un recipiente redondo de plástico transparente que tenía capacidad para unos dos litros, y por último una daga cuya hoja medía quince centímetros y con una empuñadura de madera color oscuro. Fue entonces al baño con la daga en una mano y el recipiente en la otra. Al entrar, colocó el recipiente en medio de las velas y se acercó a Elizabeth. Esta trató de suplicar por su vida. De sus ojos salían lágrimas, sentía miedo y desesperación. Algo en su pecho le decía que su muerte se acercaba. Mientras Jason la miraba fijamente, el tiempo se detuvo. Por un instante se vio en un parque en el mes de noviembre agarrada de la mano con Raúl. No conocía el lugar, pero no le importaba si estaba con él. Ambos se sentaron en una banca, y aparecieron dos niños de unos cinco y siete años jugando frente a ellos. La niña mayor le recordó a ella misma cuando era una chiquilla. La ilusión desapareció tan rápido como llegó, y Elizabeth volvió a la terrible y cruel realidad que estaba afrontando. Jason ya estaba preparando la daga. Elizabeth les rogaba que se detuvieran, pero ellos no la escuchaban ni comprendían las palabras que su boca amordazada trataba de decir. "Raúl, lo siento", dijo entre llanto, desesperación y lágrimas antes de que Jason le cortara la garganta. Jason acercó el recipiente redondo y lo colocó cerca de su cuello para que se llenara de sangre. La mente de Elizabeth se apagó debido al dolor y la desesperación que sentía mientras se desangraba. A los pocos segundos sus pulmones se llenaron de sangre y no pudo seguir respirando. Se fue de este mundo para siempre, dejando atrás sueños y planes que jamás cumpliría. Al Elizabeth morir y el recipiente llenarse con la suficiente sangre, Jason procedió a hacerle un corte en el pecho, le extrajo el corazón, lo colocó dentro del recipiente redondo y le vació un frasquito con agua que le había dado Yared. Jason dibujó un triángulo con sangre en medio del baño, colocó una vela en cada esquina y otra en el centro, luego fue por las tres copas que estaban sobre la cama, las colocó al lado de las tres velas y procedió a llenarlas con sangre un poco más arriba de la mitad. Luego cortó tres trozos de corazón y depositó un pedazo dentro de cada copa. Los tres se pusieron de pie de manera que las velas quedaran en medio, tomó cada uno una copa y las levantaron como si estuvieran brindando. A continuación recitaron unas palabras en latín los tres al mismo tiempo, que decían: "Seres del inframundo, a cambio de este sacrificio mantengan alejados a nuestros enemigos. No dejen que se nos acerquen ni que nos hagan daño. Guarden a nuestros superiores, denles poder e inmunidad ante la ley. Satanás, que comandas las legiones del infierno, llévate a esta mujer a tus dominios. Jamás beberemos la sangre de Jesús, sino la de nuestros detractores y enemigos. Danos el poder, señor".

Las llamas de las veladoras crecieron por unos segundos y se apagaron. Jason y Ryan se bebieron la sangre y se comieron el trozo de corazón. Excepto Yared. En su interior estaba arrepentido. Miraba el cuerpo desnudo, ensangrentado y golpeado de su prima. La expresión de su rostro era de resignación y sufrimientos. Sus ojos estaban abiertos y aún se podían ver las lágrimas en sus mejillas. Su boca amordazada estaba entreabierta, y tenía sangre y saliva alrededor de sus labios. Jason y Ryan se dieron cuenta de que no se bebió la sangre ni se comió el trozo de corazón y lo presionaron para que lo hiciera. Yared se negó y no lo hizo, y en voz baja comenzaron a discutir. A las dos con quince, Jason y Ryan se fueron de la habitación con las tres copas, la daga y el recipiente limpios en la mochila. Habían repetido el ritual ellos dos, ya que no pudieron hacer que Yared se bebiera lo que le tocaba. Antes de irse, lo tacharon de cobarde. Yared se quedó llorando en la habitación al lado de la cama. Arrepentido, acariciaba el cadáver de Max. Pero ya todo estaba hecho, ya no podía hacer nada por su prima. Después de un rato, fue al baño y la miró por varios minutos, se giró hacia el vidrio en frente del lavamanos y lo golpeó con sus puños, provocándose a sí mismo unos cortes. Regresó a la cama, escondió debajo el cadáver de Max y se dispuso a irse. Antes de salir por la puerta, escuchó que la voz de Elizabeth lo llamó, por lo que se dio vuelta. La vio de pie, desnuda y cubierta de sangre en frente del lavamanos. Lo miraba con rencor y odio. Yared se arrodilló y lloró en silencio. No podía creer lo que veía. Se disculpó varias veces ante la presencia y le prometió que lo arreglaría todo. Luego, salió de la habitación y se fue a toda prisa. El espíritu vengativo de Elizabeth no lo mató porque tuvo esperanza de que este la ayudaría, pero al final fue en vano, ya que el uno de diciembre, después de convencer a su jefe de llevar a cabo otro ritual para calmar dicho espíritu, Yared moriría asesinado por ella junto con Ezequiel Robles, alias el chacal, y Stan Winchester.

Cuando terminó la visión, Raúl comenzó a llorar. Entre llanto, miró a los ojos amarillos del demonio y le dijo que no se arrepentía.

En la puerta se escuchaban los gritos y los llamados de los guardias, que parecían estar distantes y confundidos. Raúl fue a la cama, se acostó, y colocó sus puños bajo su pecho. Entre lágrimas, le dijo al demonio:

—Estoy listo. —Y cerró los ojos.

El demonio se acercó a la cama, acarició la frente de Raúl con la mano, la colocó sobre su pecho, y su corazón se detuvo.

Patrick no tardó mucho en enterarse de la muerte de Raúl. Salió en todos los medios de comunicación. La noticia era casi mundial. Dedujo que sus familiares en México también lo sabrían y por esa razón trató de ponerse en contacto con ellos. Buscó en redes sociales, y también fue al restaurante donde solía trabajar, MyChina, pero para su mala suerte nadie que trabajaba allí en ese momento conocía a Raúl. Luego recordó más lugares que este le había mencionado. En el centro de la ciudad de Pittsburgh, había un restaurante chino llamado The Bamboo. Allí encontró a dos hombres que conocieron a Raúl, y le dijeron que se pondrían en contrato con él. En la noche del mismo día le enviaron un mensaje de texto con el número de teléfono de Andrea, la hermana mayor de Raúl. Patrick no sabía mucho español, aunque después de conocer a Raúl había aprendido lo básico, y estudió un poco las frases que tenía que decir antes de llamar a Andrea. Esta le contestó a la primera y le dijo todo lo que necesitaba saber para repatriar el cuerpo de Raúl. Además, le ofreció dinero, pero Patrick dijo que eso último no era necesario. El lunes trece de diciembre a las cinco de la mañana, Patrick fue hasta Nueva York para reclamar y solicitar la repatriación del cuerpo de Raúl Hernández López. Al principio se negaron a entregarlo, ya que Patrick no tenía ningún vínculo familiar, pero este los comunicó con Andrea Hernández López, tras lo cual accedieron. Patrick pasó cuatro días en la ciudad. El viernes diecisiete en la mañana fue a despedirse para siempre del que una vez fue su amigo. Patrick tuvo unos minutos a solas con Raúl. Lloró, y cuando se acabó el tiempo le entregó a un empleado de la funeraria una foto que se había tomado con Raúl el día que habían ido a practicar tiro. Le pidió que le hiciera el favor de colocarla dentro. Patrick regresó a la ciudad de Pittsburgh el mismo día. El empleado de la funeraria aceptó la petición: colocó la foto dentro de una bolsita de plástico esterilizada y la puso en un bolsillo del traje de Raúl. Esa misma tarde su cuerpo comenzó el trayecto hacia su natal Nogales, un pueblo ubicado en el estado de México, donde sería sepultado en el cementerio local al lado derecho de su abuelo paterno, que había fallecido hacía dos años. El jueves treinta de diciembre, Andrea llamó a Patrick y le agradeció. Dijo que ya habían sepultado a su hermano. Esa misma noche Patrick y su esposa Hayley fueron al bar The Cabin y se bebieron una cuantas cervezas en memoria de Raúl. A las doce y media de la noche regresaron a casa. En cuanto entraron por la puerta, Patrick dejó salir el llanto. Su esposa lo consoló con su abrazo. Nunca olvidaría a ese muchacho, su amigo. Si de algo se arrepentía era de haber pasado tan poco tiempo con él. Pero las cosas buenas jamás desaparecen de la memoria ni del corazón. Patrick Summers recordaría a Raúl por el resto de su vida.

EL AMOR VERDADERO DURA PARA SIEMPRE

En una tarde de noviembre, un joven latino de piel clara camina solitario por la acera, al lado de una avenida de una ciudad desconocida. Hacía frío y los vehículos que pasaban por la avenida provocaban una ráfaga de viento frío y violento. El hombre miró a su izquierda. Había un parque amplio con un pequeño lago en medio. Frente al hombre, a un par de metros, había una banca que le pedía en silencio que tomara asiento. El hombre acudió al llamado y se sentó, y contempló el cielo azul y las nubes blancas que lo adornaban con formas ovaladas y desorganizadas. En el horizonte, el sol amenazaba con ocultarse, el césped ya había comenzado a secarse, y las hojas amarillentas de los árboles caían y eran arrastradas por el ligero viento. El invierno se acercaba y con él, el frío. El hombre se preguntó si pasaría otro invierno más en soledad. Sentía nostalgia y tristeza, porque no tendría una compañera que lo abrigara ni le regalara caricias durante las noches frías. Se preguntó si sería el único. Tal vez no estaba solo y allá afuera había alguien como él, sintiéndose triste y solo con la llegada del invierno. El hombre respiró profundo el aire frío y se animó a sí mismo diciéndose que sí había esperanza. Alguien lo esperaba quizás al otro lado de ese mismo parque. Su corazón sintió un gran alivio y lo obligó a levantarse y a adentrarse caminando en el parque. Para ver si tenía razón, caminó en línea recta hasta llegar al lago. Miró a su izquierda, pero no había nadie; miró al frente y tampoco. Entonces miró a la derecha. Sus ojos se abrieron y su corazón se llenó de alegría al ver que una mujer se sentaba en una banca. Llevaba un abrigo negro, mallas del mismo color y una falda de mezclilla azul oscuro. El hombre respiró hondo y comenzó a caminar hacia ella. Mientras lo hacía, se daba cuenta de los rasgos de la mujer: bonita, de piel clara, parecía ser alta, y su cabello negro tenía mechones rubios que se movían con el viento. La mujer lo vio, le sonrió y le hizo una señal para que se sentara a su lado. El corazón del hombre latió de alegría y su cuerpo se estremeció. Una vez llegó hasta ella, se sentó a su lado y le preguntó su nombre. Ella se lo dijo y a continuación él le dijo el suyo. Mientras lo miraba a los ojos, la mujer le dijo con voz amable "¡gracias!". El hombre la abrazó y sintió la calidez de su cuerpo. El aroma y el sentimiento de aprecio mutuo eran tan grandes que el tiempo se detuvo. El frío desapareció y la soledad lo abandonaba poco a poco. Aquella tarde de noviembre el hombre se dio cuenta de que no volvería a pasar ningún invierno solo.

El contenido, personajes y la mayoría de los lugares de esta obra literaria son ficticios. Algunos lugares y ciudades son reales, pero se cambió el nombre de la mayoría de los vecindarios y calles. En cuanto a los personajes, cualquier parecido con la realidad es mera coincidencia.

Querido lector, como escritor no pretendo ofender ni dañar los sentimientos de nadie. Mi único propósito es convertir las historias que hay en mi imaginación en palabras, y llevarlas hasta ti. Te agradezco por haberte tomado la libertad de invertir tu valioso dinero en este libro. Espero que te haya gustado. Que la imaginación fluya libremente dentro de cada uno de nosotros y nos conduzca a diferentes lugares desconocidos y llenos de misterio, miedo, fantasía y amor. Tu servidor Ulises Ramírez.

M. ULISES R.V.

www.ingramcontent.com/pod-product-compliance
Lightning Source LLC
LaVergne TN
LVHW041021150826
845672LV00001B/168

* 9 7 8 8 4 1 0 9 0 1 2 9 2 *